Horst J. Kern

Einzelfallforschung

Dieses Buch ist Marijke gewidmet.

Horst J. Kern

Einzelfallforschung

Eine Einführung für Studierende und Praktiker

BELTZ
PsychologieVerlagsUnion

Anschrift des Autors:
Prof. Dr. Horst J. Kern
Institut für Erziehungswissenschaft 2
FB 1 – Sonderpädagogik, Prävention, Rehabilitation
Carl v. Ossietzky Universität Oldenburg
Postfach 2503
26111 Oldenburg

Lektorat: Karin Ohms

Umschlaggestaltung: Dieter Vollendorf, München
Druck und Bindung: Druckhaus Thomas Müntzer, Bad Langensalza
Printed in Germany
Gedruckt auf säurefreiem Papier

ISBN 3-621-27361-1

Inhalt

Praxis ohne Theorie ist blind,
Theorie ohne Praxis unfruchtbar

J. D. Bernal (1901–1971) engl. Physiker

Vorwort

Bei den meisten empirisch-experimentellen Untersuchungen in der (Sonder-) Pädagogik und klinischen Psychologie werden traditionell Gruppenversuchspläne angewendet, um die Effekte von Fördermaßnahmen, Trainings oder Therapien zu überprüfen. Den methodischen, organisatorischen und materiellen Anforderungen dieser Gruppenversuchspläne kann im Praxisalltag oft nicht entsprochen werden, besonders wenn sich die Behandlung auf einen einzelnen Probanden konzentriert. Einzelfallforschung vermag eine methodische Annäherung an Gruppenversuchspläne mit nur einem Probanden zu leisten und stellt gegenüber den anekdotischen oder unkontrollierten Fallstudien eine wesentliche qualitative Verbesserung dar.
Das Buch soll nicht nur Einzelfall-Versuchspläne verständlich machen, sondern Unterschiede und Gemeinsamkeiten zur Gruppenforschung darstellen. Die empirische intern valide Überprüfung (Evaluation) der Effekte von Fördermaßnahmen, Trainings oder Therapien, die mit einem einzelnen Probanden durchgeführt werden, stellt ebenso einen Schwerpunkt dar wie die Beschreibung der Einzelfall-Versuchspläne, ihrer Vorteile, Beschränkungen und Kombinationsmöglichkeiten im pädagogischen und klinischen Kontext. Einzelfallforschung kann helfen, eigenes Handeln datengeleitet zu überprüfen und zu optimieren.
Obwohl die Einzelfall-Versuchspläne sich international einer weitverbreiteten Nutzung erfreuen, werden ihre Logik und Methodik im deutschen Sprachraum nur selten gelehrt. Dies hat zur Folge,

daß die Chancen der Einzelfallforschung wenig genutzt werden und Unkenntnisse bzw. Mißverständnisse vorliegen.
Das Buch ist für Studierende der Psychologie, der (Sonder-) Pädagogik, der Erziehungswissenschaften, für Diplomanden und Doktoranden, berufstätige Lehrer, Trainer und Psychotherapeuten geschrieben. Der Stoff dieses Buches kann als Basislektüre bei der Durchführung und Evaluation von Praktika, Hausarbeiten, Diplomarbeiten oder Forschungsvorhaben in einem Semester erarbeitet werden. Zu jedem Kapitel gehören ein Überblick, eine Zusammenfassung und spezifische Literaturhinweise. Durch 19 Einzelfallstudien aus der internationalen pädagogischen und psychologischen Forschung können diese Personengruppen das nötige Basiswissen und wertvolle Anregungen für die eigene Arbeit erhalten. Spezielles pädagogisches oder psychologisches Wissen oder Statistikkenntnisse werden nicht vorausgesetzt, und daher dürfte auch für Interessierte aus anderen Fachrichtungen diese Einführung hilfreich sein. Das Buch ist in drei Hauptabschnitte gegliedert:
Im Kapitel 1 und 2 wird der Leser[1] mit den Grundlagen wissenschaftlichen Denkens, der Logik und den Merkmalen eines Experiments und der systematischen Beobachtung anhand von Beobachtungsbeispielen aus dem schulischen und klinischen Bereich vertraut gemacht.
Die Kapitel 3 bis 6 stellen den Schwerpunkt des Buches dar. Im Kapitel 3 wird die historische Entwicklung der Einzelfallforschung, ihre Kennzeichnung sowie die Unterschiede von Einzel- und Gruppenforschung dargelegt. Im Kapitel 4 werden die typischen Einzelfall-Versuchspläne, insbesondere die sogenannten Multiplen-Grundraten-Versuchspläne, in ihrer Entwicklung, Anwendung und Auswertung dargestellt. Dabei stellen visuelle Analysen graphischer Datenverläufe die hauptsächliche Auswertungsmethode dar. Kapitel 5 belegt anhand internationaler Forschungsbeispiele die hohe Flexibilität und Individualisierung, die

[1] In dieser Arbeit wird der einfachen Lesbarkeit wegen von Personen überwiegend in der männlichen Form gesprochen. Dies soll jedoch keine Wertung sein.

durch Kombinationen verschiedener Einzelfall-Versuchspläne möglich sind. Kapitel 6 behandelt neben der visuellen Datenanalyse zwei einfache Verfahren, mit deren Hilfe Ergebnisse statistisch abgesichert werden können.

Die beiden folgenden Kapitel stellen den letzten Teil des Buches dar. Kapitel 7 erläutert Replikationsverfahren und im Kapitel 8 wird gezeigt, daß eine bessere Integration von Forschung und Praxis durch Einzelfallforschung möglich erscheint.

Mehrere Personen haben die Fertigstellung des Buches erleichtert. Wesentlich zur Verständlichkeit des Textes hat meine Frau Dr. Marijke Kern beigetragen. Zwei studentische Arbeitsgruppen gaben in Lehrveranstaltungen hilfreiche Hinweise und Kollegen und Freunde an den Universitäten Dortmund bzw. Oldenburg haben das Manuskript sorgfältig probegelesen. Ihnen sei allen herzlich gedankt.

Oldenburg, Dezember 1996

1 Logik und Experimente

Kapitelüberblick:
In den Wissenschaften geht es um das Erkennen neuer Regeln und das Anwenden bekannter Regeln, um zu überprüfbaren Voraussagen zu gelangen. Die Grundlage jeder Wissenschaft ist der empirisch objektive Beweis, der nur durch Experimente bzw. sorgfältige Beobachtungen erbracht werden kann. Bei einem Experiment kontrolliert man die Randbedingungen und variiert die theoretisch relevanten Einflußgrößen. Nur durch rigorose Kontrolle der Randbedingungen (Störvariablen) lassen sich die Effekte der relevanten Einflußgrößen unverfälscht nachweisen.

In den Wissenschaften werden zwei Arten von Logik angewandt, die induktive und die deduktive. Vereinfacht ausgedrückt handelt es sich beim *induktiven Denken um das Erkennen von Regeln* und beim *deduktiven Denken um das Anwenden von Regeln.*

Unter Induktion versteht man in der Logik den Schluß von Einzelfällen auf allgemeine Gesetzmäßigkeiten. Ausgehend von der Einzelbeobachtung, daß z.B. die bisher beobachteten Schwäne alle weiß sind, würde ein induktiver Schluß zu der Annahme führen, daß es nur weiße Schwäne gebe. Ein solcher induktiver Schluß wäre jedoch logisch nicht korrekt. Dennoch kommt ihm große Bedeutung beim Erkennen von Regelhaftigkeiten zu, da diese sich sonst nicht entdecken lassen. Die Theorie des induktiven Denkens behauptet, daß alle Aufgaben mit Hilfe einer allgemeinen Strategie lösbar sind. Induktive Schlüsse beginnen mit Beobachtungen und führen zu allgemeinen Aussagen. Ein anschauliches Beispiel für induktive Schlüsse gibt Pirsig (1992).

Wenn zum Beispiel ein Motorrad durch ein Schlagloch fährt und der Motor fehlzündet

- und dann durch ein Schlagloch fährt und der Motor fehlzündet
- und dann eine lange glatte Strecke fährt, ohne daß eine Fehlzündung stattfindet
- und dann durch ein Schlagloch fährt und der Motor fehlzündet
- und dann durch ein viertes Schlagloch der Motor wieder fehlzündet,

dann kann man den induktiv logischen Schluß ziehen, daß die Fehlzündungen durch die Schlaglöcher verursacht werden. Das ist die Induktion: Das Schließen von besonderen Erfahrungen auf allgemeine Wahrheiten. Induktive Schlüsse gehen über das Gegebene hinaus, sind wahrheitserweiternd, aber mit einer gewissen Unsicherheit behaftet. Die Wahrheit der Prämissen (Vorannahmen) garantiert beim induktiven Schluß nicht die Wahrheit der Konklusion (Schlußfolgerungen).

Deduktives Denken schafft den Übergang von einer oder mehreren gegebenen Aussagen (Prämissen oder Vorannahmen) zu einer neuen Aussage (Schlußfolgerung oder Konklusion). Der deduktive Schluß zeichnet sich dadurch aus, daß er auf dem Konzept der logischen Gültigkeit basiert. Der deduktive Schluß ist wahrheitserhaltend, er geht nicht über das bereits in den Prämissen Gegebene hinaus (wie die induktiven Schlüsse). Das Neuartige der Konklusion gegenüber den Prämissen besteht darin, daß etwas explizit formuliert wird, was in den Prämissen lediglich implizit ausgesagt wird (Hinnersmann, 1993). Deduktive Schlüsse sind sichere Schlüsse. Zu Lösungen von Problemen, die so kompliziert sind, daß gesunder Menschenverstand sie nicht bewältigt, gelangt man mittels langer Stränge gemischt induktiver und deduktiver Schlüsse.

Der Experimentator, der systematische Beobachtungen durchführt, arbeitet deduktiv: Er leitet aus der Theorie eine konkrete Hypothese ab und konfrontiert sie mit speziell zu diesem Zweck erhobenen Daten. Deduktive Schlüsse beginnen mit allgemeinem Wissen und sagen eine besondere Beobachtung voraus. Wenn z.B. ein Mechaniker aus seiner Kenntnis von der Funktion eines Motorrads weiß, daß das Signalhorn des Motorrads ausschließlich mit Strom von der Batterie betrieben wird, dann kann er den deduktiv logischen Schluß ziehen, daß das Horn nicht funktioniert, wenn die Batterie leer ist. Das ist Deduktion (Pirsig, 1992).

Diese durch systematische Beobachtung gewonnenen Daten dienen der Untersuchung von Hypothesen oder Vermutungen, die aus einer konkreten Fragestellung heraus entstanden und einen absichtlich und systematisch ausgewählten Aspekt der Wirklichkeit repräsentieren. Der deduktive Beobachter ist ausdrücklich gehalten, nicht auf andere Aspekte des beobachtbaren Verhaltens zu achten (siehe auch Kapitel 2.4). Die deduktive Beobachtung ist eine Methode der Datenerhebung, die gleichrangig neben anderen Datenerhebungsmethoden wie dem Fragebogen oder den standardisierten Tests steht.

1.1 Kennzeichen eines Experiments

Die Grundlage jeder Wissenschaft ist der empirische, objektive Beweis, der nur durch Experimente und Beobachtung erbracht werden kann. Die Glaubwürdigkeit einer wissenschaftlich empirischen Untersuchung (Studie, Experiment) besteht darin, daß jedermann zu jeder Zeit und an jedem Ort in der Lage sein sollte, das gleiche Experiment durchzuführen und damit die gleichen Resultate zu erhalten.

Eine wissenschaftlich empirische Untersuchung oder eine systematische Überprüfung ist die absichtliche und planmäßige Herbeiführung eines Vorgangs, der objektiv beobachtet werden kann.

Ein Experiment ist durch folgendes charakterisiert: Der Experimentator definiert theoriegeleitet mindestens eine Unabhängige Variable (UV)[2], und eine Abhängige Variable (AV), führt zuerst die UV (Wirkvariable) ein, variiert (verändert) sie, und beobachtet

[2] Die Bezeichnung Unabhängige Variable (UV) ist gleichbedeutend mit Intervention, Wirkvariable, Fördermaßnahme oder Training (pädagogischer Kontext), Therapie oder Behandlung (klinischer Kontext). Entsprechend werden im pädagogischen Kontext die Bezeichnungen Person, Schüler, Proband und im klinischen Kontext die Bezeichnungen Klient oder Patient verwendet. Die Bezeichnungen Experimentator, Trainer, Lehrer, Versuchsleiter oder Therapeut sowie Studie, Untersuchung, Experiment sind ebenfalls synonym und werden kontextabhängig verwendet.

den Effekt, den die UV auf die Ausprägung der AV (meist das Problemverhalten) hat. Gleichzeitig versucht er durch die Kontrolle von Störvariablen andere mögliche Einflußgrößen auszuschalten. Ein Experiment versucht das zu untersuchen, was man Ursache-Wirkungsverhältnis nennt.
Die sechs wichtigsten Kriterien für ein Experiment bzw. eine wissenschaftlich empirische Untersuchung sind die *Sequenz von UV und AV, die Willkürlichkeit der Intervention, die Effektmessung, die Bedingungskontrolle, die Variation und die Replizierbarkeit (Wiederholbarkeit).* Als die drei Hauptkriterien gelten die Willkürlichkeit, die Variation und Replizierbarkeit.

- *Sequenz* von UV und AV: Mindestens eine UV (Wirkvariable) geht mindestens einer AV zeitlich voraus.
- *Willkürlichkeit der Intervention:* Der Experimentator weist mehrmals willkürlich und absichtlich nach, daß es ihm gelingt, durch die Intervention einen Effekt auf die Abhängige Variable (meist das problematische Verhalten) auszuüben.
- *Effektmessung:* Durch Vergleiche der Meßergebnisse aus verschiedenen Phasen wird festgestellt, ob und welche Effekte die UV auf die Ausprägung der AV hat. Die AV dient als Indikator für Erfolg oder Mißerfolg.
- *Bedingungskontrolle:* Die möglichen Wirkungen von Störvariablen werden durch entsprechende Verfahren (siehe Kap. 1.4) oder durch geeignete Einzelfall-Versuchspläne (siehe Kap. 4) ausgeschaltet.
- *Variation:* Die UV wird systematisch variiert (verändert) bzw. ein- oder abgesetzt, so daß sich mit der Variation die Wirkung abschwächt oder erhöht. Wenn das Ein- oder Absetzen der Intervention bzw. die Dosierung die Wirkung verändert, spricht dies für die Wirksamkeit der UV.
- *Replizierbarkeit:* Ein Experiment muß so präzise beschrieben werden, daß es von anderen Personen repliziert (wiederholt) werden kann. Damit Untersuchungen wiederholbar replizierbar sind, müssen Interventionsverfahren und Beobachtungs-

verfahren genau beschrieben werden. Ungenaue Beschreibungen führen zu ungenauen Wiederholungen. Wiederholungen sind ein wesentlicher Bestandteil empirischer Forschung, denn nur wenn sich eine Intervention bei mehrfachen Wiederholungen bewährt hat, ist sie wissenschaftlich abgesichert.

Merke:
Immer dann, wenn die Willkürlichkeit der Intervention nicht gegeben ist, spricht man von *nicht-experimenteller* oder *deskriptiver* (beschreibender) Forschung.
Immer dann, wenn die Bedingungskontrolle nicht bzw. nur annähernd gegeben ist oder nicht erreicht werden kann, spricht man statt von experimenteller von *quasi-experimenteller Forschung*. Ist die Kontrolle von Störvariablen nicht oder nur sehr unvollständig gelungen, ist ein empirisches Ergebnis nicht eindeutig zu interpretieren.

1.2 Unabhängige und Abhängige Variablen

Bei einem Experiment kontrolliert man die Randbedingungen und variiert die (theoretisch) relevanten Einflußgrößen, d.h. die UV, um seitens der AV einen (vorhersagbaren) Effekt zu erhalten. Die UV muß im Einklang mit der zugrundeliegenden Theorie richtig und gekonnt eingeführt werden. Die AV muß sorgfältig definiert und gemessen werden, und die dafür wichtigste Methode ist die systematische Beobachtung.

Unabhängige Variable(n):
Die UV stellt die Wirkvariable, die pädagogisch-psychologische Maßnahme dar, die von einer pädagogischen- oder psychologischen Theorie abgeleitet wird. Ein (neues) Leselernprogramm könnte eine UV aus dem pädagogischen Bereich, ein kognitives Angstbewältigungstraining eine UV aus dem klinisch-psychologischen Bereich darstellen.

Abhängige Variable(n):
Die Abhängige Variable (AV) ist die (meist problematische) Verhaltensweise, die beobachtet und geändert werden soll und als Indikator für Erfolg oder Mißerfolg einer Intervention dient. Die AV wird meist durch systematische Beobachtungen gemessen. „Selbstunsicherheit“ könnte eine AV sein, die weiter untergliedert (operational definiert) werden könnte z.B. in Häufigkeit des Blickkontakts (AV_1), Gebrauch von Ich-Botschaften (AV_2) oder Wunschäußerungen (AV_3). Beim Projektunterricht könnten das Sozialverhalten (AV_1), das Leistungsverhalten (AV_2) oder die Qualität der Lösungsvorschläge (AV_3) wichtige AV's sein. Beim Stottern gelten als die wichtigsten AV's die Stotterrate in Prozent und die Sprechgeschwindigkeit pro Minute. Mangelnde Kooperationsbereitschaft, Aggression, Angst, geringe Aufmerksamkeit, aber auch positive Verhaltensweisen wie kooperatives Verhalten, angemessenes Sozialverhalten, richtiges Lösen von Aufgaben, können als AV's definiert werden. Im folgenden sind schulische und klinische Beispiele für UV's und AV's aufgeführt:

Unabhängige Variable(n): *(das was der Lehrer, der Trainer, der Therapeut theoriegeleitet tut)*	*Abhängige Variable(n):* *(das, was beobachtet wird und geändert wird)*
* Partnerarbeit -------------------	Kooperation
* Neue Unterrichtsmethode--------	Schulleistung
* Offener Unterricht ---------------	Sozialverhalten
* Projektarbeit -------------------	Problemlösestrategien
* Lehrertraining ------------------	Unterrichtsfertigkeiten
* Selbst-Instruktionstraining -------	Aufmerksamkeit
* Selbstkontrolle -----------------	Konzentration
* Feedback ----------------------	Fehlerhäufigkeit
* Desensibilisierung---------------	Angstwerte etc.

Fragen zur Selbstkontrolle:
Bitte kennzeichnen Sie anhand der folgenden Beispiele die Unabhängige(n) Variable(n) (UV's) und die Abhängige(n) Variablen (AV's).

Beispiel:
Die Messung des galvanischen Hautwiderstandes (AV) bei der Betrachtung emotional einschlägiger Dias (UV).

A. Die Schulleistung bei Schülern einer Sonderschulklasse für Lernbehinderte ( ) und der Einfluß von Partnerarbeit ( )
B. Die Auswirkungen der Lesemethode A ( ) auf die Qualität sinnentnehmenden Lesens ( ).
C. Die Anzahl der Rechenfehler ( ) in Bezug auf Rechenmethode A ( ) oder B ( ).
D. Die Veränderung von „Selbstsicherheit" ( ) aufgrund eines Trainings durch Rollenspiele ( ) und Videorückmeldung ( ).
E. Die Anzahl der angewandten Problemlösestrategien ( ) im Verlauf eines Selbst-Instruktionstrainings ( ).
F. Das Sozialverhalten von Schülern der Klasse E ( ) und der Einfluß von offenem Unterricht ( ).
G. Die Anzahl der Fahrfehler ( ) von Probanden, die Beruhigungsmittel oder Alkohol oder beides zu sich genommen haben ( ).
H. Die Auswirkungen von Videorückmeldung und willentlichem Stottern ( ) auf die Stotterrate ( ) und die Sprechgeschwindigkeit ( ).
I. Die Veränderung von Angstwerten ( ) durch Systematische Desensibilisierung ( ).

Die Begriffe interne und externe Validität sowie Verfahren zur Kontrolle von Störvariablen stellen weiteres Basiswissen dar, ohne das empirische Untersuchungen in Zeitschriften und Fachbüchern nicht verstanden und kritisch bewertet werden können.

1.3 Interne Validität

Bei empirischen Untersuchungen oder Experimenten muß der Nachweis erbracht werden, daß die erzielten Ergebnisse auch tatsächlich durch die Intervention und nicht durch andere Einflußfaktoren (Störvariablen) als die UV verursacht wurden. Intern valide ist eine Untersuchung dann, wenn eine angestrebte Verhaltensänderung, z.B. besserer Blickkontakt (AV), sehr wahrscheinlich nur auf die Wirkung einer Intervention, z.B. eines Selbstsicherheitstrainings (UV), rückführbar ist. *Der Nachweis von interner Validität stellt die Grundlage einer wissenschaftlich empirischen Untersuchung dar.* Störvariablen sind eine mögliche Bedrohung der internen (inneren) und externen (äußeren) Gültigkeit (Validität). Die Gefährdung der internen Validität durch Störvariablen muß ausgeschlossen oder unwahrscheinlich sein, wenn Verhaltensänderungen einer Intervention zugeschrieben werden sollen (Kazdin, 1982).

Merke:
Eine Untersuchung gilt dann als intern valide, wenn wahrscheinlich nur durch die Intervention (UV) Veränderungen des ausgewählten Verhaltens (AV) verursacht wurden und Störvariablen dafür weitgehend nicht verantwortlich sind.

Die interne Validität gefährden u.a. folgende Faktoren:
Historische Ereignisse: Ereignisse, die gleichzeitig oder während der Intervention eintreten, und für eine Veränderung der AV verantwortlich sein können.
Reifung: Dauert eine Intervention länger, könnten Veränderungen aufgrund von Entwicklungsfortschritten und zwischenzeitlichem Lernen bewirkt worden sein.
Testung und Zuwendung: Allein durch Testung, Beobachtung, Aufmerksamkeit, und Zuwendungen, die mit einer Intervention oftmals verbunden sind, könnte eine Sensibilisierung erfolgt sein, die Veränderungen bewirkt.
Reaktivität des Probanden (Pb): Erwartungseffekte durch Teilnahme an einem Training, einem Versuch, einer Therapie etc.
Veränderung der Beobachter: Durch wiederholte Beobachtungen kann eine Vertrautheit der Beobachter mit dem Probanden und dem Beobachtungsverfahren zu anderen Kodierungen führen als am Anfang der Beobachtungen.

Der Nachweis der internen Validität verlangt die Kontrolle von Störvariablen. Störvariablen sind unerwünschte Quellen möglicher Einflußnahme, die das Verhältnis von UV und AV verändern.

1.4 Die Kontrolle von Störvariablen

Empirische Forschung ist gekennzeichnet durch den Versuch den Einfluß von Störvariblen zu minimieren, zu eliminieren oder konstant zu halten. Störvariablen, dieser Ausdruck ist nicht negativ gemeint, könnten die AV beeinflussen und damit den Effekt der UV verfälschen. Den Nachweis des unverfälschten Effekts der UV, d.h. der Nachweis intern valider Ergebnisse, ist die Grundlage wissenschaftlicher Forschung. Es muß nachgewiesen werden, daß sich die Ausprägung der AV in Abhängigkeit von der Intervention (UV) ändert. In der experimentellen Psychologie gibt es fünf Verfahren, den Einfluß von Störvariablen zu kontrollieren. Die Gruppenforschung nutzt alle fünf Verfahren, die Einzelfallforschung vor allem die Konstanthaltung.

1. *Konstanthaltung:* Können Störvariablen nicht ausgeschaltet werden, sollten sie konstant gehalten werden, was jedoch nicht bedeutet, daß die konstant gehaltenen Störvariablen bei allen Probanden gleich wirken. Wenn in der Gruppenforschung z.B. eine neue Unterrichtsmethode (UV_1) in Mathematik mit einer konventionellen Methode (UV_2) verglichen wird, müssen die IQ- Werte für beide Gruppen konstant gehalten werden, da die Lernfähigkeit (AV) vom IQ beeinflußt werden kann. Die Konstanthaltung wird erreicht, indem man die Probanden testet und nach ihren IQ-Werten gleichmäßig auf die beiden Gruppen verteilt. Dadurch ist sichergestellt, daß mögliche Unterschiede nicht auf den IQ zurückzuführen sind, da die IQ-Werte ja in beiden Gruppen gleich sind. Im Beispiel ist somit der IQ konstant gehalten, andere, möglicherweise ebenfalls wichtige Einflußgrößen, wie z.B. die Vorkenntnisse oder die soziale Schicht, sind jedoch damit nicht konstant gehalten.

In der Einzelfallforschung werden *die Einflüsse der Störvariablen in den Grundraten* (Grundkurven) *und Interventionsphasen als konstant angesehen,* da die Störvariablen (Reifung, Intelligenz, Erwartungseffekte) *während beider Phasen einwirken.* In den Interventionsphasen kommt dann die UV zusätzlich hinzu. Da aber die Konstanthaltung nicht aktiv geschieht, wird die Einzelfallforschung oft als quasi-experimentell bezeichnet.

2. *Eliminierung:* Die Störvariablen werden vorab eliminiert, indem die Forschung in ein Labor verlegt wird. So kann z.B. der Einfluß von Lärm, variierender Helligkeit oder von Ablenkung etc. weitgehend ausgeschaltet werden.
3. *Die Umwandlung einer Störvariable in eine UV:* Bei der Überprüfung eines Aufmerksamkeitstrainings (UV_1) auf die Fehlerzahl bei Denkaufgaben (AV) wird z.B. die Hälfte der Probanden trainiert (Trainingsgruppe), während die andere Hälfte kein Training erhält (Kontrollgruppe). Bei der Durchführung könnte sich zeigen, daß das attraktive Trainingsmaterial (Störvariable) die Anzahl der richtig gelösten Denkaufgaben beeinflußt. Um diesen Einfluß auszugleichen, könnten auch den untrainierten Probanden gleichermaßen das attraktive Trainingsmaterial (UV_2) zugewiesen werden (Umwandlung der Störvariablen in eine UV). Damit wäre ohne viel Aufwand neben den Auswirkungen des Aufmerksamkeitstrainings auch der Einfluß der Störvariable (attraktives Trainingsmaterial) zu kontrollieren.
4. *Randomisierung:* Die *Zuteilung* von Probanden *streng nach Zufall* ist ein Verfahren zur Erzeugung gleicher Gruppen bezüglich einer (oder mehrerer) Störvariablen. Randomisierung garantiert nicht, daß alle Gruppen gleich sind, aber Gruppen, die aufgrund einer Randomisierung gebildet werden, sind eher gleich als Gruppen, die nicht so gebildet wurden.

Was wäre zu tun gewesen, wenn beim Beispiel der Konstanthaltung keine Informationen über die IQ-Werte der Probanden vorgelegen hätten? Ohne diese Informationen hätten die Gruppen bezüglich der IQ-Werte gleichgestellt werden können, wenn jeder Proband streng nach Zufall der Trainings- oder Kontrollgruppe zugeteilt worden wäre. Wenn für jeden Probanden die gleiche Chance besteht, beiden Gruppen zugeteilt zu werden, dann besteht eine hohe Wahrscheinlichkeit, daß beide Gruppen hinsichtlich des Merkmals IQ gleich sind. Die Randomisierung wird als das effektivste Verfahren angesehen, um den Einfluß unbekannter Störvariablen auszugleichen. Ihr Vorteil ist, daß die Störvariablen nicht bekannt sein oder gemessen werden müssen, ihr Nachteil ist, daß trotz des Zufallsprinzips – besonders bei kleinen Gruppen – ungleiche Gruppen entstehen können.

5. *Statistische Kontrolle:* Die vier oben genannten experimentellen Kontrollen der Störvariablen können durch statistische Kontrollverfahren ergänzt werden. Intelligenzunterschiede könnten kontrolliert werden, indem sie zu einer Störvariable erklärt und rausgerechnet werden. Wenn Schüler zweier Schulklassen hinsichtlich der Intelligenz nicht gleich sind, kann jeder Lernzuwachs (AV) in beiden Klassen mit jedem Unterschied im IQ (UV) korreliert werden. (Eine Korrelation gibt die Enge des Zusammenhangs von zwei Merkmalen an.) Um die Auswirkungen der IQ-Unterschiede zu berücksichtigen, würden dann die AV's rechnerisch angepaßt werden. Als Ergebnis wäre z.B. denkbar, daß intelligente Schüler einen größeren Lernzuwachs (AV) erzielen als weniger intelligente Schüler. Statistische Verfahren können also zur Kontrolle eingesetzt werden, wobei die Störvariablen nicht durch tatsächliche Veränderungen (wie bei den ersten vier Verfahren), sondern durch statistische Analysen (Kovarianzanalysen) rechnerisch angepaßt werden. Die Analysen dieser Kovarianzen bestehen aus kombinierten Korrelations- und Varianzanalysen.

Statistische Berechnungen sind Werkzeuge und Entscheidungshilfen, um zu bestimmen, ob eine Intervention zu statistischen Veränderungen führt. Die Qualität einer Intervention, die Sorgfältigkeit der Beobachtung der AV und die Genauigkeit, mit der ein Forscher die Störvariablen kontrolliert, können nicht durch statistische Überprüfungen verbessert werden. Diese drei Merkmale stellen nicht-statistische Elemente dar.

1.5 Externe Validität

Eine gesicherte interne Validität ist eine notwendige, jedoch nicht hinreichende Voraussetzung für externe Validität. Die externe Validität baut auf der internen Validität auf. Zuerst müssen intern valide Ergebnisse nachgewiesen werden, ehe Aussagen bezüglich der externen Validität möglich sind. Daher wird der internen Validität in der Regel Priorität vor der externen Validität zugestanden.

Die klassische Methode, die *externe* Validität zu sichern, besteht in der Auswahl repräsentativer Personenstichproben, um per statistischem Induktionsschluß auf die Grundgesamtheit schließen zu können. Externe Validität beschränkt sich jedoch nicht nur auf die Generalisierbarkeit über Personen. Daher bezieht sich bei der Einzelfallforschung die Generalisierbarkeit auch auf Situationen, Trainer und die Zeit und wird durch Replikationen nachgewiesen (Barlow & Hersen, 1984).

Externe Validität bezeichnet den Grad der Allgemeingültigkeit von Untersuchungsergebnissen und die Wahrscheinlichkeit dieser Allgemeingültigkeit. Unter externer Validität versteht man die Allgemeingültigkeit (Übertragbarkeit, Generalisierbarkeit) der gewonnenen Ergebnisse auf nicht im Experiment direkt auftretende Verhaltensweisen, Situationen, Personen und die Zeit.

Die externe Validität einer Untersuchung ist dann in Frage gestellt, wenn die Bedingungen der Untersuchung so spezifisch waren, daß eine Übertragung (Transfer) aufgrund mangelnder Vergleichbarkeit nicht gegeben oder belegbar ist. Die externe Validität kann durch die folgenden Nachweise gesichert werden:

Allgemeingültigkeit über Verhaltensweisen: Das Ausmaß, in dem die Ergebnisse eines Trainings sich auf Verhaltensweisen übertragen lassen, die nicht Teil des Trainings waren. Wenn z.B. bei einem Selbstsicherheitstraining Blickkontakt trainiert wurde, aber auch ohne explizites Training freundliches Anlächeln oder Ansprechen fremder Personen „spontan" häufiger auftreten, ist ein Aspekt externer Validität gegeben. Externe Validität wäre auch gegeben, wenn durch ein Aufmerksamkeitstraining in Deutsch sich ohne ein explizites Training auch die Kreativität in Deutsch verbessern würde.

Allgemeingültigkeit über Situationen: Das Ausmaß, in dem die Ergebnisse einer Therapie sich z.B. vom Therapieraum auf Alltagssituationen übertragen lassen oder ein Lehrertraining in Mathematik „spontan" zu Veränderungen des Lehrerverhaltens in Biologie führt.

Allgemeingültigkeit über Personen: Das Ausmaß, in dem die Ergebnisse z.B. einer Fördermaßnahme sich auf Probanden übertragen (verallgemeinern) lassen, deren Merkmale sich von denen in der Untersuchung unterscheiden könnten.

Allgemeingültigkeit über die Zeit (Permanenz): Das Ausmaß, in dem die Effekte einer Intervention über Monate oder Jahre hinaus aufrechterhalten werden.

Allgemeingültigkeit über Lehrer/Trainer/Therapeuten: Das Ausmaß, in dem die Effekte einer Fördermaßnahme auch von anderen Trainern/Therapeuten oder gar von untrainierten Personen erzielt werden können. Die Effekte sind eventuell nur von Personen mit besonderen Fertigkeiten oder Ausbildungen zu erzielen.

Insgesamt wird die Wahrscheinlichkeit für interne bzw. externe Validität verbessert (Kazdin, 1982), wenn

- objektive Daten, statt anekdotische, zugrunde liegen;
- trainings- oder therapiebegleitend, statt nur vor und nach einer Intervention, beobachtet wird;
- eine Verhaltensweise schon jahrelang besteht und sich diese schnell durch eine Intervention verändern ließe;
- die Veränderung durch die Intervention sehr deutlich und anhaltend ausfällt;

- alternative Erklärungen für die Veränderungen nicht überzeugen;
- viele und unterschiedliche Klienten erfolgreich behandelt und Wiederholungen (Replikationsserien, siehe Kap. 7) durchgeführt wurden (siehe auch Barlow, Hayes & Nelson, 1984, S. 317).

1.6 Die wichtigsten Schritte bei einem Experiment

Mit dem *Kennenlernen* des Probanden und einem Vertrautwerden mit seiner Lebenssituation beginnt jede empirische Studie. Danach folgt das Erfassen von Anamnesedaten und eine sorgfältige Diagnostik.

Durch die *Diagnostik* wird der *Ist*-Zustand des Problems erfaßt und versucht zu verstehen, warum ein Proband sich so und nicht anders verhält. Danach wird geprüft, ob es *ethisch* angemessen ist, das Problemverhalten des Probanden überhaupt zu verändern. Der Ist-Zustand kann, muß aber nicht zu einer Intervention führen. Ist eine Entscheidung für eine Intervention getroffen, erfolgt die Formulierung einer präzisen Fragestellung.

Die *Fragestellung,* d.h. eine (noch) unbeantwortete Frage soll zunächst spezifisch und überprüfbar formuliert werden. Diese Fragestellung steht in Bezug zu bisherigen Forschungsergebnissen, theoretischen Überlegungen, Beobachtungen und eigenen Erfahrungen. Die Fragestellung soll präzise sein, denn nur so besteht eine Chance zur Beantwortung. Eine Fragestellung im Rahmen der Einzelfallforschung könnte z.B. lauten: Kann durch die Methode des „Lauten Denkens“ innerhalb von 30 Trainingsstunden die Anzahl der richtigen Lösungen bei dem Probanden A signifikant (bedeutsam) erhöht werden? Schon bei der Fragestellung wird ersichtlich, daß die Wirkung der UV (lautes Denken) auf die Anzahl der richtigen Lösungen (AV) überprüft werden soll, bzw. ob die pädagogisch-psychologische Intervention den Ist-Zustand in den Soll-Zustand (AV) überführt.

Die *Intervention (UV)* sollte aus einer möglichst gut überprüften und praktikablen Theorie abgeleitet, individuell auf das Problem des Probanden, seine Person und seine Fähigkeiten zugeschnitten werden. Vor der Durchführung der Intervention muß eventuell ein Probetraining durchgeführt werden, um zu prüfen, ob das geplante Training vom Probanden akzeptiert und sinnvoll eingesetzt werden kann. Arbeitsanweisungen, Hilfsmittel, Materialien, Feedback und die graphische Darstellung der Ergebnisse sind sorgfältig zu planen. Die Intervention, z.B. ein von der Methode des „Lauten Denkens" abgeleitetes Trainingsverfahren, muß nun präzisiert werden in Bezug auf die konkret vorliegenden Fähigkeiten des Probanden und die Aufgabenstellung. Dabei muß überlegt werden, welche Schritte, in welcher Abfolge, mit welchen Materialien, durch welche Modelle, in welchen Zeiträumen überprüft werden sollen (Individualisierung).

Auch die *Messung bzw. Beobachtung der AV* muß präzisiert werden. Zunächst ist eine operationale Definition z.B. der „richtigen Lösungen" vorzunehmen. Soll die Häufigkeit (Quantität) oder auch die Qualität erfaßt werden? Wann, wie lange, wie oft, an wievielen Tagen bzw. wie soll beobachtet werden und wie sollen die Beobachtungsdaten umgerechnet (Prozent) und dargestellt werden?

Welcher der möglichen *Versuchspläne* ist am besten zur Evaluation (Bewertung) der Intervention geeignet? Gibt es dazu in der Fachliteratur Beispiele, Empfehlungen oder Hinweise? Welche *Störvariablen* könnten die interne Validität der geplanten Überprüfung beeinträchtigen? Kann der zwischenzeitliche Einfluß von Störvariablen wie Reifung oder Zuwendung durch einen geeigneten Versuchsplan vom Einfluß der Intervention getrennt werden?

Die *Datenauswertung der Ergebnisse* erfolgt bei der Gruppenforschung durch statistische Tests, bei der Einzelfallforschung in der Regel durch visuelle Analysen der in graphischer Form vorliegenden Kurvenverläufe. Statistische Auswertungen der Ergebnisse der Einzelfallforschung sind meist nicht nötig, können jedoch als Ergänzung durchgeführt werden. Die Nachweise interner und externer Validität klinisch-pädagogisch signifikanter Interventionseffekte stellen die Hauptgütekriterien dar.

Gegenstand der *Diskussion* ist die Prüfung, ob die Diagnostik, die Theorie, die Beobachtungsverfahren, die Intervention und der Versuchsplan angemessen waren. Die Durchführung, die Qualität der Ergebnisse und die Praxisrelevanz sind weitere Gesichtspunkte.

Diagnostik, Interventionsverfahren und Evaluation sind eng miteinander verbunden. Die Diagnostik erlaubt, erste Hypothesen aufzustellen, und ist zu wiederholen, wenn bei der Intervention Probleme auftreten. Die Diagnostik und die theoretischen Überlegungen zur Auswahl eines geeigneten Interventionsverfahren gehen zwar zeitlich der Versuchsplanung und Evaluation voraus, alle drei hängen jedoch theoretisch, inhaltlich und praktisch eng miteinander zusammen. Daher sind Kenntnisse über diagnostische Verfahren, über Interventionsverfahren (Förderung, Training, Therapie) und über Evaluationsverfahren notwendig und eng miteinander verzahnt. Erweisen sich die Ergebnisse eines Experiments als nicht signifikant, dann müssen, beginnend mit der Diagnostik, alle Schritte neu durchlaufen werden.

Diagnostik
(IST-Zustand)

Intervention
(Training, Förderung, Therapie)

Evaluation
(Bewertung durch Gruppen-Einzelfall-versuchspläne)

Fragen zum Kapitel:

1. Kennzeichnen Sie Induktion und Deduktion und geben Sie Beispiele für induktive und deduktive Schlüsse.

2. Nennen Sie die sechs wichtigsten Kriterien für eine wissenschaftlich-empirische Untersuchung.

3. Definieren Sie UV und AV und geben Sie je drei pädagogische und psychologische Beispiele.
4. Erläutern Sie die Bedeutung von „interner Validität" und nennen Sie (sechs) Gefährdungen der internen Validität.
5. Was heißt externe Validität und welche (fünf) Nachweise der externen Validität kennen Sie?
6. Wodurch wird die Wahrscheinlichkeit für interne und externe Validität verbessert?
7. Welche Verfahren zur Kontrolle des Einflusses von Störvariablen gibt es?
8. Beschreiben Sie die wichtigsten Schritte bei einem Experiment.

Literaturempfehlungen zum Kapitel

Eine gute Einführung zum Thema „Das psychologische Experiment" geben Huber (1987) und Czienskowski (1996). Die Bücher stellen fast ausschließlich die traditionelle Gruppenforschung dar und ergänzen sinnvoll den vorliegenden Text. Zu Fragen der Diagnostik geben Lauth und Schlottke (1997) im pädagogischen Bereich, Schulte (1991), Bartling u.a. (1992) und Petermann (1992) im klinischen Bereich weitere Hinweise.

2 Empirie und Beobachtung

Kapitelüberblick:
Wissenschaftlicher Fortschritt wird durch die Entwicklung gehaltvollerer Theorien bzw. durch Falsifikation (Widerlegung) von Theorien erzielt, und wissenschaftlich begründete Aussagen sind die sichersten Aussagen, die wir kennen. Die Notwendigkeit experimenteller Überprüfungen gilt für die Physik ebenso wie für die Pädagogik und Psychologie, wenn wir uns vor falschen Schlüssen schützen und Ursachen nicht mit Wirkungen verwechseln wollen. Ein wichtiger Zugang zur empirischen Forschung in der Pädagogik und Psychologie erfolgt durch Beobachtungen, vor allem durch systematische Beobachtungen. In jedem pädagogisch-psychologischen Verfahren zur Datensammlung kommt irgendeine Form von Beobachtung zur Anwendung. Beobachtung ist die grundlegende Methode der Psychologie und in fast allen Arten der Datenerhebung enthalten. Daher werden einige Beobachtungssysteme und Anwendungsmöglichkeiten im pädagogischen und klinischen Bereich vorgestellt.

Wissenschaftliche Erkenntnis ist nicht unfehlbar, aber wissenschaftlich begründete Aussagen sind die sichersten, die wir überhaupt kennen (Popper, 1984). Eine heute *gut bewährte* wissenschaftliche „Wahrheit“ wird selbst bei einer wissenschaftlichen Revolution nicht falsch, sondern schlimmstenfalls zum *Spezialfall* von morgen: Nämlich dann, wenn die wissenschaftliche Theorie nicht genau war und daher präzisiert werden muß (Wolf, 1993).

2.1 Wozu empirisch-wissenschaftliche Untersuchungen?

Der berühmte Philosoph Karl Popper (1984) hat diese Frage so beantwortet: Damit wir zu gehaltvolleren, immer besseren Theorien kommen und damit wir Theorien, die sich empirisch nicht bewähren oder nicht überprüfen lassen, als fehlerhaft oder unbeweisbar *verwerfen* und sie nicht wie unnützen Ballast mit uns herumschleppen. Nicht die Verifikation (Bestätigung) von Theorien, sondern ihre Falsifikation (Widerlegung) ist die Aufgabe der Wissenschaft. Die Falsifikationstheorie Poppers (1984) sieht ausschließlich deduktive Schlüsse vor. Alle *Aussagen* (Popper spricht von *Theorien*) sind nur *dann als wissenschaftlich anzusehen*, wenn sie prinzipiell, etwa durch Experimente, *widerlegt werden könnten*.

Falsifikation

Falsifikation, nicht Verifikation ist der Motor der Wissenschaft. Wissenschaftliche Erkenntnis nimmt nicht geradlinig zu. Es gab falsche Theorien, die sich über Jahre oder sogar Jahrzehnte halten konnten, weil sie unzureichend überprüft wurden: So erwies sich nach Wolf (1993) die „kalte Kernfusion", über die die amerikanischen Chemiker Pons und Fleischmann vor einigen Jahren berichteten, ebenso als Flop wie im 19. Jahrhundert die sogenannte „Phrenologie": Die Kunst, psychische Eigenschaften an der äußeren Form des menschlichen Schädels abzulesen.
Unsere heutigen wissenschaftlichen Theorien sind zwar fehlbar und vorläufig, sie sind aber notwendigerweise besser als alle ihre Vorgänger, da sie deren bewährte Bestandteile in sich enthalten, auf deren falsifizierte Bestandteile aber verzichten. Der methodische Zwang zur Suche nach möglichen Falsifikationen wird so zum Motor für einen kontinuierlichen Erkenntnisfortschritt.
„Die Wahrheit triumphiert nie, aber ihre Gegner sterben aus!" meinte der große Physiker Max Planck zum Fortschritt der Wissenschaft. Diese Sicht erscheint etwas zu optimistisch, da die Neigung zum Aberglauben sehr stark ist (Wolf, 1993). Wie hintergründig präsent der Aberglaube in uns lebt, zeigt die Geschichte, die der große Physiker Niels Bohr gerne erzählte: Ein Nachbar, der über seiner Haustüre ein Hufeisen hängen hatte, wurde ge-

fragt, ob er denn so abergläubisch sei zu meinen, daß es ihm Glück bringe. „Natürlich nicht“, antwortete er überlegen, „aber – man sagt, daß es auch dann hilft, wenn man *nicht* daran glaubt!“

Ein aufschlußreiches Experiment hat v. Ditfurht in seiner Wissenschafts-Show „Querschnitt“ im Fernsehen vorgeführt (Wolf, 1993). Ditfurth hatte sich von 50 freiwilligen Teilnehmern die genauen Geburtsdaten geben und daraus – so gab er vor – persönliche Horoskope erstellen lassen. Sie wurden namentlich verteilt, und am Ende der Sendung lautete die Frage, ob die Horoskope zuträfen. 96 Prozent aller Teilnehmer waren davon überzeugt, daß „ihr“ Horoskop sie im wesentlichen richtig charakterisiert hätte. Ein Beweis für den Erfolg der Astrologie? Allerdings verriet v. Ditfurht anschließend lächelnd, daß alle Teilnehmer ohne ihr Wissen *identische* Horoskope erhalten hatten! Der Erfolg beruhte also nur auf dem „Barnum-Effekt“: Die eigene *Erfüllungssehnsucht* ließ fast alle bestätigen, daß ihr Horoskop auf sie zutraf. Wenn man ihnen vorgaukelt, der Text sei eigens für sie erstellt worden, akzeptieren nämlich die meisten Menschen eine ziemlich allgemeine Persönlichkeitsbeschreibung als eine ungewöhnlich genaue Charakterisierung ihrer eigenen Person. Die selektive Wahrnehmung der Treffer filtert dabei – unbewußt – das Passende aus dem Horoskop heraus.

Auch bei Prognosen unterstützt die unbewußte Erfüllungssehnsucht, der „Verifikationsdruck“, die Verwirklichung der Voraussagen. Zudem werden die millionenfachen Nieten und falschen Voraussagen vergessen, die wenigen Treffer dagegen als Erfolgsmeldungen weit verbreitet. Nach diesem Maßstab ist z.B. die Astrologie eine Wissenschaft, deren Aussagen bisher eindeutig widerlegt worden sind. Was nämlich der Laie meist übersieht:

Verbürgte Fälle von einzelnen und selbst von gehäuften Erfolgen mögen noch so überzeugend erscheinen, sie sind völlig wertlos, wenn sie nicht durch kontrollierte Untersuchungen gestützt werden!

Es ist nach Wolf (1993) genauso wie bei einem Wünschelrutengänger: Hat man nach dessen Angaben gebohrt und wirklich Wasser gefunden, wird dies meist unkritisch als Erfolg des Verfahrens angesehen. Wer gräbt denn schon zur Kontrolle fünf Meter daneben ein zweites Loch? Dort würde man dann nämlich meistens auch Wasser finden. Wissenschaftler halten eine Aussage, die aus einem Versuchsergebnis geschlossen wird (z.B. die Aussage: „Rutengänger können fließendes Wasser aufspüren") dann für gut gesichert, wenn dieses Ergebnis *durch Zufall* nur selten (unter 1%) auftritt. Der Rutengänger ist möglicherweise (1% Irrtumswahrscheinlichkeit) einem echten Phänomen auf der Spur, wenn er z.B. bei 100 Versuchen 63 mal die richtige Angabe macht (Binominalverteilung, näheres siehe Kap. 6.4). Dieselbe Statistik sagt aber auch, daß von je 100 Rutengängern durchschnittlich einer dieses Ergebnis erzielt, auch wenn seine Rute nur zufallsbedingt ausschlägt. Bisher konnten noch keine statistisch gesicherten Erfolge von Wünschelrutengängern belegt werden.
Ein Dozent bringt in die Vorlesung eine sorgfältig verpackte Flasche mit destilliertem Wasser. Er erklärt den Hörern, es ginge heute um synthetische Duftstoffe, und er wolle testen, wie schnell sich ein neuartiger Duft durch die Luft ausbreite. Jeder, der ihn wahrnehme, möge sich sofort mit Handzeichen melden. Er packt die Flasche am Katheder vorsichtig aus, schüttet die Flüssigkeit auf ein Stück Watte, wobei er den Kopf weit abgewendet hält, und setzt eine Stoppuhr in Gang. Er sei sicher, sagt der Dozent, daß niemand im Hörsaal den chemischen Stoff jemals gerochen habe (was ja stimmt!), und er hoffe, daß der Geruch, wenn er auch stark und merkwürdig erscheine, doch für niemanden zu unangenehm sein möge. Innerhalb von 15 Sekunden gaben fast alle Hörer der ersten Reihe Handzeichen. Und nach etwa einer Minute hat der Duft in Form einer regelmäßigen Wellenfront das Ende des Hörsaals erreicht. Nur eine hartnäckige Minderheit von etwa einem Viertel der Hörer behaupteten, nichts zu riechen. Der Versuch mußte abgebrochen werden, weil einige der Teilnehmer der

vordersten Reihe sich anschickten, den Raum wegen Übelkeit zu verlassen.
Dieser aufschlußreiche Versuch ist oft und mit Erfolg wiederholt worden. Aber das eigentlich Merkwürdige daran ist: Der gar nicht vorhandene Duft breitet sich gemäß dem physikalischen Gesetz für die Diffusion echter Gase aus! Wir sehen also, daß wir auch bei einer solchen Dufthalluzination unbewußt unter der Kontrolle unseres Gehirns stehen. Obwohl sich unser Riechsystem hier täuscht, geht das Wissen, wie schnell sich Düfte ausbreiten, unbewußt in die Wahrnehmung ein. Man stelle sich vor, daß diesen Versuch ein Physiker beobachtet, der nicht weiß, daß es sich nur um eine Halluzination handelt. Er würde das Ergebnis als einen klaren Beweis dafür ansehen, daß sich hier wirklich ein Gas im Raum verteilt haben muß!

Unglaublich – aber wahr

Wie unglaubwürdig wissenschaftlich gesicherte Phänomene sein können, zeigen zwei Beispiele aus der Quantentheorie (Wolf, 1993). Zunächst das irritierende Doppelspalt-Experiment: Schießt man einen Schwarm von Elementarteilchen, z.B. Elektronen, auf zwei eng benachbarte winzige Löcher, so kommt es dahinter wegen der Wellennatur dieser Teilchen zu Überlagerungsphänomenen. Solche „Interferenzen" findet man auch, wenn man mehrfach hintereinander jeweils nur *ein einziges* Elektron schießt. Dies ist ein sicheres Indiz dafür, daß das (unteilbare) *Elektron* wie eine *Welle gleichzeitig durch beide Löcher hindurchgeflogen* sein muß und nicht sich selbst interferierte! Wenn uns das unglaubwürdig erscheint, weil wir es uns nicht vorstellen können, so ist das noch lange kein Grund für Skepsis. Das Phänomen läßt sich nämlich physikalisch völlig widerspruchsfrei mit der Schrödinger-Gleichung beschreiben. Das Resultat zeigt vielmehr, daß unsere Alltagsvorstellung von Wellen und Teilchen nicht auf sehr kleine Gebilde übertragbar sind: Mikroteilchen sind sowohl Wellen als auch Korpuskeln.

Sobald während des Versuchs ein Meßgerät feststellt, durch *welches* der beiden Löcher das Teilchen „wirklich" geflogen ist, gibt es keine Interferenz mehr (unabhängig davon, ob ein Physiker das Meßgerät abliest oder nicht). Hat die Messung das Teilchen gestört? Überraschenderweise ist es die *Information*, die das Meßgerät gewonnen hat, die bewirkt, daß sich das Teilchen für *eines* der beiden Löcher „entscheidet". Versuche beweisen dies für den Fall von Photonen (Lichtteilchen), wenn ein Laser einzelne Photonen auf seinen halbdurchlässigen Strahlenteiler schießt.
Die Bereitschaft, aus den Ergebnissen von Schlüsselexperimenten zu lernen, ist ein Merkmal echter Wissenschaft. Es ist das Fehlen dieser Bereitschaft, das Pseudowissenschaften jeglicher Art auszeichnet: Sie erweisen sich als immun gegenüber jeder Art von Widerlegung. Anders als bei den „unglaublichen", aber experimentell gesicherten Phänomenen der Quantenphysik sind Zweifel an der Richtigkeit vieler „Theorien" nach wie vor angebracht.

Pädagogisch-psychologische Beispiele

Was haben die obigen Beispiele mit Pädagogik oder Psychologie zu tun? Wie notwendig sorgfältige experimentelle Überprüfungen gerade auf den Gebieten Pädagogik und Psychologie sind, zeigen die folgenden Beispiele.
Beispiel Hilfsbereitschaft: Daß wir über uns selbst ziemlich schlecht Bescheid wissen, ist schon bei etlichen wissenschaftlichen Untersuchungen belegt worden. Es hat sich z.B. gezeigt, daß ein Mensch einem anderen um so eher zu Hilfe eilt, je weniger Zeugen er hat. Stehen andere dabei, so sinkt seine Hilfsbereitschaft. Die Abwesenheit von Zeugen (UV) ist einer der wirklich wirksamen Gründe für sein Eingreifen (AV), so sehr, daß man jedem, der Hilfe braucht, nur wünschen kann, seine Hilferufe mögen nur einen Einzelnen erreichen. Aber die Leute wissen nicht, daß ihr Handeln von der Abwesenheit anderer beeinflußt wird. Sagt oder demonstriert man es ihnen, so streiten sie es beharrlich ab.

Beispiel Einstellungsänderung: In einer Untersuchung in den USA waren Oberschüler nach ihrer Einstellung zur Rassenintegration befragt worden. Ein paar Wochen später fanden Gruppendiskussionen statt, getrennt für die Befürworter und die Gegner einer gemischtrassigen Schule. Dabei war ein in das Experiment eingeweihter Schüler anwesend, der mit vorbereiteten Argumenten (UV) versuchen sollte, die Gruppe der Befürworter und die Gruppe der Gegner jeweils von der gegenteiligen Einstellung (AV) zu überzeugen. Ein allgemeiner Meinungsumschwung fand in beiden Richtungen statt: Aus Befürwortern wurden Gegner, aus Gegnern Befürworter der Rassenintegration. Dann sollten sich die Schüler noch einmal an ihre früheren Meinungen erinnern. Sie erinnerten sich: aber falsch. Ihr Gedächtnis hatte die vorherigen Meinungen gründlich umfrisiert: So bemerkten sie ihren tatsächlichen Meinungswandel nicht!

Ursache oder Wirkung? In einer Untersuchung zeigte man Studierenden einen Videofilm, in dem ein belgischer Professor mit Attributen (Akzent und Erscheinung) einen pädagogischen Vortrag hielt. Es gab diesen Film in zwei Fassungen. In jeder Hinsicht waren die beiden Fassungen gleich, nur sprach der Professor in der ersten Fassung betont freundlich, in der zweiten betont kühl. Dann fragte man die Studenten, wie ihnen der Professor insgesamt gefallen habe und wie sie seine Attribute beurteilten (Nisbett & Wilson, 1977).

Wie zu erwarten war, hatte er ihnen in der „freundlichen" Version (UV_1) gefallen, in der „kühlen" (UV_2) mißfallen. Wer die „freundliche" Videoversion gesehen hatte, beurteilte auch seine Attribute positiv; wer die „kühle" Videoversion gesehen hatte, beurteilte seine Attribute negativ. Daß das Urteil der Studenten über seine Attribute davon abhängig gewesen sei, ob der Professor freundlich war oder kühl, stritten sie indessen ab. Alle Studenten waren der Meinung, seine Attribute hätten seine Freundlichkeit oder Kühle bestimmt und nicht umgekehrt. Ursache und Wirkung hatten die Studenten also miteinander vertauscht! Diese Ergebnisse zeigen: Wir sind oft eigentümlich hilflos, wenn wir angeben sollen, warum wir etwas tun!

Der Pygmalion-Effekt: Die amerikanischen Psychologen Rosenthal und Jacobson (1971) wiesen empirisch nach, daß sich sogar die „Intelligenz" von Schülern erhöhen läßt, wenn man bei Lehrern entsprechende positive Erwartungen weckt. Zu Beginn eines Schuljahres übernahmen die beteiligten Lehrer neue Schulklassen, deren 225 Schüler ihnen noch unbekannt waren. Den 18 Lehrern wurde mitgeteilt, daß einige Schüler (20 Prozent) „Spätentwickler" seien, aufgrund ihrer hohen Intelligenz jedoch innerhalb des Schuljahres „aufblühen" würden. Diese Mitteilungen waren jedoch falsch, da die 20 Prozent der Schüler *rein zufällig* (Randomisierung) – und nicht nach ihren tatsächlichen Intelligenzwerten – ausgesucht worden waren. Nach acht Monaten wurde der Intelligenztest mit den Schülern wiederholt. Die Gruppe der angeblichen „Aufblüher" verzeichnete – besonders in den beiden ersten Klassen – einen signifikant größeren *Intelligenzzuwachs* als die Gruppe der übrigen 80 Prozent der Schüler. Die Grundannahme, daß eine positive Erwartung und die Etikettierung (UV) als „Aufblüher" zu verbesserter Intelligenz (AV) führen, wurde somit bestätigt: Die Prophezeiung hat sich selbst erfüllt! Die Wirkung der Etikettierung kann man in fünf Schritten (Kern, 1986) so erklären:

1. Die Information (größere Intelligenz) verändert die bisherige Leistungserwartung der Lehrer gegenüber den Schülern; die Lehrer schätzen die Fähigkeiten der „Aufblüher" höher ein.
2. Die Lehrer erklären Erfolge dieser Schüler mit hoher Begabung, Mißerfolge mit mangelnder Anstrengung. Diese Sichtweise vermitteln die Lehrer den „Aufblühern" in Sprache, Gestik und Mimik.
3. Die Schüler übernehmen allmählich die positiven Erwartungen und Erklärungen der Lehrer und fügen sie in ihr Selbstbild ein. Sie merken, daß ihre Fähigkeiten höher eingeschätzt werden als früher und sind bemüht, die Erwartungen der Lehrer zu erfüllen.

4. Die Schüler strengen sich mehr an, um ihre vermeintlichen Begabungen auszuschöpfen. Sie lernen dadurch intensiver.
5. Die Schüler erreichen aufgrund ihrer vermehrten Anstrengungen tatsächlich bessere Leistungen als früher. Die verbesserten Leistungen lassen sich dann im Intelligenztest nachweisen. Gleichzeitig bemerken die Lehrer das erwartungsgemäße Verhalten der Schüler und fühlen sich noch mehr in ihren Erwartungen bestätigt: Die Prophezeiung hat sich selbst erfüllt!

> **Merke:**
> Wir können eher von Erkrankungen genesen als von einer Etikettierung!

Die Untersuchung hat gezeigt, daß Lehrer durch ihre Erwartungen das Verhalten ihrer Schüler beeinflussen. Den Lehrern war kaum bewußt, daß sie ihre Schüler sehr unterschiedlich behandelten.
Was hilft gegen Etikettierungen? Eine sorgfältige und genaue Verhaltensbeobachtung, die zeigt (siehe Kap. 2.5), daß sich Menschen sehr situationsspezifisch verhalten und ihr Verhalten eine für den Betroffenen notwendige Reaktion darstellt, die durch Etikettierungen aus dem Blickfeld gerät.
Sogenannten „schlechten" Schülern gegenüber verhalten sich Lehrer oft folgendermaßen:

1. Lehrer geben „schlechten" Schülern weniger Zeit zum Beantworten von Fragen als „guten" Schülern.
2. Wenn ein „schlechter" Schüler eine falsche Antwort gegeben hat, nehmen Lehrer schneller einen anderen Schüler dran oder beantworten die Frage gleich selbst.
3. Lehrer kritisieren „schlechte" Schüler häufiger als „gute" Schüler.
4. Sie loben „schlechte" Schüler für richtige Antworten seltener als „gute" Schüler.

5. Oft geben Lehrer „schlechten“ Schülern auf ihre Antworten keine Rückmeldung.
6. Sie schenken „schlechten“ Schülern seltener Beachtung (z.B. durch Blickkontakt oder Anlächeln).
7. Lehrer rufen „schlechte“ Schüler seltener auf und stellen ihnen meist weniger offene Fragen.
8. „Schlechte“ Schüler sitzen oft auf Plätzen, die vom Lehrer weniger beachtet werden.
9. Von „schlechten“ Schülern wird oft weniger Schulleistung verlangt. Sie bekommen z.B. einfachere Aufgaben, oder man fordert immer weniger von ihnen.

Solche Lehrer-Verhaltensweisen können zu schlechteren Leistungen der betroffenen Schüler führen. Lehrer erkennen jedoch häufig die Wirkungen ihres Verhaltens nicht oder sehen andere Ursachen (hohe oder niedrige Intelligenz) als wirksam an. Das Verhalten der Lehrer und das Verhalten der Schüler ist jedoch sehr stark *voneinander abhängig*, wie die Studie von Rosenthal und Jacobson (1971) gezeigt hat. Wie unterschiedlich Lehrer tatsächlich Schüler behandeln, zeigt ein Beispiel, das aus einer Eingangsklasse mit 20 Schülern einer Sonderschule für Lernbehinderte stammt (siehe Kapitel 2.7). Es sind aber nicht nur Lehrer, deren Erwartungen zu Selbst-Täuschungen führen, wie die folgende Studie aus der Psychiatrie zeigt.
Die Rosenhan-Studie: Rosenhan (1973) überprüfte die Gültigkeit psychiatrischer Diagnosen. Er schickte acht psychisch gesunde Menschen (solche, die bisher niemals Symptome ernsthafter psychischer Störungen gezeigt hatten) in psychiatrische Krankenhäuser, um festzustellen, ob diese Pseudopatienten („Schwindler“) als gesund erkannt und dann entlassen würden.
Die Pseudopatienten (Schwindler), drei Frauen und fünf Männer, nahmen einen falschen Namen an, änderten ihre Berufsangaben und vereinbarten einen Termin. Jeder Pseudopatient kam in die Klinik und gab an, „Stimmen“ gehört zu haben. Er sagte, die „Stimmen“ seien oft undeutlich, aber soweit er sie verstanden

habe, sagten sie: „leer", „hohl", „dumpf". Die Stimmen seien ihm unbekannt.
Die Pseudopatienten erzählten ihre Lebensgeschichte. Außer dem Namen, dem Beruf und der Beschäftigung waren diese Angaben alle wahrheitsgemäß und hätten die Diagnose „gesund" ergeben müssen. Nach der Aufnahme in die psychiatrische Station simulierten die Pseudopatienten keinerlei abnorme Symptome („Stimmen" zu hören) mehr, denn es war allen Pseudopatienten gesagt worden, daß sie aus *eigener Kraft* wieder herauskommen müßten: Durch eine überzeugende Darstellung ihrer Gesundheit.
Trotz der öffentlich zur Schau gestellten Gesundheit wurden alle acht Patienten mit der Diagnose *„Schizophrenie"* etikettiert und mit der Diagnose *„abklingende Schizophrenie"* entlassen. Die durchschnittliche *Verweildauer betrug 19 Tage*; das Maximum lag bei 52 Tagen. Das Etikett „abklingende Schizophrenie" bedeutet, daß der Patient nicht normal bzw. nicht gesund ist und die Schizophrenie lediglich nicht mehr akut feststellbar ist.
Das Personal und die Klinikärzte bemerkten also nicht, daß die acht Patienten nur „Pseudopatienten" waren. Dagegen äußerten 35 von 180 Mitpatienten den Verdacht, die Pseudopatienten seien Journalisten, Professoren oder würden die Krankenhausorganisation überprüfen. Waren diese 35 aufmerksamen Patienten nun gesund oder krank?
Zweite Studie: Im zweiten Teil des Experiments wurde das Krankenhauspersonal informiert, daß in den nächsten drei Monaten Pseudopatienten versuchen würden, in das psychiatrische Krankenhaus aufgenommen zu werden. Von den 93 in diesem Zeitraum aufgenommenen Patienten wurden 4 Patienten mindestens von einem Mitglied des Personals „mit großer Sicherheit" als Pseudopatient bezeichnet. Bei 23 Patienten bestand bei einem oder mehreren Psychiatern der Verdacht, daß sie „Pseudopatienten" seien. Tatsächlich aber stellte sich *kein* einziger Pseudopatient in dieser Zeit vor!

Was war nun mit den 23 Patienten, die von den Psychiatern als gesund angesehen wurden? Waren diese Personen gesund oder krank? Sie blieben auf jeden Fall im Krankenhaus.

Merke:
Die Gründe unseres Verhaltens sind nur schwer zu durchschauen. Empirische Untersuchungen aus der Physik, Pädagogik und Psychologie zeigen deutlich, wie schnell wir falsche Schlüsse ziehen und Ursachen mit Wirkungen verwechseln. Wissenschaftliche Aussagen sollten überprüfbar und prinzipiell falsifizierbar sein. Vor Fehlschlüssen schützen empirische Überprüfungen.

2.2 Beobachtung und Hermeneutik

Beobachtung spielte von jeher eine wichtige Rolle in der Pädagogik und Psychologie. Die in die philosophisch-geisteswissenschaftliche Tradition der Jahrhundertwende eingebettete Hermeneutik war zunächst maßgebend in Psychologie und Pädagogik.
In der Pädagogik lassen sich drei wesentliche Paradigmen bzw. drei philosophische Grundorientierungen (Dialektik, Hermeneutik und Empirik) unterscheiden, die durch verschiedenartige Schulen repräsentiert werden. Materialismus und kritische Theorie als dialektische Schule, Phänomenologie und Symbolischer Interaktionismus als hermeneutische Schule und Kritischer Rationalismus und Behaviorismus als empirische Schule (Jank & Meyer, 1991, S. 100). Im Bereich der Pädagogik finden sich als Vertreter der materialistisch-dialektischen Schulen z.B. W. Jantzen und G. Feuser, für die hermeneutische Schule W. Pfeiffer und B. Fornefeld und für die empirische Schule C. Anstötz und U. Bleidick bzw. deren Nachfolger. Bis circa 1960 war die Hermeneutik die bestimmende Richtung, dann gewannen die empirischen Wissenschaften an Gewicht. Nach Dilthey (1900) zerfällt die Psychologie in eine verstehende (d.h. beschreibende und zergliedernde)

und eine erklärende Psychologie, die sich ihrerseits durch die Übernahme der naturwissenschaftlichen Methode auszeichnet. Die Natur erklären wir, das Seelenleben verstehen wir (Dilthey, 1900).

Pädagogik und Psychologie sind daran interessiert, das Verhalten anderer Menschen zu erforschen, d.h. in hermeneutischer Sichtweise: Zu verstehen, warum oder wozu ein Mensch sich so und nicht anders verhält. Methodisches Mittel ist die sogenannte „Einfühlung", d.h. das beobachtete Verhalten als Möglichkeit des eigenen zu erkennen und es mit Sinn zu füllen. Das „einfühlende Verstehen" liefert plausible Hypothesen über den Sinn fremden Verhaltens, die Stimmigkeit bedarf jedoch einer weitergehenden Prüfung (Wember, 1992a, 1992b). Hierzu bietet die Geisteswissenschaft den „hermeneutischen Zirkel": Das zu verstehende einzelne Lebensmoment hat nur Bedeutung durch seinen Zusammenhang mit dem Ganzen der Lebenseinheit, so wie diese wiederum nur aus den einzelnen Momenten verständlich wird. So läuft das Verstehen stets vom Ganzen zum Teil und zurück zum Ganzen, um in konzentrischen Kreisen die Einheit des verstandenen Sinnes zu erweitern. Einstimmung aller Einzelheiten zum Ganzen ist das jeweilige Kriterium für die Richtigkeit des Verstehens. Das Ausbleiben solcher Einstimmung bedeutet Scheitern des Verstehens.

Da die Geisteswissenschaften durch „einfühlendes Verstehen" und den hermeneutischen Zirkel die Sinnstiftung eines Menschen erfassen und verstehen wollen, wurde von Seiten der empirischen Wissenschaften vor allem die unwissenschaftliche Vorgehensweise kritisiert, da Vorverständnis, Datenerhebung und Interpretation miteinander verbunden sind und keine intersubjektive Prüfung und Falsifizierung zulassen. Dieser Kritik wurde mit der Entwicklung der sogenannten „Objektiven Hermeneutik" von U. Oevermann u.a. begegnet. Aber auch die „objektive Hermeneutik" kann aus einem verstehenden Ansatz keine Handlungsdirektive entwickeln. Wember (1992a, b) weist auf das Apriori der subjektiven Gleichartigkeit des Menschen hin, die die Grenzen des „einfühlenden Verstehens" bestimmt. Das Verstehen des anderen Menschen scheitert an seiner Andersartigkeit. Die Dichotomie von Verstehen und Erklären ist nicht haltbar, beide müssen als gegenseitig abhängig gesehen werden und Hermeneutik ist als Methode sicherlich nicht ausreichend für eine adäquate Erfassung der Wirklichkeit.

Um intersubjektive Überprüfung und Falsifizierung zu ermöglichen, erkennen Geisteswissenschaftler die Notwendigkeit einer empirischen Absicherung des Verstehens an, andererseits geben empirisch arbeitende Wissenschaftler die Notwendigkeit einer hermeneutischen Reflexion zu (Jank & Meyer, 1991, S. 128). Trotz dieser gegenseitigen methodischen Annäherung von Hermeneutik und Empirik gibt es inhaltliche Unterschiede: Der Hermeneutiker fragt nach dem Sinn eines Verhaltens, der Empiriker versucht kausale (ursächliche) Gründe für dieses Verhalten zu finden. Selbst diese Unterschiede dürften verwischen, da auch Empiriker die Stimmigkeit von Ganzem und Einzelnem im Blickpunkt haben. So wird z.B. in der Funktionellen Diagnostik der Verhaltenstherapie nach dem Sinn bzw. der Funktion einer Verhaltensweise gefragt und je nach der Beantwortung dieser Fragen werden durch Förderung, Training oder Therapie solche neuen Verhaltensweisen erlernt und eingeübt, die Sinn machen und die Funktion der alten Verhaltensweisen übernehmen können. Für Empiriker stellen Beobachtungen dafür die Grundlagen dar.

2.3 Die freie Beobachtung

Sie ist eine unsystematische, umfassende Beobachtung, die keine methodischen Einschränkungen kennt. Je nach Fragestellung wird frei das beobachtet, was der Beobachter für relevant hält. Sie wird oft in Form der teilnehmenden Beobachtung z.B. in Schulklassen durchgeführt. Die „freie" Beobachtung kennzeichnet sich durch ein ungesteuertes und nicht vorsortiertes Betrachten ohne besondere Fragestellung.

Ist „freie" (theoriefreie) Beobachtung überhaupt möglich? Jede Wahrnehmung setzt Schemata voraus, ist immer Filterung, Selektion, Kategorisierung, Sinnstiftung. Wahrnehmung ist ein Prozeß, an dem Wahrnehmender und Wahrgenommenes interaktiv beteiligt sind. Was wir beobachten, wird von uns im Lichte von Theorien als die jeweilige Beobachtung konstruiert. So „frei" und harmlos ist die freie Beobachtung also nicht. Was wir beobachten, ist immer „theorieimprägniert" (Popper, 1984).

Was wir beobachten und weswegen wir gerade einen bestimmten Sachverhalt beobachten (und einen anderen nicht), ist abhängig von unserer „subjektiven Theorie", die wirksam ist, auch wenn sie nicht explizit formuliert wird. Ob Beobachter A das verbale oder das nonverbale Verhalten des Lehrers oder eines Schülers beobachtet, ist nicht „frei", sondern von dem geprägt, was er über Unterricht weiß und was er für bedeutsam hält, also von seinem subjektiven, theoretischen Verständnis von Unterricht. Beobachter B beobachtet im selben Augenblick die Sozialform des Unterrichts, das Lern- oder Sozialverhalten der Schüler und/oder die Lehrer-Schüler-Interaktionen. Beobachter C beobachtet währenddessen, wie der Lehrer Formen des Projektunterrichts anbahnt oder fachdidaktische Gesichtspunkte umsetzt. Die Auswahl dieser Schwerpunkte durch die drei Beobachter macht den Einfluß deutlich, den subjektive, theoretische Überlegungen und Erfahrungen auf die Beobachtungsinhalte haben. Ohne eine subjektive, meist unabsichtliche Auswahl kann keine Beobachtung stattfinden, denn die Vielfalt möglicher Aspekte würde jeden Beobachter hoffnungslos überfordern. Daher sollten Beobachter sich ihrer subjektiven Theorien bewußt werden, sie hinterfragen und wenn möglich deutlicher formulieren, was sie beobachten wollen und warum gerade diesen oder jenen Sachverhalt. Besonders wenn sie aus ihren Beobachtungen Schlüsse ziehen wollen, um Unterrichtsprobleme zu lösen, sind Bezüge zu (subjektiven) Theorien notwendig.

Aufgrund der Schwierigkeiten, die sowohl durch Introspektion als auch durch die „freie" Beobachtung auftreten, wurden objektive Methoden entwickelt, die zu zuverlässigen (reliablen) Ergebnissen führen und beobachtbares Verhalten in den Vordergrund der Forschung stellen. Diese objektiven Methoden finden sich in der systematischen Beobachtung wieder, die in Zeichensysteme, Kategoriensysteme und Schätzskalen unterschieden wird.

2.4 Die systematische Beobachtung

Aufbauend auf der „freien" Beobachtung sollte die systematische Beobachtung durchgeführt werden, wenn sich spezielle Fragestellungen ergeben. Systematische Beobachtung unterscheidet sich vom alltäglichen Hinschauen, vom bloßen Wahrnehmen und von der unsystematischen Beobachtung. Wissenschaftliche Beobachtung ist immer systematische Beobachtung. Nur wer eine konkrete Fragestellung hat, eine Hypothese prüft, einem Zusammenhang nachgeht, betreibt Wissenschaft. Nur durch systematische Beobachtungen kann eine substantielle, realitätsnahe Wissenschaft aufgebaut werden. Der Experimentator manipuliert absichtlich und systematisch die Untersuchungsbedingungen, da er ein spezielles Interesse, eine spezielle Fragestellung und explizite Hypothesen hat, die er an konkreten Daten überprüfen will, die einen *kleinen, aber relevanten Ausschnitt der Wirklichkeit* darstellen.

Systematische Beobachtung ist die absichtliche, aufmerksamkeitsselektive Art des Wahrnehmens, die nur ganz bestimmte Aspekte beachtet. Diese Einschränkung auf ganz bestimmte, aber theoretisch wesentliche Aspekte ist kennzeichnend für Wissenschaften. Das Beobachten wird gegenüber der „freien" Beobachtung planvoller, selektiver, von einer Suchhaltung bestimmt und bezieht die Möglichkeit einer korrekten Auswertung (Objektivität) und Zuverlässigkeit (Reliabilität) mit ein. Bei der systematischen Beobachtung wird ein System angewandt, das aus einem Satz von Regeln besteht, welches dem Beobachter vorschreibt, was er beobachten und festhalten soll. Das, was beobachtet wird, muß möglichst objektiv, reliabel (zuverlässig) und valide (gültig) sein.

Kennzeichnend für die systematische Beobachtung ist also der Begriff Absicht, der ein Ziel voraussetzt, der Begriff Selektion, der besagt, daß bestimmte Aspekte des Wahrnehmungsfeldes genauer beobachtet werden als andere (die Kunst des Weglassens); der Begriff **Objektivität** (Durchführung, Auswertung, Interpretation), der besagt, daß Beobachtung immer nach Regeln durchgeführt, ausgewertet und interpretiert wird; der Begriff **Reliabilität,** der verlangt, daß die Ergebnisse einer systematischen Beobachtung wiederholbar (replizierbar) sein sollen und verschiedene Beobachter bei der Beobachtung desselben Sachverhaltes zu demselben Ergebnis kommen sollten; der Begriff **Validität,** der beinhaltet, daß wirklich auch das beobachtet wird, das auch beobachtet werden soll (siehe auch Kap. 2.8).
Systematische Beobachtung ist eine Form der Messung und Teil eines Experiments. Durch Beobachtung wird versucht zu theorierelevanter Beschreibung durch die Einschaltung eines Beobachters als Meßinstrument zu kommen, der das Beobachtete intern verarbeitet (kodiert) und abbildet, ähnlich wie die Eigenschaft „Temperatur" durch Zahlen (Grad Celsius) abgebildet wird. Der Experimentator geht deduktiv vor (siehe Kap. 1), er leitet aus einer Theorie eine konkrete Hypothese ab und konfrontiert sie mit speziell zu diesem Zweck erhobenen Daten. Die deduktive, systematische Beobachtung steht gleichrangig neben anderen Datenerhebungsmethoden, wie z.B. Tests, Fragebogen, Interviews. Deduktive Beobachtung ist bei bestimmten Forschungsfragen Bestandteil eines Experiments. Bei einem Experiment werden die Randbedingungen kontrolliert und die (theoretisch) relevante UV wird eingeführt, um einen Effekt, der durch die AV gemessen wird, zu erhalten. Die AV muß gemessen werden, und eine der wichtigsten Methoden dazu ist die systematische Beobachtung. Oftmals werden Beobachtungen, z.B. im Schulalltag, bei einem Training oder während einer Therapie, die einzige Meßmethode sein. Je nach dem Ausmaß, in dem vom Beobachter Schlußfolgerungen erwartet werden, können drei Gruppen von Beobachtungssysteme unterschieden werden: Zeichensysteme, Kategoriensysteme und Schätzskalen.

Zeichensysteme verlangen vom Beobachter das Auftreten eines oder mehrerer vorher festgelegter und theoretisch begründeter Ereignisse zu registrieren. Der Beobachter hat lediglich zu registrieren, ob ein Ereignis, wie z.B. Wortmelden oder „aggressives" Verhalten bzw. Einnässen, aufgetreten ist oder nicht. Zeichensysteme werden häufig zur Kodierung non-verbaler Verhaltensweisen herangezogen. Ein ausführliches Beispiel eines Zeichensystems stellt die quantitative und qualitative Erfassung von Lehrer-Schüler-Interaktionen im Kap. 2.7 dar.

Merke:
Der Beobachter registriert lediglich das Auftreten eines genau definierten Verhaltens oder mehrerer Verhaltensweisen, wie z.B. Wortmeldungen im Unterricht oder nächtliches Einnässen. Andere Verhaltensweisen sind irrelevant.

Kategoriensysteme sind so konstruiert, daß jedes auftretende Verhalten während des Beobachtungszeitraums in vorher festgelegte, theoretisch begründete Kategorien eingeordnet wird, wobei jede Verhaltensweise in eine der vorgegebenen Kategorien registriert werden muß. Vom Beobachter wird verlangt, daß er Schlüsse auf die Absicht des Senders und die Wirkung beim Empfänger ziehen kann. Im Unterschied zu einem Zeichensystem muß der Beobachter hier nicht nur feststellen, ob ein Verhalten aufgetreten ist oder nicht, sondern er muß zusätzlich entscheiden, welche Funktion oder inhaltliche Bedeutung dieses Ereignis hat. Beispielsweise muß der Beobachter den Satz „Was wißt ihr über Tiere im Winter" bei einem Zeichensystem nur als aufgetreten registrieren. Bei einem Kategoriensystem hingegen muß er zusätzlich eine Zuordnung treffen, ob der Satz z.B. eine einfache Lehrerfrage darstellt, ob dies eine sogenannte „höhere kognitive" Frage darstellt oder ob der Lehrer mit diesem Satz einen Schülergedanken aufgreift. Je nach inhaltlicher Bedeutung und Schülerreaktion wird der Satz einer anderen Kategorie zugeordnet. Bei der kategorialen Zuordnung orientiert sich der Beobachter an dem Kontext, in dem die Äußerung eingebettet ist, sowie an den operationalisierten Definitionen der einzelnen Kategorien.

> **Merke:**
> Jedes beobachtbare Verhalten wird in festgelegte Kategorien eingeordnet. Die Zahl der Kategorien hängt von der zugrundeliegenden Theorie, dem Gegenstand und der Unterscheidungsfähigkeit des Beobachters ab.

FIAK- und SIK-System: Ein bekanntes Kategoriensystem aus dem Bereich der internationalen Unterrichtsforschung ist das FIAK (Flandersche-Interaktions-Kategoriensystem) von (Flanders, deutsch: Merkens/Seiler, 1978), das zur Erfassung des verbalen Lehrerverhaltens sieben Kategorien, zur Erfassung des Schülerverhaltens zwei Kategorien vorsieht. Das verbale Lehrerverhalten wird dadurch stark gewichtet. Die wichtigsten Kategorien sind die vier Kategorien von Lehreräußerungen zur indirekten Beeinflussung: Akzeptieren von Gefühlen (Kat. 1), Loben und Ermutigen (Kat. 2), Eingehen auf Gedanken-Ideen (Kat. 3) und Fragenstellen (Kat. 4). Zu den direkten Lehreräußerungen gehören Vortragen-Dozieren (Kat. 5), Anweisungen geben (Kat. 6) und Kritisieren (Kat. 7). Zwei Kategorien sind für Schüleräußerungen vorgesehen: Schüler antworten (Kat. 8) und Schüler sprechen aus eigener Initiative (Kat. 9). Die Restkategorie stellt Schweigen-Durcheinander (Kat. 10) dar.
Das Sozioemotionale-Interaktions-Kategoriensystem (SIK) von Wagner u.a. (1976) ist ein im deutschen Sprachraum bekanntes Kategoriensystem, das für das verbale *Lehrer- und Schülerverhalten jeweils 10 Kategorien* vorsieht. Das SIK enthält fünf eher schülerzentrierte Verhaltensweisen (Lob, verständnisvolle Wiedergabe von Äußerungen anderer, verbalisieren eigener Gefühle und Handlungen, Gesprächsstrukturierung, Problemstrukturie-

rung) und vier eher lehrerzentrierte Verhaltensweisen (direktive Fragen, enge Fragen, dominantes Verhalten und Tadel) sowie eine neutrale Kategorie.
Wie das FIAK-System erfordert auch das SIK-System ca. 20 bis 40 Stunden intensives Training, ehe sie im Unterricht angewendet werden können. Allein durch das Kodiertraining kann Lehrerverhalten bereits geändert werden.

Schätzskalen verlangen vom Beobachter über Schlußfolgerungen der Kategoriensysteme hinaus auch zusätzlich noch den Grad der Ausprägung eines Merkmals im unmittelbaren Zusammenhang mit seiner Beobachtung einzuschätzen. Von dem Beobachter werden zwei Leistungen verlangt: Registrierung einer für sein Beobachtungssystem relevanten Äußerung (Verhaltensweise) und Beurteilung des Ausprägungsgrades durch Zuordnung einer Zahl oder einer verbalen Qualifikation (stark – mittel – schwach). Bekannte Schätzskalen für den Bereich Erziehung und Unterricht hat die Arbeitsgruppe um Tausch & Tausch (1977) entwickelt. Mit Hilfe dieser Schätzskalen können Lehrer objektive Rückmeldung über ihr Verbalverhalten erlangen und durch die Art der Rückmeldung vermehrt „schülerzentriert“ unterrichten.

Beurteilungsfehler: Um möglichst fehlerfreie Ergebnisse zu erzielen, müssen bei Konstruktion, Anwendung und Auswertung der Beobachtungssysteme Vorkehrungen getroffen werden. Eine der erfolgreichsten Maßnahmen systematische Fehler zu vermeiden, ist ein sorgfältiges Beobachtertraining. Trotzdem unterlaufen auch dem geübtesten Beobachter Fehler, wobei die folgenden am häufigsten auftreten:

1. *Tendenz zur Milde:* Die Tendenz, zu generell milden Urteilen in Abhängigkeit von persönlichen Neigungen. Tendenz zur sozialen Erwünschtheit.
2. *Zentrale Tendenz:* Die Tendenz, extreme Urteile besonders bei Schätzskalen zu meiden. Grund: Beurteiler kennt Proband

nicht genug, ist unsicher. Vorbeugende Maßnahmen: Vergrößerung der Bedeutungsunterschiede zwischen den mittleren und außenliegenden Items.

3. *Halo-Effekt:* Die Tendenz, sich bei der Beurteilung einzelner Eigenschaften vom Gesamteindruck oder bereits bekannten Eigenschaften der Person beeinflussen zu lassen. Grund: Das Merkmal ist schwer zu beobachten und zu beschreiben, dem Beobachter zu wenig bekannt, nicht ausreichend definiert, behaftet mit moralischer Bedeutung.
4. *Logischer Fehler:* Die Tendenz, Merkmale, die als logisch zusammengehörig betrachtet werden, ähnlich zu bewerten. Grund: Annahme des Beobachters, daß bestimmte Merkmale allgemein miteinander verkoppelt sind. Vorbeugende Maßnahmen: Beurteilung nur solcher Merkmale, die konkret am Verhalten beobachtbar und eindeutig definiert sind.
5. *Konsistenzeffekt:* Die Tendenz, in seinen Urteilen und Kodierungen konsistent d.h. widerspruchsfrei zu bleiben. Ein bereits bestehender Gesamteindruck wird beibehalten und Hypothesen werden eher bestätigt als verworfen.
6. *Veränderung des Beobachtermaßstabes:* Die allmähliche Veränderung des Maßstabes eines Beobachters kann durch Vergessen, Ermüdung, zunehmende Vertrautheit mit dem Beobachtungsgegenstand erfolgen. Eine Überprüfung mit dem Maßstab bzw. die erneute Kodierung und Überprüfung zurückliegender Beobachtungen (Ton-Video-Aufzeichnungen) kann solche Fehler reduzieren.

Die systematische Beobachtung ist die wichtigste Datenerhebungsmethode, und oftmals *stellt* sie *den Königsweg zu Daten dar*. Systematische Beobachtung wird leider in einführenden Lehrveranstaltungen meist nur kurz und überblicksartig dargestellt, selten aber anhand konkreter Beispiele eingeübt. Zur Einführung geeignete Texte liegen kaum vor (Ausnahme: Greve & Wentura, 1997) und so tun sich Anfänger und auch Praktiker mit systematischer Beobachtung sehr schwer. Daher sollen im folgenden drei konkrete Beispiele behandelt werden.

2.5 Verhaltensbeobachtung bei einem sozial zurückgezogenen Schüler

Die Messung der Intensität (Stärke) einer Verhaltensweise kann durch die Häufigkeit (wie oft?) oder die Zeitdauer (wie lange? wieviel Prozent der Zeit?) gemessen werden.
Die Stärke einer Verhaltensweise wird durch die Zeitdauer gemessen, wenn die Verhaltensweise sich über längere Zeiträume erstreckt, wie z.B. beim Hausaufgabenmachen, beim konzentrierten Arbeiten, oder wie lange jemand zum Lösen einer Aufgabe benötigt. Neben der Messung durch Minuten oder Sekunden kann auch gemessen (geschätzt) werden, zu wieviel Prozent der Zeit z.B. ein Schüler „aufmerksam" ist. Wenn die Zeit, in der ein Schüler ständig aufmerksam war (z.B. 1 Minute), geteilt wird durch die Gesamtzeit der Beobachtung (z.B. 3 Minuten) und mit 100 multipliziert wird, ergibt sich die Aufmerksamkeit in Prozent (z.B. 33 %).
Die Stärke einer Verhaltensweise sollte durch die Häufigkeit (wie oft) gemessen werden, wenn die Verhaltensweise nur kurzzeitig auftritt. Die Häufigkeit (Frequenz) eines Auftretens ist oftmals bei „aggressiven" Verhaltensweisen, beim Wortmelden, beim Stottern, bei Angstattacken etc. im allgemeinen die günstigste Messung.
Im folgenden soll am Beispiel „soziale Zurückgezogenheit" (AV) eine systematische Beobachtung erläutert werden, wobei die Intensität des Verhaltens durch die Häufigkeit gemessen wird. Danach folgt als klinisches Beispiel die Messung einer Stotterrate (AV) ebenfalls durch die Häufigkeit (in Prozent), sowie eine quantitative und qualitative Analyse von Lehrer-Schüler-Interaktionen, die ebenfalls durch Häufigkeit gemessen werden.

Beispiel: „Soziale Zurückgezogenheit"

Vor jeder systematischen Beobachtung sollte eine **Kennenlernphase** (Aufwärmphase) im Unterricht bzw. eine Hospitation erfolgen, bei der ein Beobachter an mindestens einer Unterrichts-

stunde teilnehmen und die Atmosphäre auf sich einwirken lassen sollte. Beim Kennenlernen soll er ein Gespür für das soziale Klima entwickeln und einen ersten Gesamteindruck erreichen.
In den darauf folgenden Unterrichtsstunden könnte der Beobachter das Verhalten einzelner Schüler oder kleiner Schülergruppen frei beobachten, die sich nach Meinung des Lehrers problematisch verhalten. Vergleiche mit anderen Mitschülern könnten auch aus ethischen Gründen wichtig sein (siehe auch Kap. 6.6). Danach könnte der Beobachter erste positive und negative Verhaltensweisen definieren. Nehmen wir an, ein Praktikant möchte einen Schüler beobachten, der sich nach Meinung des Lehrers sozial zurückzieht und selten am Unterricht beteiligt.

1. Was soll beobachtet werden?

Wir können nur Verhaltensweisen beobachten, die das Konstrukt „Soziale Zurückgezogenheit" präzisieren. Abstraktionen wie „Soziale Zurückgezogenheit" erleichtern zwar die Kommunikation, sind jedoch keine beobachtbaren Verhaltensweisen. Zudem besteht die Gefahr, daß wir zu stark abstrahieren und so tun, als ob ein Schüler sich immer und überall „sozial zurückgezogen" verhalte. Die Gefahr vorschneller und falscher Etikettierungen kann vermieden werden, wenn wir Verhalten genau beobachten und positiv z.B. als „soziale Zuwendung" definieren. Damit werden auch gleichzeitig positive Ziele einer möglichen Intervention miterfaßt. Die operationale Definition von „sozialer Zuwendung" könnte lauten:
- sucht Blickkontakt mit anderen
- spricht mit anderen
- beteiligt sich am Unterrichtsgeschehen
- meldet sich.

In einer Unterrichtsstunde wird dann erprobt, ob diese vorläufigen Kategorien präzise genug definiert sind. Dann ist zu entscheiden, ob die vier Kategorien jeweils einzeln erfaßt oder zu einem Gesamtwert zusammengefaßt werden sollen.

2. Wo soll beobachtet werden?

In der Regel in dem Unterrichtsfach, in dem das zu beobachtende Verhalten typisch und wichtig ist. Um zu überprüfen, ob das Verhalten nur in einem Fach (fachspezifisch) oder nur bei einem Lehrer (personenspezifisch) auftritt, sollte zunächst noch in weiteren Fächern beobachtet werden.

3. Wann soll beobachtet werden?

Aus der Unterrichtsforschung ist bekannt, daß nur dann ein repräsentatives Bild von Unterricht entsteht, wenn die Zeitpunkte der Beobachtung streng nach Zufall bestimmt werden. Pro Unterrichtsstunde sollten *drei bis fünf Beobachtungszeitpunkte im voraus festgelegt* werden. Diese Zeitpunkte wählt man aus, in dem man eine Zufallszahlentabelle oder als Hilfsmittel ein dickes Buch zur Hand nimmt und fünf- bis zehn Zettel in Buchseiten einlegt. Danach werden die Buchseiten aufgeschlagen, notiert (z.B. 674, 540, 409, 258, 168, 101, 748, 630, 534, 456, 388), die Hunderter abgestrichen (z.B. 74, 40, 09, 58, 68, 01, 48, 30, 34, 56, 88) und dann z.B. die vier Zahlen ausgewählt, die zwischen drei und 40 liegen (z.B. 40, 09, 30, 34). Zahlen zwischen drei und 40 werden gewählt, da Unterricht in den ersten und letzten Minuten oft nicht typisch verlaufen dürfte. Die verbleibenden Zahlen werden der Größe nach geordnet (z.B. 09, 30, 34, 40) und dem Stundenbeginn z.B. 9.10 Uhr zugerechnet (z.B. 9.19; 9.40; 9,44; 9,50). Somit steht der Beginn jeder der vier Beobachtungsperioden fest. Noch einfacher können Zufallszahlen gewonnen werden, wenn man die **wöchentlichen Lottozahlen** notiert.

4. Wie lange soll beobachtet werden?

Als günstig hat sich die Beobachtungsdauer von *zwei- bis vier Minuten* erwiesen, die aber auch davon abhängt, wie oft pro Stunde beobachtet wird.

5. Wie oft pro Unterrichtsstunde soll beobachtet werden?

Aus der Unterrichtsforschung ist bekannt, daß *drei bis fünf* Beobachtungen pro Unterrichtsstunde genügen, um ein repräsentatives Bild zu erlangen.

6. An wieviel Unterrichtsstunden/Tagen soll beobachtet werden?

Um eine repräsentative und stabile Datenbasis zu erhalten sind *drei bis fünf* Unterrichtsstunden/Tage zur Bestimmung des Ist-Zustandes ausreichend.

7. Wie wird beobachtet?

Während der festgelegten Beobachtungszeiten erfolgt jedesmal eine Eintragung in die entsprechend operational definierte Kategorie, wenn der Schüler das entsprechende Verhalten zeigt. Diese Eintragungen (Striche) werden addiert und zu einem Wert zusammengefaßt.

8. Wie sieht der Beobachtungsplan aus?

Aufgrund der o.g. Überlegungen wird folgendes festgelegt: Im Fach Deutsch soll in dreiminütigen Beobachtungsphasen (9.19 bis 9.22, 9.40 bis 9.43, 9.44 bis 9.47 und 9.50 bis 9.53 Uhr) beobachtet und diese Beobachtungen sollen zu einem Meßpunkt (pro Tag) zusammengefaßt werden.

Häufigkeit „Soziale Zuwendung" in Deutsch

Beobachtungsphasen	1	2	3	4
– sucht Blickkontakt mit anderen	1	2	1	1
– spricht mit anderen	0	0	1	1
– beteiligt sich am Unterrichtsgeschehen	1	1	0	1
– meldet sich	0	0	0	1
Summe:	**2**	**3**	**2**	**4 = 11**

Insgesamt treten in den vier Beobachtungsphasen in Deutsch elf Kodierungen auf, wenn man die vier Kategorien zusammenfaßt. Eine Erfassung, Umrechnung und Darstellung von einzelnen Kategorien entspräche der Vorgehensweise, wie sie typisch im Rahmen der Einzelfallforschung ist.

9. Wie werden die Beobachtungen dargestellt?

In der ersten Deutschstunde traten die elf Kodierungen innerhalb von vier mal je drei Minuten, d.h. innerhalb von zwölf Minuten Beobachtungsdauer auf. Pro Minute entspricht dies einer Frequenz von 11:12 = 0,9. Diese durchschnittliche Häufigkeit kann in eine Abbildung eingetragen werden, auf deren y-Achse (Abszisse) die Häufigkeiten pro Minute (0,9) und auf deren x-Achse (Ordinate) die Beobachtungstage eingetragen werden.
Erfolgen in der zweiten, dritten und vierten Deutschstunde weitere Beobachtungen in streng nach Zufall festgelegten Beobachtungsphasen, kann eine Grundkurve für „soziale Zuwendung" für das Fach Deutsch erstellt werden.

Summe der Kodierungen bei vier mal drei Minuten Dauer:

1. Deutschstunde:	**2**	**3**	**2**	**4**	=	11:12	=	0,9 pro Minute
2. Deutschstunde:	3	0	1	2	=	6:12	≐	0,5 pro Minute
3. Deutschstunde:	0	4	2	1	=	7:12	=	0,6 pro Minute
4. Deutschstunde:	2	3	1	2	=	8:12	=	0,7 pro Minute

Die mittlere Anzahl der „sozialen Zuwendung" des Schülers beträgt 0,9 (in der ersten Deutschstunde), 0,5 in der zweiten, 0,6 in der dritten und 0,7 in der vierten Deutschstunde. Diese Werte stellen die Grundkurve, d.h. den Ausgangszustand (Ist-Zustand) für das Verhalten des Schülers im Fach Deutsch dar. Wie die „soziale Zuwendung" des Schülers bewertet wird, ob seine Zuwendung als zu selten oder als ausreichend angesehen wird, hängt vom Schüler, den Erwartungen des Klassenlehrers und dem Verhalten der Mitschüler ab. Günstig wäre die Beoachtung von zwei oder drei Mitschülern zur Ermittlung von Vergleichswerten.

10. Verhält sich der Schüler in anderen Unterrichtsfächern ähnlich?

Sollte die „soziale Zuwendung" des Schülers nur in Deutsch zu selten auftreten, spräche dies dafür, daß keine generelle soziale Zurückgezogenheit vorliegt, sondern der Schüler sich eventuell nur aufgrund des Faches (ungeliebtes Fach), der Anforderungen (Basisfertigkeiten fehlen) oder des Lehrers (ungünstige Unterrichtsformen oder persönliche Abneigungen) sozial zurückzieht. Um diese Möglichkeiten zu überprüfen, ist eine kurze Beobachtungsphase in den anderen Fächern notwendig.
Treten in *Mathematik* z.B. innerhalb einer 12minütigen Beobachtungsphase am ersten Tag insgesamt 14 Kodierungen auf, entspricht dies einer Frequenz von 14:12 = 1,1 pro Minute. Nehmen wir ferner an, in den folgenden drei Tagen wären in Mathe die folgenden Durchschnittswerte ermittelt worden: 0,8 (zweite Stunde) 0,6 (dritte Stunde und 0,7 (vierte Stunde).
Treten in *Geschichte* z.B. neun Kodierungen innerhalb einer 12minütigen Beobachtungsphase auf, entspricht dies einer Frequenz von 9:12 = 0,75 pro Minute. Nehmen wir zudem an, daß in den folgenden drei Tagen in Geschichte diese Werte ermittelt wurden: 0,8 (zweite Stunde), 1,0 (dritte Stunde) und 0,8 (vierte Stunde).
Die Häufigkeit „sozialer Zuwendung" des Schülers pro Minute in den Fächern Deutsch, Mathematik und Geschichte spricht dafür, daß der Schüler fächerübergreifend vergleichsweise wenig „soziale Zuwendung" zeigt. Daraus würde folgen, daß an eine pädagogisch-psychologische Förderung gedacht werden könnte, die je nach den Ergebnissen der Diagnostik eventuell die Vermittlung von sozialen Fertigkeiten oder den Abbau von Ängsten in den Vordergrund stellen könnte.

2.6 Verhaltensbeobachtung bei einem stotternden Klienten

Für den klinischen Bereich soll kurz eine Verhaltensbeobachtung bei einem stotternden Klienten erläutert werden. Stotterereignisse bestehen aus Silben- oder Wortwiederholungen, Verzögerungen, Blockaden und non-verbalen Auffälligkeiten. Bei der

Auswertung wird jedes Wort dahingehend geprüft, ob verbales oder non-verbales Stottern auftritt. Wiederholungen oder Verlängerungen innerhalb eines Wortes werden nur einmal als Stottern erfaßt und indirekt über die Zeit gemessen, d.h. lange Blokkaden oder zahlreiche Silbenwiederholungen benötigen Zeit, wodurch die Anzahl der gesprochenen Worte reduziert wird. Die Sprechgeschwindigkeit besteht aus der Anzahl der gesprochenen Worte pro Minute.
Da Stottern oftmals in den einzelnen Sprechmodalitäten sehr unterschiedlich ausgeprägt ist, sollten mehrere Ton-Video-Stichproben von je zweiminütiger Dauer z.B. beim Lesen, beim Nacherzählen, beim freien Sprechen und beim Telefonieren erhoben und ausgewertet werden. Da Stottern sehr situationsabhängig ist, wird seine Ausprägung im Therapieraum, in der Schule, im Freizeitbereich oder bei der Arbeit unterschiedlich sein. Eine sorgfältige Beobachtung setzt daher voraus, daß mehrere zwei- oder dreiminütige Stichproben nicht nur in den verschiedenen Sprechmodalitäten, sondern auch in den verschiedenen Situationen erstellt werden. Stottern wird folgendermaßen erfaßt: Anzahl der Stotterereignisse (z.B. 30) geteilt durch die Anzahl der gesprochenen Worte pro Minute (z.B. 120) mal 100 ergibt eine Stotterrate von z.B. 25 Prozent. Stotterraten getrennt nach Lesen, Erzählen und Sprechen im Therapieraum und im Alltag sind in der Abb. 15 (Kap. 4.3.3) und Abb. 19 (Kap. 4.4.3) dargestellt.
Die Stotterraten in Prozent bzw. die Anzahl der „sozialen Zuwendung" im vorherigen Beispiel ergeben die Beobachtungspunkte, die trainings- oder therapiebegleitend erfaßt werden und bei der Evaluation (Bewertung) von Einzelfallstudien Verwendung finden.

2.7 Verhaltensbeobachtungen von Lehrer-Schüler-Interaktionen

Daß Lehrer und Schüler sich gegenseitig beeinflussen, dürfte spätestens seit der Studie von Rosenthal und Jacobsen (siehe Kap. 2.1) bekannt sein. Auch die Konstruktion von Beobach-

Tab. 1: Lehrerreaktionen insgesamt (Quantität) bzw. unterschieden nach Reaktionen auf angemessenes- bzw. unangemessenes Schülerverhalten (Qualität) in einer Klasse für 20 lernbehinderte Schüler.

		LEHRERREAKTIONEN auf SCHÜLERVERHALTEN		
		Quantität	Qualität	
NAME	Nr.	insgesamt	angemessenes	unangemessenes
Werner	1	20 %	4%	16%
Gaby	2	16 %	2%	14%
Silke	3	14 %	4%	10%
Beate	4	10 %	10%	0%
Klaus	5	6 %	4%	2%
Rolf	6	5 %	2%	3%
Sarah	7	5 %	4%	1%
Jan	8	5 %	3%	2%
Corinna	9	4%	2%	2%
Dirk	10	4 %	0%	4%
Susanne	11	3 %	1%	2%
Jakob	12	2 %	0%	2%
Matthias	13	2 %	2%	0%
Jörg	14	2 %	1%	1%
Andreas	15	1 %	1%	0%
Kerstin	16	1 %	0%	1%
Katja	17	0 %	0%	0%
Tina	18	0 %	0%	0%
Ole	19	0 %	0%	0%
Thomas	20	0 %	0%	0%
Summe		100 %	40 %	60 %

tungssystemen wie das FIAK- und SIK-System in der Unterrichtsforschung spricht dafür. Erstaunlich bleibt dennoch, daß Lehrer-Schüler-Interaktionen anscheinend nur selten erfaßt und analysiert werden, obgleich damit ohne großen Aufwand nützliche Informationen gewonnen werden könnten, wie das folgende Beispiel zeigt.

Lehrer sollten besonders persönlich, freundlich und zugewandt auf *angemessene Schülerverhaltensweisen* eingehen, d.h. diese Verhaltensweisen positiv *verstärken* (positive Qualität). Auf *unangemessene Schülerverhaltensweisen* sollten Lehrer nicht, sel-

ten oder nur sehr kurz, nüchtern und unpersönlich eingehen, d.h. diese Verhaltensweisen (negative Qualität) nach Möglichkeit *löschen*. Wird gegen die Kombination dieser zwei lerntheoretischen Prinzipien verstoßen, indem Lehrer z.B. sehr häufig auf unangemessenes Schülerverhalten eingehen, auf angemessenes Schülerverhalten jedoch nicht, oder selten, muß mit ernsten (Disziplin) Problemen gerechnet werden.
Tabelle 1 stellt systematische Beobachtungsdaten aus einer zweiten Klasse einer Sonderschule mit 20 lernbehinderten Schülern dar. Die systematische Beobachtung erfolgte in fünf Deutschstunden durch vier, je dreiminütige Stichproben. Die Qualität und Quantität der Lehrer-Schüler-Interaktionen wurden gleichzeitig durch die Häufigkeit erfaßt und in Prozent umgerechnet. Die Daten wurden zur besseren Übersicht in Abb. 1 graphisch aufbereitet, um neben den quantitativen Aspekten auch die Qualität der Lehrer-Schüler-Interaktionen zu verdeutlichen.

Analyse der Quantität:
Schüler 1 bis 4 erhalten insgesamt 60 Prozent der Lehrerzuwendung (siehe Tabelle 1 linke Spalte), wovon Schüler 1 allein 20 Prozent auf sich vereinigt. Da bei 20 Schülern und ausgewogenem Lehrerverhalten (Chancengleichheit) durchschnittlich jeder Schüler 5% der Lehrerzuwendungen erhalten sollte, sind derartige Bevorzugungen auf Dauer problematisch, zumal die Schüler 11 bis 16 kaum und die Schüler 17 bis 20 überhaupt keine Zuwendung vom Lehrer erhielten (siehe auch Abb. 1, hintere Säulenreihe).

Analyse der Qualität:
Die Qualität der Lehrer-Schüler-Interaktionen zeigt, daß Schüler 1 bis 3 insgesamt 40 Prozent der Gesamt-Lehrerzuwendung für unangemessenes Verhalten (siehe Tab. 1, rechte Spalte) bei 10 Prozent Gesamtzuwendung für angemessenes Verhalten auf sich vereinigen. Sie erhalten mit anderen Worten viermal soviel Zu-

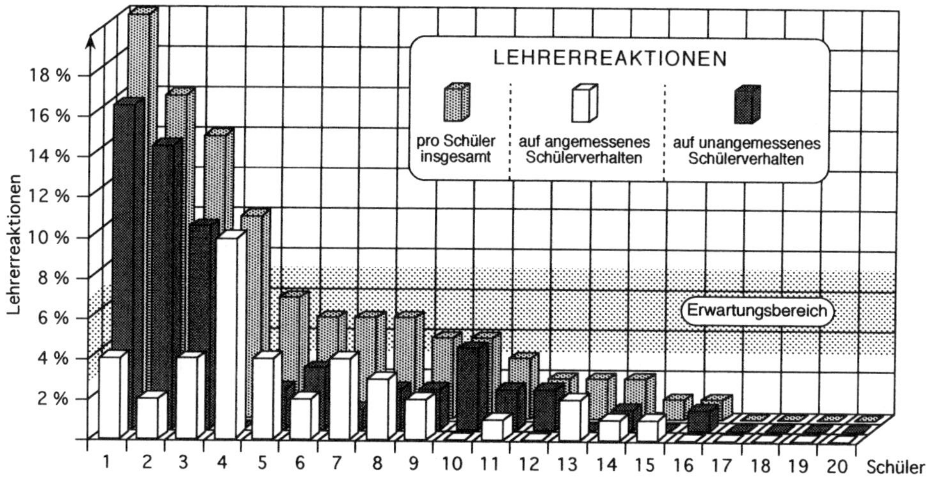

Abb. 1: Lehrerreaktionen insgesamt (Quantität) bzw. unterschieden nach Reaktionen auf angemessenes- bzw. unangemessenes Schülerverhalten (Qualität) in einer Klasse für 20 lernbehinderte Schüler.

wendung für unangemessenes (negative Qualität) als für angemessenes Sozial- und Lernverhalten (positive Qualität).

Ähnlich ungünstige Lehrer-Schüler-Interaktionen, bei denen die Lehrerzuwendung überwiegend auf unangemessenes Schülerverhalten hin erfolgt, liegt bei den Schülern 6, 10, 11, 12 und 16 vor (siehe Abb. 1, mittlere Säulenreihe). Weniger problematisch sind die Lehrer-Schüler-Interaktionen mit den Schülern 9 und 14, die gleichviel Lehrerzuwendungen für angemessenes und unangemessenes Verhalten erhalten. Sehr günstig im Sinne von Zuwendung für angemessenes Schülerverhalten sind die Interaktionen mit den Schülern 4, 5, 7, 8, 13 und 15.

Faßt man quantitative und qualitative Aspekte zusammen, so ergeben sich positive und angemessen häufige Lehrer-Schüler-Interaktionen nur für die Schüler 5, 7, 8 und 9. Bemerkenswert sind die (subjektiven) Schilderungen des Lehrers vor der quantitativen und qualitativen Analyse. Er berichtete von unglaublichen Disziplinproblemen, die allerdings nicht verwunderlich seien, da diese Klasse an der ganzen Schule dafür bekannt wäre. Der Lehrer erwähnte, daß er „ab und zu" inkonsequent sei und „das Gefühl habe", daß sich einige Schüler in den Vordergrund drängeln.

Auf den Vorteil einer systematischen Verhaltensbeobachtung, Beobachtung von Lehrer-Schüler-Interaktionen und die Gefahr subjektiver Wahrnehmungsverzerrungen (siehe auch Kap. 2.1) kann man nicht deutlicher hinweisen.

2.8 Gütekriterien bei der systematischen Beobachtung

Fehler treten bei allen Methoden der Datenerhebung, wie z.B. bei Fragebogen, Tests etc. auf, am allermeisten jedoch bei der „freien" bzw. unsystematischen Beobachtung. Kenntnisse über Beobachtungsfehler sollen zur Fehlersuche und zur Fehlervermeidung führen. Beobachtungsdaten bringen uns manchmal auf Ideen, um Theorien oder Hypothesen zu generieren. Beobachtungen nützen, um eine Vermutung zu widerlegen. Um die häufigsten Fehlerquellen von Beobachtungen zu erkennen und entsprechende Vorsichtsmaßnahmen ergreifen zu können, müssen Aspekte der Objektivität (Beobachterübereinstimmung, Auswertungsobjektivität, Interpretationsobjektivität), der Reliabilität (Retestreliabilität, Konsistenz) und der Validität (Inhalts-, Kriteriums- und Konstruktvalidität) erläutert werden.

Objektivität liegt vor, wenn die Anwendung eines Beobachtungssystems immer zu den gleichen Ergebnissen führt, gleichgültig wer es anwendet. Die Objektivität bezieht sich also auf die Meßgenauigkeit des Beobachtungssystems. Hohe Durchführungsobjektivität besagt, daß die Durchführung von der Person des Beobachters unabhängig ist. Die *Auswertungsobjektivität* besagt, daß die Ergebnisse von der Person des Auswerters unabhängig sind. Die *Interpretationsobjektivität* meint, daß die Interpretation nicht von der Person des Interpreten beeinflußt wird.

Reliabilität (Zuverlässigkeit) liegt vor, wenn Kategorien von (mindestens zwei) Beobachtern kodiert und gleiche Ergebnisse erzielt werden (näheres zur Berechnung siehe Greve & Wentura, 1997, Kap. 4.5). Die *Beobachterübereinstimmung* bezieht sich auf die mögliche Verfälschung der Ergebnisse durch Beobachter. Der häufigste Grund für mangelnde Beobachterübereinstimmung sind mangelnde Operationalisierungen der Kategorien und unzureichendes Training. Wenn mehrere Beobachter z.B. Videoaufnahmen gleichzeitig, aber voneinander unabhängig beobachten, kann die Beobachterübereinstimmung überprüft werden. Da die Gefahr besteht, daß die Beobachter die gleichen Fehler machen, wäre ein Vergleich mit einem Standard wichtig. Der Standard könnte von einem „Eichbeobachter", d.h. einem besonders erfahrenen und geschulten Beobachter gesetzt werden, der das Beobachtungssystem entwickelt hat bzw. es sehr gut beherrscht. *Retestreliabilität* besagt, daß die Ergebnisse eines Beobachters, z.B. nach vier Wochen, gleich sein sollen, wenn er die gleiche (Video-) Stichprobe zum zweitenmal kodiert. Genau genommen wird dabei ein besonderer Aspekt der Reliabilität, nämlich die *Konsistenz* ermittelt. Man vergleicht z.B. die erste und zweite Beobachtung miteinander. Macht ein Beobachter, z.B. aufgrund einer falschen Kodierung, immer den gleichen (systematischen) Fehler, kann seine Beobachtung konsistent, aber unreliabel sein.

Validität (Gültigkeit) einer Messung prüft, ob und inwieweit tatsächlich das gemessen wird, was gemessen werden soll *(Inhaltsvalidität)*. Was mißt eine Diplomprüfung? Mißt sie theoretisches Wissen oder praxisrelevante Fertigkeiten, die Intelligenz, die Ausdrucksfähigkeit, das soziale Gespür eines Prüfungskandidaten oder all dies auf einmal? Was die Diplomprüfung mißt, ist eine Frage der Validität.

Konstruktvalidität gibt an, in wieweit die operationale Definition z.B. für „aggressives Verhalten" mit dem Konstrukt Aggression übereinstimmt. *Die Kriteriumsvalidität* bezieht sich auf den Vergleich einer Messung mit einem Standard, einem Kriterium. Wenn ein Schüler während einer Unterrichtsstunde beobachtet wird und als „aufmerksam" eingeschätzt wird, müßte er den Unterrichtsstoff auch beherrschen (Kriterium), wenn die Beobachtung valide ist. Die Schwierigkeit, Kriteriumsvalidität zu sichern, zeigt sich darin, daß aber auch ein unaufmerksamer Schüler den Unterrichtsstoff beherrschen könnte, – wenn er sich z.B. zu Hause auf den Unterricht vorbereitet hat. Ein Zusammenhang von „Auf-

merksamkeit“ mit dem Kriterium „Beherrschen des Unterrichtsstoffs“ ist also nur wahrscheinlich, keineswegs aber sicher.
Angst könnte z.B. durch physiologische Messungen (hoher hautgalvanischer Widerstand), durch Verhalten (Vermeidung, Flucht) und durch subjektives Befinden (unangenehmes Gefühl) gemessen werden. Alle drei Dimensionen können mehr oder weniger eng z.B. mit den Kriterien Abwesenheit vom Arbeitsplatz, Häufigkeit von Arztbesuchen oder sozialem Rückzug zusammenhängen. Welches das wichtigste Kriterium ist, kann nur im Einzelfall entschieden werden. Die Verbindung zwischen den drei Dimensionen und den Kriterien kann also äußerst komplex sein. Neben den hier beschriebenen klassischen Validitätskriterien sind die sogenannte „soziale“ Validität und die „normative“ Validität ebenfalls von großer Bedeutung. Beide werden später (siehe Kap. 6.5) beschrieben.

Merke:
Ohne hohe Objektivität und Reliabilität gibt es keine ausreichende Validität. Eine unreliable Beobachtung mißt also nichts richtig, also auch das nicht, was sie messen sollte. Immer wenn hohe Validität vorliegt, dann müssen auch hohe Objektivität und Reliabilität vorliegen. Eine Beobachtung, ein Meßinstrument, kann aber auch sehr zuverlässig das Falsche (unvalide) messen.

2.9 Der falsche Umgang mit Zahlen

Nach Grawe (1990) geht es in der Psychologie – wie in anderen Wissenschaften – darum, etwas darüber herauszufinden, wie die Dinge miteinander zusammenhängen. In dieser Aussage ist bereits enthalten, daß Zusammenhänge von allgemeiner Gültigkeit interessieren: Es geht nicht nur darum, wie die Dinge im Einzelfall miteinander zusammenhängen, z.B. in der Biographie von Herrn X, sondern um gesetzmäßige Zusammenhänge.

Mit diesem Anspruch kommt man um die Frage der Quantifizierung nicht herum. Die Zusammenhänge, die in der Psychologie und Pädagogik interessieren, sind Merkmale des Erlebens und Verhaltens, und diese Merkmale interessieren, weil sie variieren, sich verändern: Über die Zeit, zwischen Situationen und zwischen verschiedenen Personen. Die Merkmalsvariation ist nicht nur hauptsächlicher Gegenstand des Forschungsinteresses, sondern zugleich auch Voraussetzung und Grundlage aller Forschungsstrategien zur Untersuchung von Zusammenhängen.
Wenn man sich darüber äußert, inwiefern ein bestimmter Mensch origineller sei als ein anderer, muß eine solche Aussage wissenschaftliche Kriterien wie die der Objektivität, Reliabilität, Validität, der Überprüfbarkeit und Wiederholbarkeit genügen. Es muß definiert werden, wonach Originalität inhaltlich und in ihrem Ausmaß beurteilt wird. Diese Kriterien können nur durch irgendeine Art von Messung und damit durch Zahlen erfaßt werden (Feger, 1990).
Dies ist der Punkt, an dem sich hermeneutische und empirische Wissenschaft scheiden. Für Hermeneutiker bedeutet Quantifizierung den Verlust des Wesentlichen (siehe auch Kap. 2.2). Die Bedeutung von Handlungen, Erlebnissen und Ereignissen erschließe sich nur aus ihrem je einmaligen Kontext, und eben dieser gehe verloren durch die Quantifizierung, die ja mit einer Reduktion der Variationsvielfalt auf ein Mehr oder Weniger in jeweils einzelnen Dimensionen verbunden ist. Die mit der Messung verbundenen Vorteile wie Genauigkeit, Replizierbarkeit usw. würden erkauft durch einen zu großen *inhaltlichen Bedeutungsverlust*. Die aus dem Meßvorgang resultierenden Zahlen seien ein untaugliches Mittel zum Transport der Informationen, auf die es wesentlich ankomme. In der Zahl seien die pädagogisch-psychologischen Ereignisse, um die es geht, ihres Kontextes und damit dessen beraubt, was für ihre Interpretation unverzichtbar sei.
Die grundsätzliche Kritik an einer mit Zahlen operierenden empirischen Wissenschaft trifft teilweise zu, aber gleichzeitig daneben (Grawe, 1990). Für viele der Hermeneutiker sind Zahlen an

sich von Übel und damit auch die Messung, die diese Zahlen produziert. In Wirklichkeit richten sich die Argumente, die sie vorbringen, aber nicht gegen die Messung an sich, sondern gegen eine gewisse Praxis der Messung und vor allem gegen das, was weiter mit dem Gemessenen geschieht. Die Weiterverarbeitung der aus dem Meßvorgang resultierenden Zahlen wird in der Psychologie als Auswertungsmethodik bezeichnet. Die einzelne Zahl bezieht sich auf die Intensität, die Häufigkeit oder Zeitdauer eines Merkmals, das beobachtet wird.
Diese auf das Individuum bezogenen Zahlen werden jedoch in der Gruppenforschung zu statistischen Kennwerten wie Mittelwerte, Streuungen, Varianzen und Korrelationen komprimiert und verrechnet. Diese Werte sind dann die charakteristischen Werte für die Probanden der Behandlungsgruppe oder der Kontrollgruppe. Damit verliert sich jeder Einzelwert im Gesamtwert und Aussagen über einen einzelnen Probanden sind nicht mehr möglich. Selbst wenn die Überprüfung eines Trainings oder eines Therapieverfahrens signifikant (statistisch bedeutend) positive Auswirkungen erbracht hätte, kann auf den Einzelnen bezogen nicht beantwortet werden, ob für ihn die Intervention einen positiven, keinen oder einen negativen Effekt bewirkt (Grawe, 1990). Einen Ausweg aus diesem Dilemma könnte die Einzelfallforschung bieten, die zwar auch mit Zahlen (Beobachtungen) operiert, die o.g. Nachteile jedoch vermeidet.

Fragen zum Kapitel

1. Wozu brauchen wir empirisch-wissenschaftliche Untersuchungen?

2. Nennen Sie Beispiele aus der Physik, Pädagogik und Psychologie, die auf die Notwendigkeit empirischer Forschung verweisen.

3. Erläutern Sie den Pygmalioneffekt und mögliche Lehrerverhaltensweisen gegenüber sogenannten „schlechten" Schülern.

4. Erklären Sie die Unterschiede zwischen Hermeneutik, Empirie, „freier" Beobachtung und systematischer Beobachtung.
5. Erläutern Sie die Unterschiede zwischen Zeichensystemen, Kategoriensystemen und Schätzskalen und nennen Sie bekannte Beobachtungssysteme aus der Pädagogik.
6. Diskutieren Sie die (sechs) typischen Beurteilungsfehler und wie sie sich vermeiden lassen.
7. Welche (zehn) Festlegungen sind für eine systematische Beobachtung wichtig?
8. Wie könnten Lehrer-Schüler-Interaktionen (quantitativ und qualitativ) im Unterricht erfaßt werden?
9. Benennen und erläutern Sie die wichtigsten Gütekriterien der systematischen Beobachtung.
10. Was führt zum falschen Umgang mit Zahlen?

Literaturempfehlungen zum Kapitel

Eine Einführung in empirisch wissenschaftliches Denken mit zahlreichen Beispielen gibt Wolf (1993). Über induktives und deduktives Denken in der Pädagogik sind die Texte von Klauer (1993) und Hinnersmann (1993) informativ. Eine gut verständliche Einführung in die Datengewinnung, Beobachtung und Befragung für (sonder)pädagogische Fragestellungen geben Braband, Brügge und Kleber (1984). Als Einführungstext in die wissenschaftliche Beobachtung der Psychologie ist das Büchlein von Greve und Wentura (1997) sehr geeignet, in dem auch weitere Literaturangaben zu finden sind. Einen guten Überblick zu den verschiedenen Beobachtungssystemen im Zusammenhang mit Lehrertrainings geben Mutzeck und Pallasch (1983). Wember (1992a, b) informiert über die Möglichkeiten und Grenzen der Hermeneutik und Grawe (1990) zum Umgang mit Zahlen.

3 Kennzeichen der Einzelfallforschung

Kapitelüberblick:
Zunächst werden die Gebiete aufgezeigt, in denen Einzelfallforschung stattfindet, Hinweise zur historischen Entwicklung gegeben und Vorteile der Einzelfallforschung benannt. Wichtig erscheint die Unterscheidung von nicht-experimentellen und experimentellen Studien. Danach werden die Logik der Einzelfallforschung und wichtige Kennzeichen erläutert und graphisch veranschaulicht. Einzelfallstudien erfüllen die Kriterien experimenteller Forschung und stellen eine Ergänzung oder gar Alternative zur Gruppenforschung dar. Einzelfallforschung weist Unterschiede, Vor- und Nachteile gegenüber der Gruppenforschung auf, obgleich Gemeinsamkeiten und Ergänzungsmöglichkeiten überwiegen.

Warum Einzelfallforschung?

Pädagogisch-psychologische Forschung sollte zur Entwicklung gehaltvollerer Theorien und zur kritischen Prüfung pädagogischen und psychologischen Tuns führen. Einzelfallforschung könnte der Sorgfaltspflicht gegenüber Probanden, Schülern und Klienten Genüge tun. Eine Behandlung zu evaluieren trägt wahrscheinlich zur Steigerung ihrer Effektivität bei, da dadurch präzises, auf datenbasierendes Feedback möglich wird (Kern, 1994).
Gute Praktiker evaluieren wenigstens ab und zu ihre Trainings-, Förder- oder Therapiemaßnahmen. Diese Praktiker weisen in ihrer Vorgehensweise eine große logische Ähnlichkeit mit der Vorgehensweise der Einzelfallforschung auf. Sie brauchen nur noch systematischer und trainings- oder therapiebegleitend zu beobachten, ihre Behandlungen genauer zu spezifizieren und bewährte Einzelfall-Versuchspläne zu übernehmen. Einzelfallforschung ist deswegen vorteilhaft, da sie eine flexible Vorgehensweise er-

laubt, Individualisierung ermöglicht, bei seltenen Störungen bzw. mit einem Probanden oder kleinen Gruppen im Alltag erfolgen kann und mit geringen zeitlichen und finanziellen Mitteln auskommt.

Wo findet Einzelfallforschung statt?

Obgleich die Einzelfallforschung in der Psychologie viele historische Vorbilder hat, wird sie zur Zeit fast ausschließlich in der Verhaltensmodifikation und Verhaltenstherapie angewendet. Dabei gibt es keinen Grund, diese Forschungsstrategie nicht auch in anderen Gebieten wie z.B. der Pädagogik und Psychologie einzusetzen.

Mit der größer werdenden Popularität der *Verhaltenstherapie,* die sich gegen den ausschließlich gruppenstatistischen Forschungsansatz aussprach, gelang Anfang der 70er Jahre der Durchbruch für die Einzelfallforschung in den USA. Kontrollierte Einzelfallstudien werden inzwischen nicht nur in der Klinischen Psychologie, sondern auch in der Pädagogischen Psychologie, in der Sonderpädagogik, Psychiatrie, Sozialarbeit, Sprachheilarbeit, Medizin, Erziehung und in der Rehabilitation etc. angewandt.

Connell und Thompson (1986) überprüften z.B. von 1976 bis 1985 neun Zeitschriften aus den Gebieten der Sprachheilarbeit, Audiologie, Psychologie und Sonderpädagogik im Hinblick auf die Verwendung von Einzelfalluntersuchungen. Die Suche fand in den folgenden Zeitschriften statt: Applied Psycholinguistics; Behaviour Research and Therapy; Behaviour Therapy; Language, Speech and Hearing Services in Schools; Journal of Applied Behavior Analysis; Journal of Communication Disorders; Journal of Fluency Disorders; Journal of Speech and Hearing Disorders und Journal of Speech and Hearing Research. In den Zeitschriften „Journal of Applied Behavior Analysis“ und „Journal of Speech and Hearing Disorders“ wurde die höchste Anzahl von Einzelfalluntersuchungen publiziert. Insgesamt enthielten die Zeitschriften 65 Einzelfall-Versuchspläne, wobei sich 38 Studien auf Aspekte

des Sprachverhaltens, 17 Untersuchungen auf Stottern und acht auf Artikulation bezogen.
Im folgenden soll nach einer kurzen historischen Betrachtungsweise der Einzelfallforschung die Unterschiede zwischen unkontrollierten Fallstudien und kontrollierten Einzelfallstudien verdeutlicht werden.

3.1 Historische Entwicklung von Einzelfallstudien

Wundt (1832–1920), der Vater der modernen Psychologie, der Empfindungs- und Wahrnehmungsprozesse untersuchte, glaubte, daß die intensive Untersuchung einer oder weniger Personen entscheidend sei, um diese Prozesse zu verstehen.
Fechner (1801–1887) war einer der ersten, der statistische Methoden zur Erforschung psychologischer Probleme anwandte. Er war vor allem mit der Variabilität innerhalb des Subjekts befaßt und setzte seine bemerkenswerten Arbeiten mit Einzelfall-Serien fort.
Die Forschungen von Ebbinghaus (1850–1909) sind ebenfalls gekennzeichnet durch die Betonung wiederholter Messungen bei ein und derselben Person. Die Basis seiner experimentellen Gedächtnismessungen stellen Meßwiederholungen dar, die typisch für die Einzelfallforschung sind.
Auch Pavlow (1849–1936) kam zu seinen wesentlichen Einsichten durch die Untersuchung einzelner Lebewesen, wobei durch zahlreiche Replikationen diese Einsichten untermauert wurden. Mit Pavlow erreichte die Untersuchung des individuellen Organismus einen Höhepunkt, worin Skinner eine starke Verbindung zu Pavlow sah.
Mit Skinner's (1904–1990) „funktioneller Analyse des Verhaltens" wurden etwa 70 Jahre nach Ebbinghaus erneut Untersuchungen mit Einzelfällen und Meßwiederholungen mit Replikationen durchgeführt, um komplexe menschliche Verhaltensweisen zu erforschen. Ende der 60er Jahre wurde die Einzelfallforschung in Verbindung mit der „funktionellen Diagnostik" in der Verhaltenstherapie etabliert. Die Folge war eine viel intensivere Analyse einzelner Trainigs bzw. Therapien als bisher.

Piaget (1896–1980) hat ebenfalls wichtige Beiträge mit Einzelfalluntersuchungen für die Psychologie geleistet. Er führte mit seinem Sohn Laurent intensive Untersuchungen zum Lernen durch und konnte belegen, daß Lernen von Kindern schon in den ersten Lebensjahren Gesetzmäßigkeiten folgt.
Nach Grawe (1988) findet eine Neuorientierung der Psychotherapieforschung statt, die nicht nur die Endresultate, sondern den Verlauf (Prozeßforschung) betont. Grundlagen für diese Untersuchungen sind sorgfältig aufbereitete, trainings- oder therapiebegleitende Messungen im Rahmen von Einzelfallforschung. Ein Experiment zu machen, hieße dann, Zusammenhänge und Auswirkungen zu verstehen, die eine planvoll herbeigeführte Maßnahme insgesamt hat (Grawe, 1992). Was für die Psychotherapie gilt, sollte noch mehr für die Pädagogik gelten, die einen großen Rückstand in der empirischen Forschung aufweist.

3.2 Nichtexperimentelle und experimentelle Forschung

Zunächst sind einige Unterscheidungen zwischen nichtexperimentellen Studien (anekdotische Fallstudien, Fallstudien, korrelative Studien) und experimentellen Studien von Bedeutung. Je nach Präzisierung der UV und AV und der Sicherung interner und externer Validität einer Studie kann man mehrere Typen von Studien unterscheiden:
Anekdotische Fallstudien sind aus der Erinnerung angefertigte Beschreibungen, die keine Spezifizierung der Intervention (UV), keine objektien Messungen der Interventionseffekte (AV) und keine interne bzw. externe Validität belegen können. Ziel der anekdotischen Fallstudien sind lebensnahe Beschreibungen durch einfühlendes Verstehen. Aus der Klinischen Psychologie gingen von Sigmund Freud der Fall des kleinen Hans oder der Fall Anna O., aus dem pädagogischen Bereich der Fall von Caspar Hauser und der Fall des Wolfsjungen von Aveyron in die Literatur ein, die beide aus der Erinnerung angefertigte Berichte (post-hoc) darstellen. Traditionell besteht die Fallstudie in der intensiven

Untersuchung eines einzelnen Probanden. Anekdotische Fallstudien enthalten subjektiv wichtige Hinweise und stellen für die Entwicklung der Wissenschaften einen ersten Schritt dar. Die intensive Untersuchung des Individuums hat in der klinischen Psychologie, Psychiatrie, Pädagogik, Medizin und anderen Bereichen eine wichtige Rolle gespielt, in denen dramatische Fälle auf wichtige Ergebnisse schließen ließen. Anekdotische Fallstudien erfüllen jedoch nicht die Hauptkriterien eines Experiments wie Wiederholbarkeit, Willkürlichkeit und Variation. Die Spezifizierung einer Behandlung (UV) bzw. die objektive Messung der Behandlungseffekte auf ein Verhalten (AV) sind nicht möglich. Die Fallstudie stützt sich auf unsystematisch erhobene, meist qualitative Daten, wobei statt systematischer und objektiver Beobachtungen lediglich die Meinung über die Ergebnisse wiedergegeben wird. Damit ist bei einer anekdotischen Fallstudie weder die interne noch die externe Validität gesichert, und folgerichtig müssen alle Befunde als *rein spekulativ* bezeichnet werden. Anekdotische Fallstudien haben daher keinerlei Beweiskraft.

Die (unkontrollierte) Fallstudie: Sie wird meist als Fallstudie bezeichnet und beruht in der Regel auf beobachteten Daten bzw. Beobachtungen, die oftmals den Kriterien Objektivität, Reliabilität und Validität genügen und nicht aus der Erinnerung stammen, sondern vor und während einer Intervention erhoben wurden. Was allerdings fehlt, ist die Kontrolle der Störvariablen, eine Strategie, ein Versuchsplan, der belegt, daß die Daten intern und extern valide sind. Dieses Fehlen des Nachweises der internen und externen Validität schränkt die Beweiskraft der (unkontrollierten) Fallstudie gegenüber der (kontrollierten) Einzelfallstudie sehr ein, obgleich gegenüber der anekdotischen Fallstudie eine Verbesserung vorliegt. Ein Buch, das solche unkontrollierte Fallstudien enthält, liegt aus dem Gebiet der Klinischen Psychologie vor (Reinecker, 1995).

Die korrelative Studie: Sie kann ebenfalls keinen schlüssigen Nachweis der Wirksamkeit eines Trainings oder einer Therapie leisten. Wenn eine hohe Korrelation zwischen feindseliger Kritik der Väter und der Aggressivität ihrer Söhne gegen ihre Väter vorliegt, kann dies bedeuten, daß die Kritik der Väter die Aggressivität der Söhne verursacht, oder daß die Aggressivität der Söhne die Kritik ihrer Väter verursacht, oder daß sich beide bedingen oder daß beides von weiteren Faktoren, z.B. der Arbeitslosigkeit des Vaters oder dem sozialen Umfeld abhängig ist. Korrelative Studien können also gleichwertig nach mehreren (gegensätzlichen) Richtungen und auch in Bezug auf mehrere andere Einflußgrößen hin interpretiert werden. Der Nachweis von ursächlichen, spezifischen Förder- oder Trainingseffekten ist damit nicht möglich. Von einem Versuchsleiter wird weder eine UV willkürlich und aktiv eingeführt, noch variiert und auch der Einfluß von Störvariablen kann nicht ausgeschlossen werden.

Die *(kontrollierte) Einzelfallstudie* ist eine quasi-experimentelle Studie (siehe Kap. 1.1), in der mindestens eine Verhaltensweise (AV) durch systematische Variationen der UV bei einem Probanden intensiv untersucht und meist quantitativ ausgewertet wird. Die (kontrollierte) Einzelfallstudie ist gekennzeichnet durch trainings- bzw. therapiebegleitende Messungen, durch das aktive Einsetzen einer Intervention (UV) durch den Trainer/Therapeut bei einem hohen Maß an Individualisierung und Flexibilität. Einzelfallforschung ermöglicht das eigene Handeln datengeleitet zu überprüfen und zu optimieren.Die intensive Untersuchung des individuellen Probanden ist ein weiteres wichtiges Merkmal der Einzelfallforschung (Rice & Greenberg, 1984). Methode der Erkenntnisgewinnung ist die Bewährungsprüfung einer empirischen Hypothese im Rahmen der deduktiven Falsifikationsmethodologie (Popper, 1984).

Bei der Einzelfallstudie wird die Kontrolle über die Wirkung der UV z.B. dadurch erreicht, daß man in aufeinanderfolgenden Phasen eine Intervention durchführt, sie aussetzt und wieder einführt oder zeitlich nacheinander auf verschiedene Verhaltensweisen, Situationen, Materialien oder Personen anwendet. Verändert sich das Verhalten (AV) mehrfach deutlich und immer nur dann, wenn die Intervention eingeführt wird, ist die UV für diese

Veränderungen verantwortlich. Die experimentelle Kontrolle erfolgt also nicht mit Hilfe von Kontrollgruppen, sondern durch abwechselnde (variierende) Bedingungen, denen ein Proband ausgesetzt wird (näheres Kap. 3.3).
Die *Gruppenstudie* (Gruppenforschung) ist die typische experimentelle Studie. Sie prüft die Wirkung der UV, indem (mindestens) zwei Stichproben von Probanden gebildet werden, von denen die Experimentalgruppe die UV erhält, die Kontrollgruppe dagegen nicht. Beide Gruppen sollten zuvor möglichst gleich sein, d.h. sich nicht systematisch unterscheiden. Dies kann durch Randomisierung (strenge Zufallszuteilung) erreicht werden, oder wenn dies nicht möglich ist (z.B. wenn eine ganze Schulklasse oder Klientengruppe am Experiment teilnehmen soll) durch Parallelisierung nach bestimmten Kriterien. Aus Mittelwerts- und Varianzunterschieden zwischen den beiden Gruppen wird auf die Wirkung der UV geschlossen. Die klassische Strategie der Bedingungskontrolle ist die des Gruppenvergleiches, bei der im einfachsten Falle die Ergebnisse einer Experimentalgruppe, die der zu prüfenden Intervention ausgesetzt war, mit den Ergebnissen einer Kontrollgruppe verglichen wird, die keiner bzw. einer anderen – z.B. der bislang üblichen – Intervention ausgesetzt war.

3.3 Grundraten in der Einzelfallforschung

Einzelfallforschung erfolgt mit Hilfe von systematischer Verhaltensbeobachtung. Während der Grundratenphase (Grundkurven) wird der Ist-Zustand (Beobachtung ohne jede Intervention) der ausgewählten Verhaltensweise (AV) ermittelt. Während dieser Grundratenphase wirken alle relevanten Störvariablen (Persönlichkeitsfaktoren, individuelle Lernerfahrungen, Fertigkeitsdefizite, Fähigkeiten, Umwelteinflüsse) auf das Problemverhalten ein. Sollte ihr Einfluß variieren, würden keine stabilen Grundraten möglich sein. Diese möglichen *Störvariablen* sind so zahlreich, daß sie nicht eliminiert, aber *zwischen den Grundraten und Interventionsphasen als konstant* angesehen werden können.

Die ausgewählte Verhaltensweise ist operational zu definieren, objektiv und reliabel (zuverlässig) zu beobachten und valide (gültig) abzubilden. Die wiederholten Beobachtungen sollten möglichst unter standardisierten Bedingungen (gleiches Beobachtungsverfahren, trainierte Beobachter, gleiche Tageszeiten bzw. gleiche Schulfächer etc.) durchgeführt werden, um Schwankungen (Variabilität) möglichst gering zu halten.

Merke:
Die Grundratenbeobachtungen geben Verhaltensweisen wieder, die die Auswirkungen der Individualität des Probanden plus externer Einflüsse darstellen.

Bei jedem Einzelfall-Versuchsplan wird das ausgewählte Verhalten mehrmals (drei bis fünf mal) pro Stunde, Trainings- oder Therapieeinheit und an mehreren (drei bis fünf) Tagen beobachtet, bis die Beobachtungsdaten stabil und trendfrei sind.
Hohe *Variabilität,* d.h. starke Schwankungen der Daten, sollten zur Überprüfung der Faktoren führen, die zur Variabilität beitragen. Wenn z.B. „Aufmerksamkeit" beobachtet wird und Beobachtungsdaten aus verschiedenen Fächern, von verschiedenen Lehrern und von verschiedenen Unterrichtsstunden zusammengefaßt werden, ist eine hohe Variabilität der Daten sehr wahrscheinlich. Oder wenn z.B. Stotterraten nicht nach Sprachmodalitäten (Lesen, Nacherzählen, Sprechen und Telefonieren) getrennt erfaßt werden und sogar noch Daten aus unterschiedlichen Situationen (Therapieraum und aus Alltagssituationen) vermischt werden, ist ebenfalls mit großer Variabilität der Daten zu rechnen. In beiden Fällen muß versucht werden, die Variabilität der Daten zu reduzieren, in dem man Daten z.B. nach Fächern, Unterrichtsstunden, Sprachmodalitäten bzw. Situationen getrennt erhebt. Geringe Variabilität der Daten erleichtert die Interpretation und die Voraussage von Datenverläufen. Je größer die Variabilität der Daten ist, um so größer ist das Risiko, daß die interne

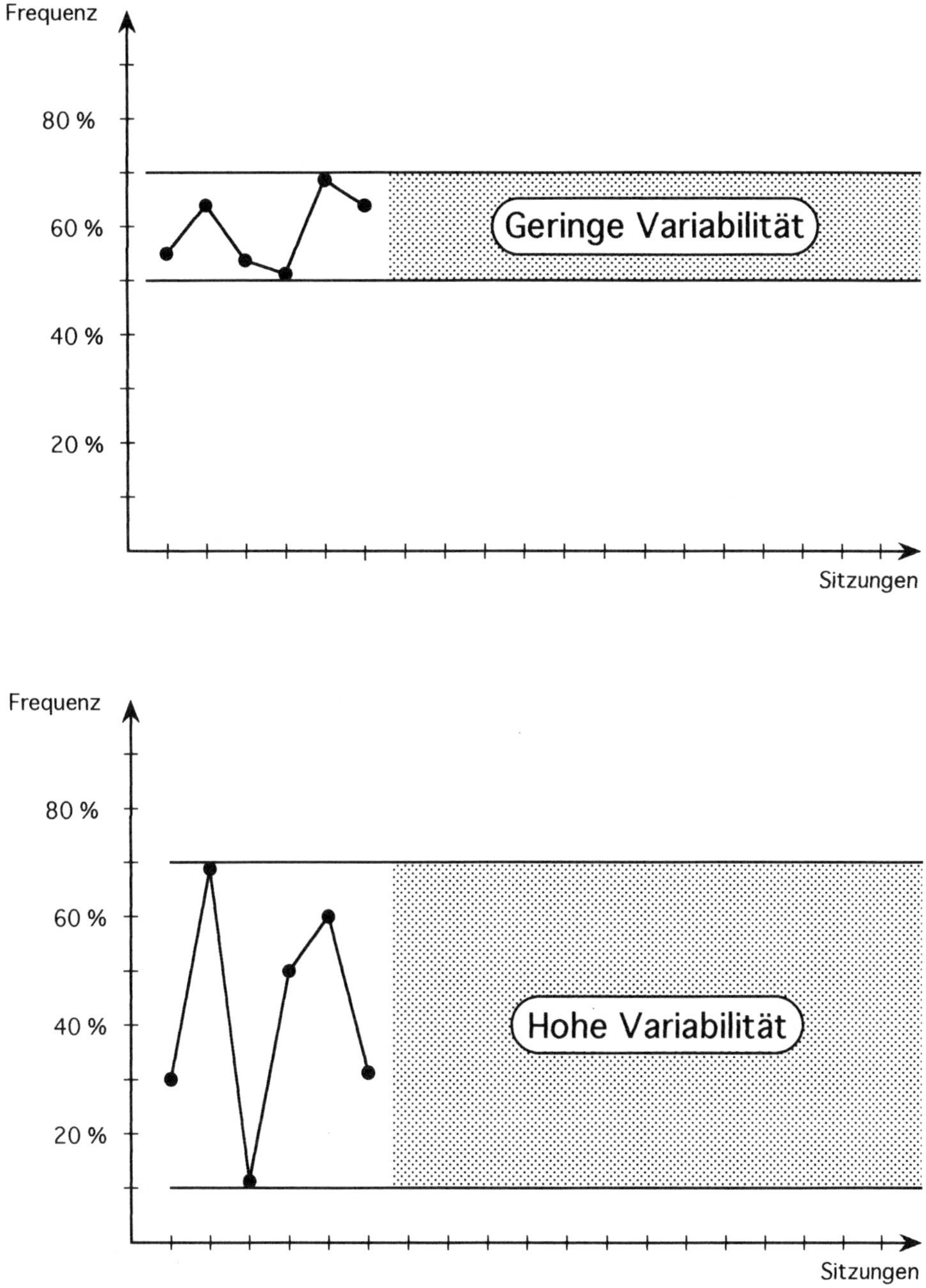

Abb. 2: Veranschaulichung von geringer und hoher Variabilität.

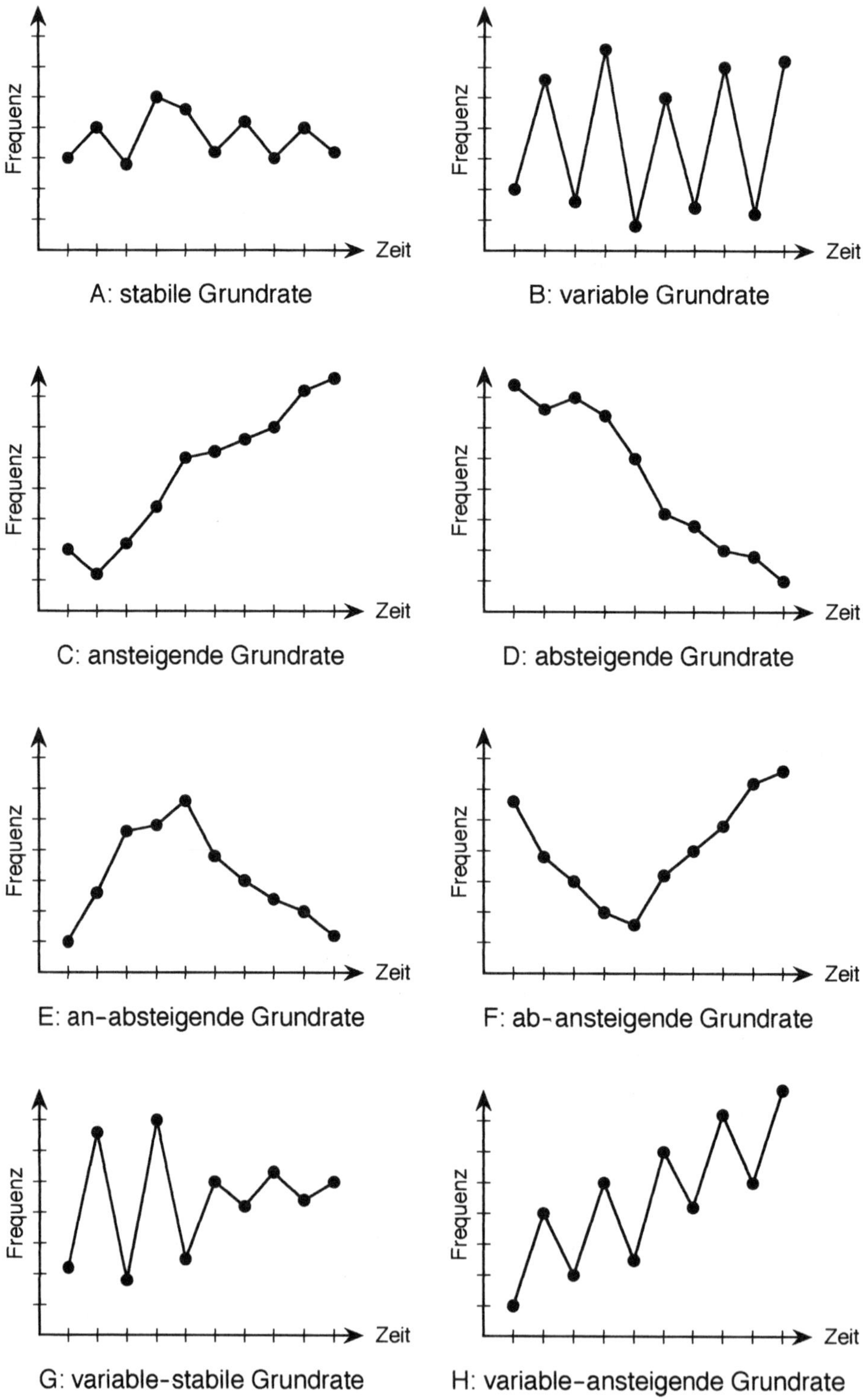

Abb. 3: Der Verlauf unterschiedlicher Grundraten nach Barlow, Hayes & Nelson (1984, S. 183).

Validität nicht überzeugend nachgewiesen werden kann. Die folgende Abbildung zeigt zur Verdeutlichung einen Kurvenverlauf mit geringer Variabilität und hoher Variabilität.

Stabilität und Datentrends

Eine stabile Grundrate ist auch durch das Fehlen eines Trends (nach oben oder unten) gekennzeichnet. Das Fehlen eines Datentrends in der Grundratenphase (siehe Abb. 3 Kurve A) stellt eine solide Beurteilungsgrundlage für die Bewertung einer Intervention dar. Die Stabilität der Daten wird durch die Anzahl der Datenpunkte bestimmt, die innerhalb der Grundrate in einem bestimmten Bereich liegen. Allgemein sollten zwischen 80 und 90 Prozent der Datenpunkte innerhalb eines Bereiches von 15 Prozent um den Mittelwert liegen (siehe Abb. 2 oben). Die Richtung des Datentrends bezieht sich auf die Steilheit der Daten, wobei man einen aufsteigenden und einen absteigenden Trend unterscheidet. Die günstigste Methode, um einen Datentrend zu bestimmen, ist die Split-Mittel-Methode (siehe Kap. 6.4).
Die Beobachtungen während der Grundraten sollten solange erfolgen, bis die Daten stabil und ohne Datentrend sind. Eine stabile Grundrate mit geringer Variabilität läßt sehr genaue Voraussagen des zukünftigen Verhaltens zu (siehe auch Abb. 4 oben).

Merke:
Eine systematische Beobachtung der AV stellt einen Grundpfeiler der Einzelfallforschung dar. Ohne eine starke Intervention (Training – Therapie) wird das Individuum sein Verhalten so weiter fortsetzen wie bisher. Stabile Grundraten stellen daher die beste Basis für die Voraussage des zukünftigen Verhaltens dar.

3.4 Logik und Kennzeichen der Einzelfallforschung

Der wichtigste Grund für die Einzelfallforschung ist die Überprüfung der Auswirkungen einer Intervention (UV) auf ein Zielverhalten (AV). Ihre Logik beruht darauf, daß auf der Basis der Grundratenbeobachtungen Veränderungen im Probandenverhalten (AV) nur durch die Behandlung (UV) erfolgen, da die Auswirkungen der Individualität des Probanden und die Auswirkungen von Störvariablen sowohl während der Grundratenphase als auch während der Interventionsphase gleich bleiben. Für die *Veränderung in der Interventionsphase* kann daher nur *die neu dazugekommene Behandlung (UV),* nicht aber andere Variablen verantwortlich sein, da der Einfluß der Störvariablen zwischen Grundraten und Interventionsphasen als konstant anzusehen ist.

Merke:
Die Einzelfallforschung ist als experimentelle Forschung zu bezeichnen, wenn
1. eine UV aktiv eingeführt,
2. die Wirkung relevanter Störvariablen kontrolliert und
3. ein starker Effekt durch die UV auf die AV nachgewiesen wird.

Der Versuchsleiter (Lehrer, Trainer, Therapeut) führt nach Grundratenbeobachtungen die Intervention (UV) ein, registriert trainings- oder therapiebegleitend, welchen Effekt die UV gegenüber der Grundrate (keine UV) hat, und hält mit Hilfe eines geeigneten Einzelfallversuchsplans den Einfluß von Störvariablen konstant. Kennzeichnend ist folgendes:

1. *Wirkung:* Hat die Intervention einen starken Effekt, wird sie das ausgewählte Verhalten ändern, hat sie einen schwachen Effekt, wird sie es nicht oder nur geringfügig verändern.
2. *Vergleiche mit sich selbst:* Eine Person stellt „ihre eigene Kontrolle" dar, da das Verhalten der Person **vor und während** einer Intervention **mit dem eigenen Verhalten** (nicht mit

Durchschnittswerten) verglichen wird. Diese Kontrolle „innerhalb" einer Person erlaubt eine genaue Bewertung einer Intervention und stellt einen wesentlichen Unterschied zur Gruppenforschung dar.

3. *Fortlaufende Auswertung:* Die sorgfältige Beobachtung des Problemverhaltens (AV) vor und während der Intervention ist ein Gütezeichen, da Trainingsfortschritte oft nicht von Probanden oder Trainern wahrgenommen oder falsch eingeschätzt werden. Die fortlaufende Auswertung läßt einen grundlegenden Unterschied zwischen Einzelfall- und Gruppenforschung erkennen.

Abb. 4 zeigt, in welchem Bereich sich ohne Intervention (oberer Teil) das Verhalten sehr wahrscheinlich weiterentwickelt hätte. Im unteren Teil wird gezeigt, wie sich durch eine stark wirksame Intervention das Verhalten verändert.
Aus dem Beispiel wird ersichtlich, daß die Auswirkungen einer Intervention nur eindeutig bewertet werden können, wenn im Vergleich zur Grundrate in der Interventionsphase eine deutliche Änderung des zu erwartenden Verhaltens (Kurvenverlauf) eintritt.
Zeigen die Beobachtungen mit Beginn der Intervention gegenüber den Beobachtungen der Grundrate eine (starke) Veränderung, dann ist die Intervention höchstwahrscheinlich dafür verantwortlich, vor allem, wenn solche Veränderungen mehrfach (multiple) nachgewiesen werden können.

Merke:
Die Kontrolle „innerhalb" einer Person ist ein wichtiges Kennzeichen der Einzelfallforschung. Die Interventionsdaten geben die Auswirkungen der Individualität des Probanden, der Störvariablen plus die Auswirkungen der Intervention wieder. Bei den Grundratendaten fehlen die Auswirkungen der UV.

Wie sehr die Variabilität einer Grundrate die Interpretation der Interventionseffekte erschwert, zeigt Abb. 5.

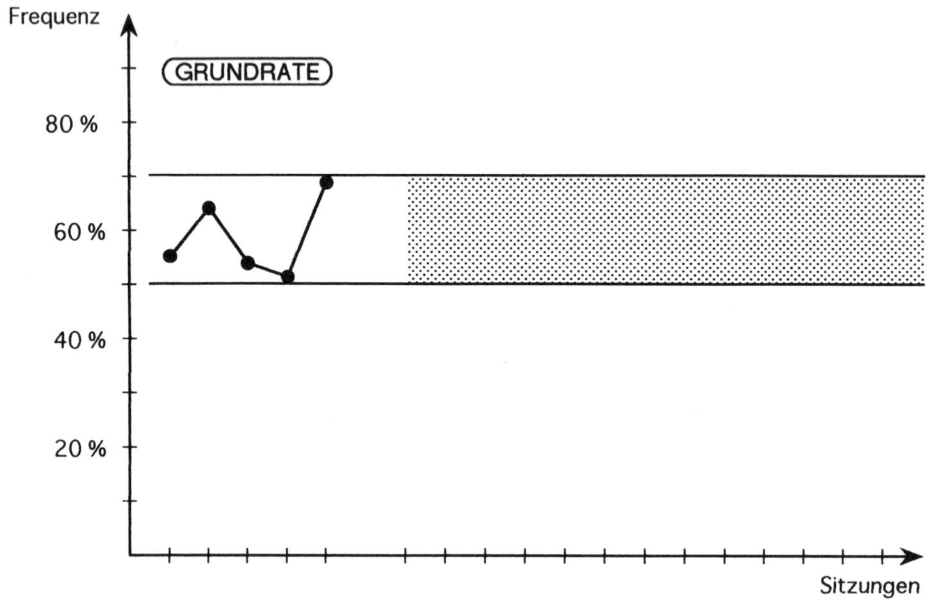

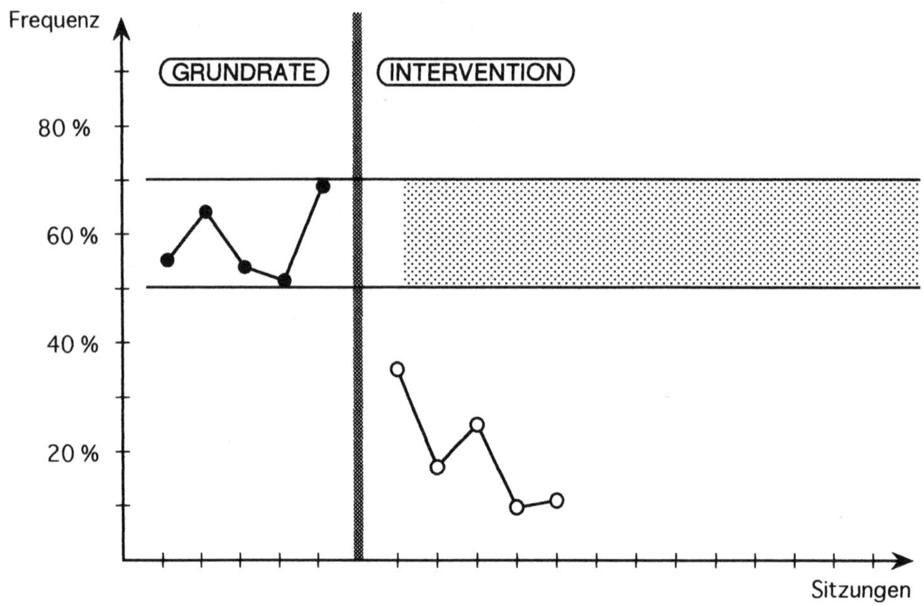

Abb. 4: Der wahrscheinliche Datenverlauf einer Grundrate ohne nachfolgende Intervention (oben) und nach einer stark wirksamen Intervention (unten).

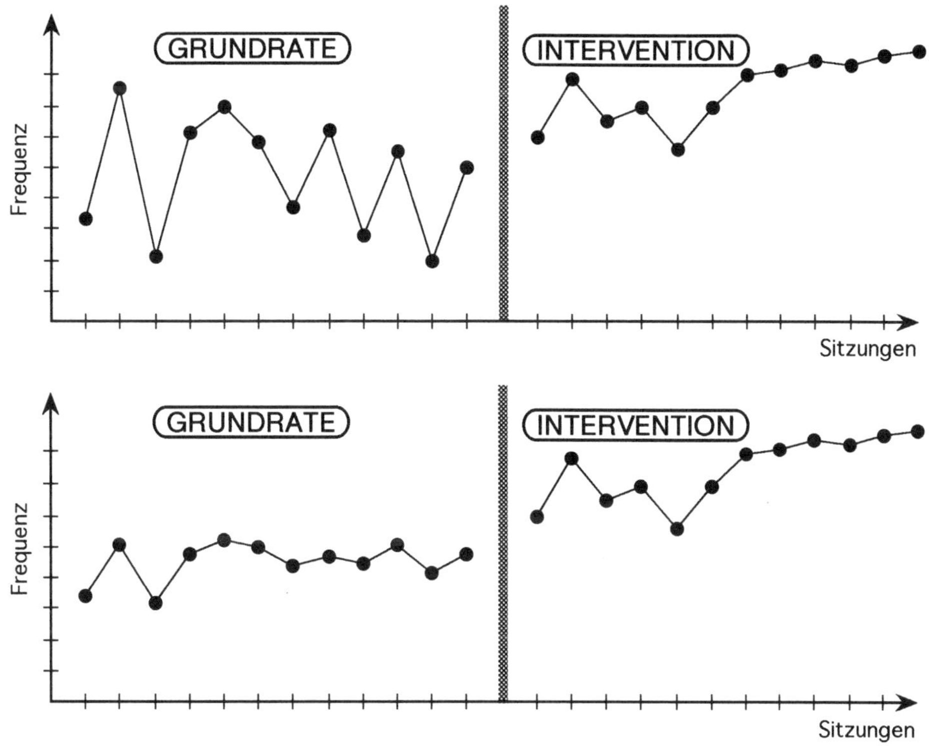

Abb. 5: Nach variabler Grundrate sind Interventionseffekte schwerer zu beurteilen (oben) als nach einer stabilen Grundrate (unten) nach Scruggs et al. (1987).

Abb. 5 zeigt im oberen Teil sehr variable Grundratendaten, denen eine Intervention folgt. Da die Grundratendaten sehr variabel sind, ist nicht leicht zu beantworten, ob die Intervention zu einer bedeutenden Veränderung führt. Der untere Teil der Abb. 5 zeigt dagegen stabile Grundratendaten. Aufgrund dieser stabilen Grundratendaten scheinen die (gleichen) Interventionsdaten einen Interventionseffekt aufzuweisen. Die Beurteilung, ob eine Intervention zu einer deutlichen Veränderung führt, kann erleichtert werden, wenn man sich graphischer Methoden bedient. Liegt im oberen Teil der Abb. 6 ein bedeutsamer Unterschied zwischen den Grundratendaten und den Daten der Interventionsphase vor?
Die Einfügung einer Trendlinie im unteren Teil der Abb. 6 spricht dafür, daß bei gleichen Datenverläufen (im oberen und unteren

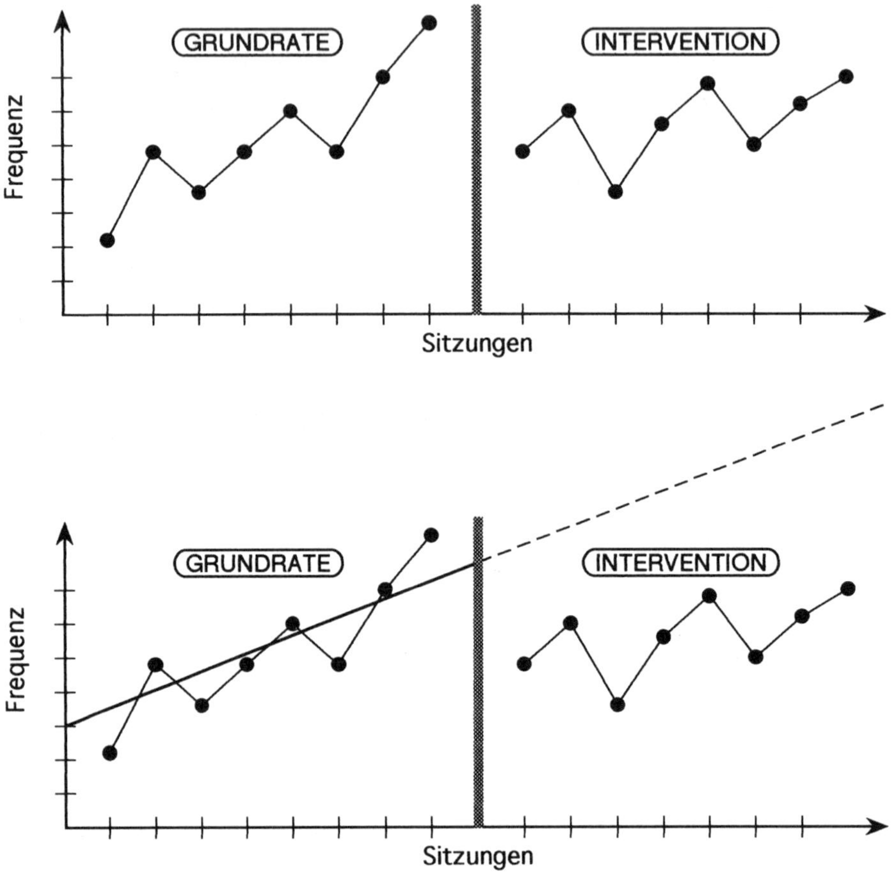

Abb. 6: Bei gleichen Daten (rechts oben und unten) sind Interventionseffekte leichter durch Einfügen einer Trendlinie (unten) zu beurteilen nach Ottenbacher (1990).

Teil der Abb. 6) durch die Zusatzinformation einer Trendlinie (durchgezogene und gestrichelte Linie) die Intervention nunmehr eher als effektiv betrachtet werden kann, obgleich sie das wahrscheinlich nicht ist (näheres im Kapitel 6.3).
Abb. 7 zeigt acht Übergänge von Verhaltensweisen (AV's) zwischen Grundrate und anschließender Intervention. Wenige Überlappungen zwischen Grundratendaten und den Daten der Intervention sprechen für starke Interventionseffekte und erleichtern die Interpretation (siehe Kap. 6.2). Je nach der Art der Übergänge sind die Änderungen eindeutig, nicht eindeutig oder über

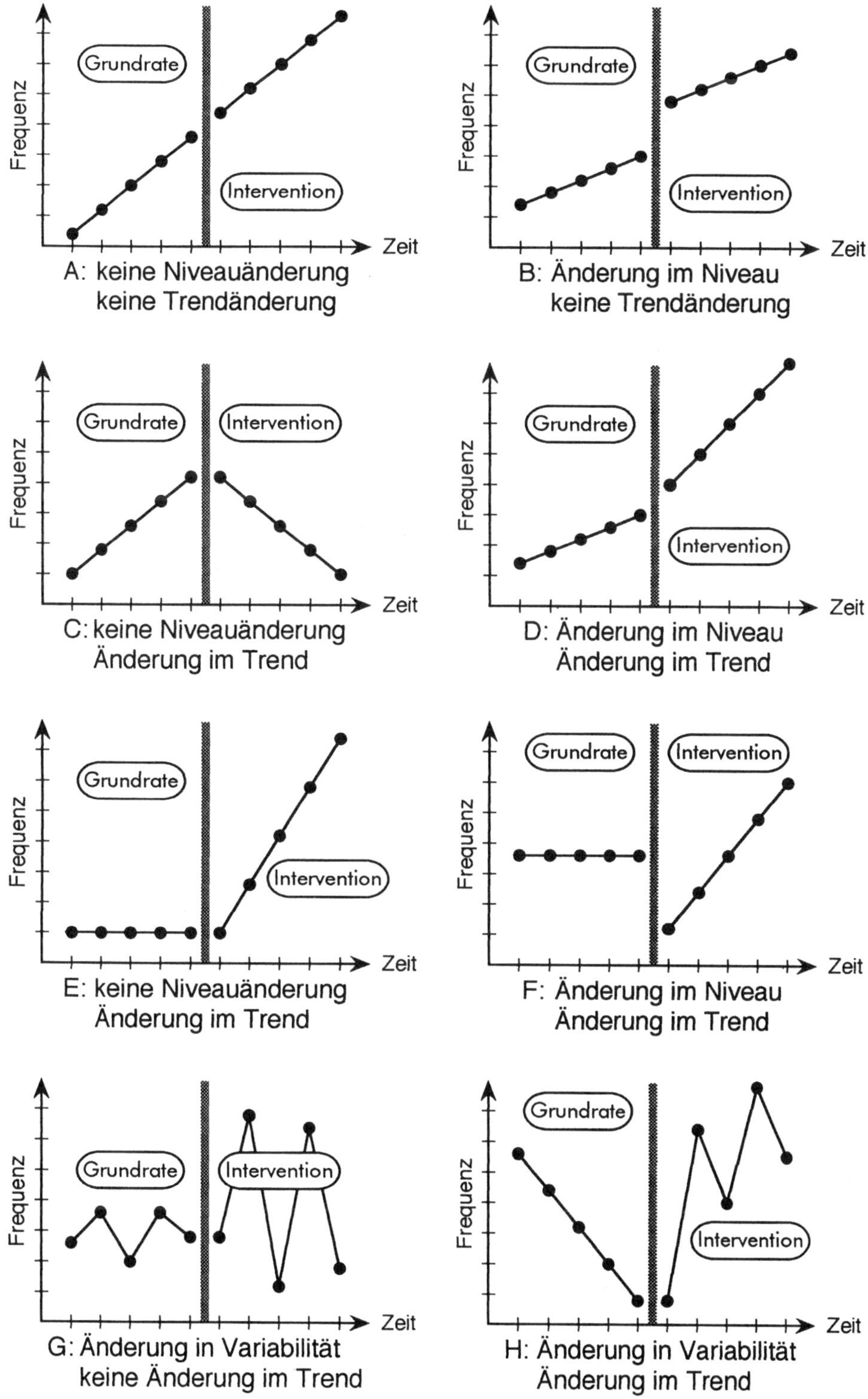

Abb. 7: Niveau-, Trend- und Variabilitätsänderungen zwischen acht Grundraten- und Interventionsphasen (nach Barlow & Hersen 1984, S. 298).

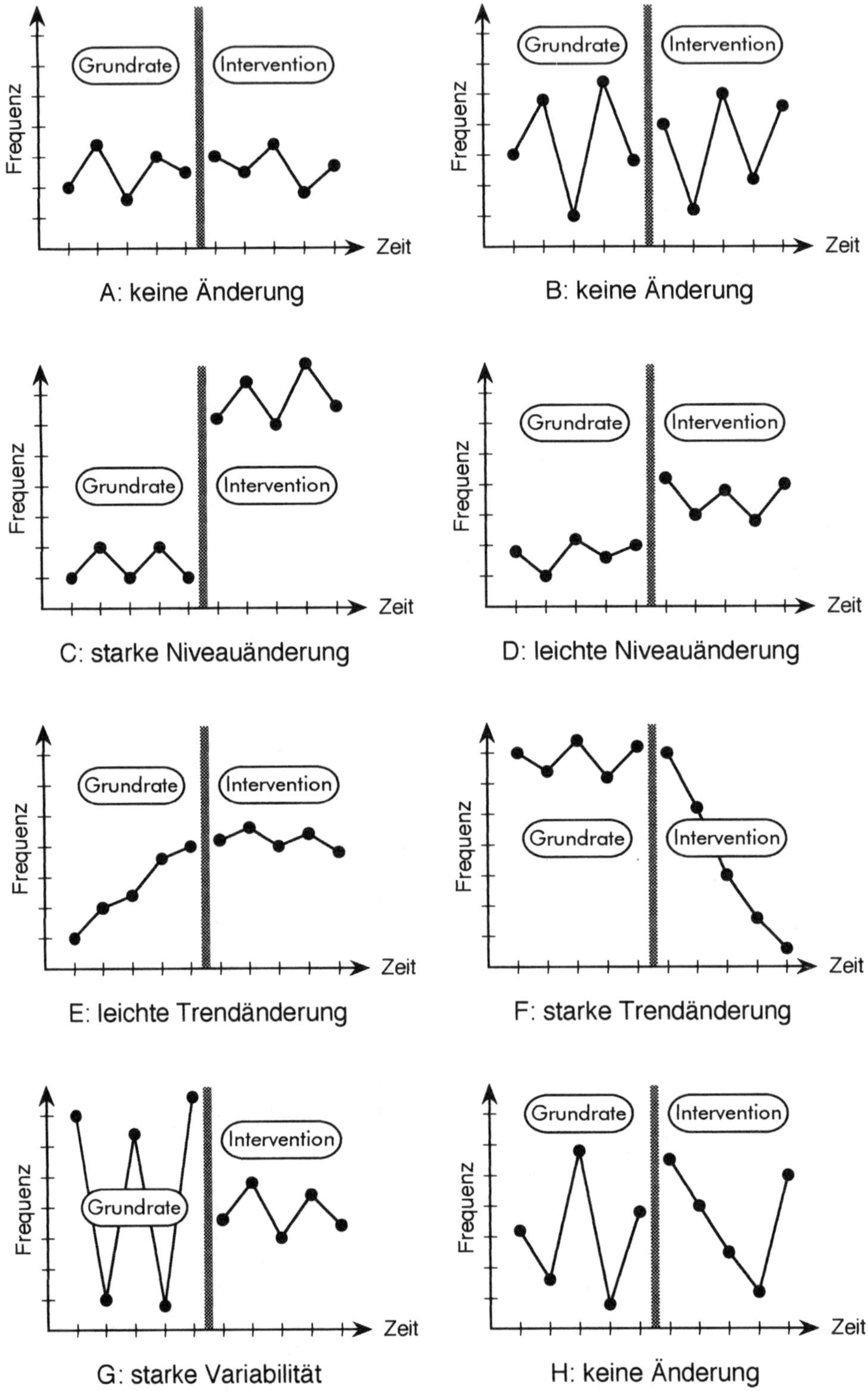

Abb. 8: Beispiele für Veränderungen zwischen Grundratenphasen und Interventionsphasen.

haupt nicht zu interpretieren. Niveauänderungen und Änderungen im Trend (Richtung) kommen ebenso vor wie Änderungen in der Variabilität. Niveauänderungen liegen dann vor, wenn zwischen dem letzten Datenpunkt der Grundrate und dem ersten Datenpunkt der Intervention deutliche Veränderungen der Frequenz auftreten.
Je nach Richtung des Datentrends in Bezug zu der gewünschten Verhaltensänderung kann ein Datentrend während einer Grundrate zu unterschiedlichen Beurteilungen der Interventionsauswirkungen führen. Die Interventionen (Abb. 7) von A, C, F, G und H sind nicht als effektiv zu interpretieren, die Kurvenverläufe von B und E, und vor allem D sprechen für wirksame Interventionseffekte.
In Abb. 8 müssen die Interventionseffekte ebenfalls sehr unterschiedlich interpretiert werden. Die Interventionseffekte von A, B, E, G und H sind nicht zu interpretieren, die Datenverläufe von C und F sprechen für starke Interventionseffekte, der Datenverlauf von D für einen schwachen Interventionseffekt.

3.5 Unterschiede und Gemeinsamkeiten von Gruppen- und Einzelfallforschung

Die Möglichkeit von Studenten, Diplomanden, Lehrern und Therapeuten bzw. Praktikern Forschung zu betreiben ist in der Regel gering, da traditionelle Gruppenforschung einen großen Aufwand an Probanden, Zeit und Mitteln voraussetzt und nicht flexibel auf individuelle Trainings- oder Therapieverläufe angewandt werden kann. Dazu stellt die Einzelfallforschung eine wichtige Alternative und Ergänzung dar. Aus sachlichen Gründen kann jedoch nicht von einem Entweder-Oder gesprochen werden, da bei der Einzelfall- und Gruppenforschung nur unterschiedliche Strategien benutzt werden, die sich durchaus ergänzen können. Im folgenden werden überblicksartig einige Unterschiede und Gemeinsamkeiten dargestellt, wobei die Vorteile der Einzelfallforschung im Hinblick auf die Praxisrelevanz besonders betont werden.

1. Anstatt eine Gruppe von Probanden, die die UV erhalten, mit einer zweiten Gruppe (Kontrollgruppe ohne UV) zu vergleichen, wird bei der Einzelfallforschung meist das Verhalten derselben Person während der Grundrate (ohne UV) und während der Intervention (mit UV) miteinander verglichen. In beiden Phasen wirken Störvariablen auf das Verhalten ein, so daß den einzigen Unterschied die UV während der Intervention ausmacht. Bei Gruppenversuchsplänen wirken ebenfalls Störvariablen auf beide Gruppen ein und nur die UV, die der Experimantalgruppe vorbehalten ist, sollte den Unterschied verursachen.
2. Die Einzelfallforschung legt den Schwerpunkt überwiegend auf intrasubjektive Vergleiche (Vergleiche mit sich selbst) und betont damit die Individualität. Gruppenversuchspläne legen dagegen den Schwerpunkt auf Vergleiche zwischen Kontroll- und Experimentalgruppe.
3. Bei der Einzelfallforschung werden nicht, wie in der Gruppenforschung, viele Probanden zu einem oder zwei Zeitpunkten untersucht, sondern ein oder wenige Probanden zu vielen Zeitpunkten. Es wird also die Personenstichprobe deutlich reduziert, bis auf N = 1, dafür aber die Zeitstichprobe durchschnittlich auf zehn bis 40 Beobachtungsmeßpunkte erweitert. Bei der Einzelfallforschung werden von einem Probanden z.B. 40 Stunden lang trainingsbegleitend Daten erfaßt. In der Gruppenforschung werden im Vergleich dazu typischerweise z.B. von 40 Probanden je eine einstündige (vorher – nachher) Messungen durchgeführt.
4. Bei der Gruppenforschung liefert ein statistischer Test Vergleiche zwischen den Ergebnisvarianzen innerhalb der Gruppen und den Ergebnisvarianzen zwischen den Gruppen. Der Forscher prüft anhand einer Skala, ob das Unterschiedsverhältnis der Varianz zwischen und der Varianz innerhalb das Signifikanzniveau von z.B. 5 Prozent erreicht. Dies bedeutet, daß eine Wahrscheinlichkeit von weniger als 1:20 dafür besteht, daß eine Beziehung zwischen Ursache und Wirkung

zufallsbedingt ist. Bei der Einzelfallforschung erfolgt meist ein intrasubjektiver (probandenimmanenter) Vergleich durch visuelle Analysen der Daten eines Einzelfall-Versuchsplanes. Auch hierbei werden Unterschiede, jedoch Unterschiede zwischen Grundraten und Interventionsphasen überprüft. Visuelle Analysen in der Einzelfallforschung und das Fünf-Prozent-Kriterium der Gruppenforschung beruhen beide auf willkürlichen Normen. Die zugrundeliegende Logik beider Ansätze ist daher dieselbe.

5. Theoretisch müßten bei der Gruppenforschung alle Meßwerte innerhalb einer Gruppe identisch sein, denn alle Probanden werden auch identisch behandelt. Es gilt die Annahme, daß alle Störvariablen alle Probanden gleichmäßig beeinflussen. Da die Werte der Interventionsgruppe den Werten der Kontrollgruppe gegenüber gestellt werden (intersubjektiver Gruppenvergleich), müssen die Variationen zwischen den Gruppen die Auswirkungen der UV anzeigen.
6. Beide Ansätze prüfen die gleiche theoretische Hypothese und übersetzen sie gleichermaßen in eine gerichtete Hypothese, nur daß die Einzelfallforschung eine individuumsbezogene Voraussage abgibt, die Gruppenforschung sich auf Daten von Gruppen bezieht.

Argumente gegen Gruppenforschung

Nach Grawe (1990) beziehen sich die Ergebnisse der Gruppenforschung zunächst auf die Ebene der Gruppen und da allgemeingültige Aussagen interessieren, werden mehrere Klienten statt nur ein einzelner behandelt. Es kommt ganz besonders darauf an, ob eine Aussage über einen bestimmten Wirkungszusammenhang für einen bestimmten Klienten, um den es gerade geht, wirklich zutrifft oder nicht. Mittelwert und die Streuung einer mit einem bestimmten Therapieverfahren behandelten Klientengruppe sind zu unspezifisch, da es darauf ankommt, aus welchen Einzelwerten sich diese gruppenstatistischen Kennwerte zusammensetzen. Die gleichen Mittelwerte und Streuungen können sich aus höchst unterschiedlichen Verteilungen ergeben, sie lassen Aussagen zu über zukünftig zu erwartende mittlere Effekte in Gruppen, aber keine Aussagen über zukünftig zu erwartende individuelle Effekte bei Einzelpersonen. Dies hängt damit zusammen, daß Interventionen in aller Regel differenzielle Wirksamkeit vor allem in inhomogenen Gruppen zeigen (Wember, 1994). Für die Einschätzung eines Behandlungsverfahrens ist es wichtig zu wissen, ob die Behandlung bei einem Teil der Behandelten sehr gut wirkt, bei einem anderen Teil aber gar nicht, oder ob die Behandlung bei fast allen Probanden eine ungefähr gleich starke Wirkung erzielt. Dem Gruppenmittelwert ist das nicht anzusehen. Auch numerisch gleiche Streuungen können sich aus höchst unterschiedlichen Verteilungen der Einzelwerte ergeben (siehe S. 54). Bei der Einzelfallforschung werden durch therapiebegleitende Messungen die Effekte für den Klienten sofort ersichtlich.

Die Forschung mit Gruppenversuchsplänen hat zwar den Vorteil, daß die Generalisierbarkeit der Ergebnisse verbessert werden kann, da Schlußfolgerungen zu der interessierenden Population gemacht werden können, wenn die experimentelle Stichprobe repräsentativ ist. Dabei muß jedoch bedacht werden, daß die Daten sich auf das durchschnittliche Verhalten einer Gruppe von Personen, nicht aber auf irgendeine (durchschnittliche) Person beziehen. Daher ist es aber auch unmöglich, (rückwärts) vom Gruppenverhalten auf ein individuelles Verhalten zu schließen. Das durchschnittliche Verhalten einer Gruppe garantiert nicht, daß auch nur eine einzige Person in der Gruppe sich „durchschnittlich" verhält. Dieser Sachverhalt stellt ein substantielles Problem in der Gruppenforschung dar. Selbst wenn in einer Analyse einer Studie gezeigt wird, daß eine Intervention für eine Probandengruppe effektiv ist, ist nicht belegt, daß die Intervention für einen bestimmten Probanden effektiv ist. Außerdem werden bei Replikationen von Gruppenstudien meist nicht die Therapeuten- und Situationsgeneralität verbessert. Dennoch wurde die Einzelfallforschung bisher schwer vernachlässigt.

Wenn z.B. ein depressiver Klient sich durch die Therapie verschlechtert, ein anderer sich verbessert oder unbeeinflußt bleibt, kann man nichts über die Gründe der Verschlechterung sagen, da nur prä-post-Vergleiche gemacht wurden. Hätte der Therapeut den Klienten während der Behandlung beobachtet, wie dies in der Einzelfallforschung typisch ist und den Zeitpunkt der Verschlechterung bemerkt, hätte er evtl. die intrasubjektiven Ursachen finden können (Barlow & Hersen, 1984, S. 36).
Bei den Gruppenversuchsplänen müssen alle Klienten einer Therapiegruppe gleich behandelt werden. Die Individualität eines Klienten kann dabei nicht angemessen berücksichtigt werden. Ein Therapeut dagegen beobachtet das Verhalten seines Klienten während des Therapieverlaufs und verändert seine Intervention als Antwort auf dessen individuelle Reaktionen. Dieser Nachteil der Gruppenforschung begrenzt die Relevanz für den Praktiker. Ein Ausweg im Rahmen der Gruppenforschung wäre die visuelle Inspektion des Verteilungsmusters (Grawe, 1990). Bei visueller Inspektion des Verteilungsmusters würden die individuellen Unterschiede auf den ersten Blick offensichtlich werden. Bei der visuellen Betrachtung geht, da man das Ganze sieht, der Bezug zum Einzelnen nicht verloren, aus dem sich das Ganze zusammensetzt. In gewisser Weise ist dann also eine Musterbetrachtung verwirklicht: Der einzelne Klient im Kontext der gesamten Gruppe. Leider werden bei der Auswertung experimenteller Untersuchungen in der Regel jedoch keine visuellen Musterbetrachtungen angewendet, sondern gruppenstatistische Kennwerte berechnet, die dann miteinander verglichen werden. Für den Zusammenhang der Einzelmerkmale untereinander ist der gruppenstatistische Kennwert die Korrelation. Auch dies ist wieder ein Kennwert für die ganze Gruppe. Es bleibt, wie beim Mittelwert, unklar, inwieweit dieser Kennwert für die einzelnen Klienten der Behandlungsgruppe wirklich zutrifft.
Die Generalisierbarkeit von empirischen Ergebnissen auf Situationen alltäglicher Berufspraxis wird stark von der Flexibilität und der Repräsentativität für das Verhalten einzelner Personen

beeinflußt. Gruppenversuchspläne verlangen die Festlegung von Zeitplänen, Interventions- und Kontrollbedingungen. Eine flexible Anpassung an Veränderungen, Unwägbarkeiten des Alltags oder entstehende Bedürfnisse der Probanden kann *nicht* erfolgen, ohne die interne Validität zu gefährden (Wember, 1994).

Bei der Gruppenforschung sind vollständig randomisierte Versuchspläne (Zuteilung streng nach Zufall) zur Kontrolle von Störvariablen sehr wirksam, die auch relativ kleine Personenstichproben (20–40) benötigen. Da in pädagogisch-psychologischen Handlungsfeldern vollständige Randomisierung fast nie zu erreichen ist, wird mit anfallenden Stichproben (bestehende Schulklassen, Kleingruppen) gearbeitet, die jedoch nicht äquivalent sind. Wer mit nicht-äquivalenten Stichproben arbeitet muß jedoch die Stichprobengröße deutlich erhöhen (White, 1984, S. 184), denn sonst besteht die Gefahr, daß sowohl die Nullhypothese als auch die Alternativhypothese irrtümlich verworfen werden. Größere Stichproben schränken jedoch die Praxisrelevanz deutlich ein, insbesonders im Bereich der Schwerst- und Mehrfachbehinderung oder im Bereich relativ seltener klinischer Störungen (Mutismus, Zwänge), wo größere Stichproben kaum zu erreichen sind.

Weitere Argumente gegen Gruppenforschung:

1. Die Methodologie der großen Zahl geht von der Logik der Normalverteilung aus, d.h. auf einen konstanten „wahren" Wert wirken Störvariablen ein und verändern den „wahren" Wert. Größte Ähnlichkeit mit dem wahren Wert haben Mittelwerte, die über viele Individuen berechnet werden. Mittelwerte haben aber die oben erwähnten Nachteile.
2. Gruppen sind oft heterogen. Die Varianzen innerhalb der Gruppe sind oft größer als zwischen den Gruppen, so daß Unterschiede zwischen den Gruppen gering oder nicht nachweisbar sind. Daraus resultieren falsche Schlußfolgerungen über die Beurteilung der Effektivität einer Intervention.

3. Selbst wenn sich ein Gruppenversuchsplan realisieren läßt, so ist immer noch zu prüfen, ob er auch Antworten auf die wirklich interessierenden Fragen zuläßt, ob sich der Versuchsplan in der Praxis durchführen läßt, und ob die zu erwartenden Ergebnisse praxisrelevant sind.
4. Unspezifische Therapieeffekte (Erwartung, Zuwendung, Sensibilisierung) können oft nur schwer an die Kontrollgruppen vermittelt werden und verfälschen daher die Ergebnisse zugunsten der Therapiegruppen. Die Bildung von Kontrollgruppen, die keine Behandlung erfahren, ist ethisch nicht leicht zu vertreten, wenn z.B. bei einem Teil der Schüler die Leistungsausfälle immer deutlicher werden, nur weil diese der Kontrollgruppe zugelost wurden.
5. Vorher-Nachher Messungen (pre-post) geben wenig Aufschluß über den Trainingsverlauf. In der Regel fehlen therapie- oder trainingsbegleitende Messungen bei der Gruppenforschung.
6. Bei der Gruppenforschung wird durch Datengruppierung und Durchschnittswerte eine Glättung erreicht. Höhere oder niedrigere Werte, die von Störvariablen resultieren, werden durch die Durchschnittswertbildung geglättet unter der Annahme, daß dadurch die wahren Auswirkungen der UV deutlich gemacht werden. Ermittlungen von Durchschnittswerten enthüllen Verhaltensbeziehungen von Datengruppierungen, aber nicht von Individuen. Stets muß bedacht werden, daß Durchschnittswerte *nicht* die Verhaltensmuster von Individuen repräsentieren.
7. Die Herangehensweise in der Gruppenforschung entspricht nicht der des Praktikers, der wissen will, bei welcher Intervention, unter welchen Bedingungen, welches Individuum profitiert.
8. Weisz et al. (1995) verweisen darauf, daß in der Gruppenforschung oftmals Klienten ausgewählt werden, die keine „klinischen" Fälle darstellen. Aufgrund der Bildung von homogenen Gruppen weisen diese Klienten oftmals nur eine Störung

(z.B. eine spezifische Phobie) auf, während Klienten in einer Klinik oder Praxis meist mehrere Störungsbilder aufweisen. Bei der Gruppenforschung erhalten die beteiligten Therapeuten meist ein spezielles Training für eine spezielle Störung, wobei die Therapeuten spezifische Verfahren anwenden, die Therapie stark strukturiert ist, durch Manuale, Feedback oder Supervision optimiert wird. Diese Art von Forschung und ihre Ergebnisse sind wahrscheinlich nicht repräsentativ für die Behandlungen, die in Praxen oder in Hospitälern erfolgen, wo keine hoch spezialisierten Forscher, sondern Therapeuten unter Alltagsbedingungen arbeiten müssen.

9. Um mehr darüber zu erfahren wie therapeutische Veränderungsprozesse erfolgen, sind genauere Analysen der Klient-Therapeut-Interaktionen nötig, als die der traditionellen Gruppenforschung (Jones, 1993).

Argumente gegen die Einzelfallforschung

Nicht nur die Gruppenforschung, sondern auch die Einzelfallforschung führt zu Nachteilen:

1. Die visuelle Interpretation graphischer Darstellungen der Einzelfallstudien ist oft unreliabel und führt zu falschen Schlußfolgerungen, besonders wenn nur schwache Interventionseffekte auftreten.
2. Zuverlässige Methoden der statistischen Auswertung von Einzelfall-Versuchsplänen sind noch nicht entwickelt. Besondere Probleme stellen die serielle Abhängigkeit der Daten und die oft zu wenigen Beobachtungsdaten dar. Crosbie (1993) hat jedoch ein vielversprechendes statistisches Verfahren entwickelt, das zu großer Hoffnung berechtigt, und Petermann (1996) gibt weitere Hinweise zur (statistischen) Auswertung von Einzelfallversuchsplänen.
3. Durch Einzelfallforschung können multiple Behandlungseffekte bzw. Wechselwirkungen z.B. zwischen Probandenmerkmalen und Interventionsverfahren nicht angemessen erfaßt

werden. Daher können auch differenzielle Fragestellungen nicht beantwortet werden (Kern & Kern, 1993).

4. Konfundierungen (Vermischungen) von Interventions- und Reihenfolgeeffekten sind nicht zu vermeiden, wenn mehrere Behandlungen nacheinander erfolgen (Kratochwill & Williams, 1988).

Vorteile der Einzelfallforschung

Einzelfallforschung bietet Vorteile, die vor allem für Studierende, Berufsanfänger und Praktiker sehr gewichtig erscheinen:

1. Sie erlaubt interventions- bzw. therapiebegleitende Messungen und ist am besten geeignet zur Evaluation individueller Interventionen oder von Behandlungspaketen.
2. Eine individuelle, datenbezogene Vorgehensweise ist ohne Bezug auf Gruppendurchschnittswerte möglich.
3. Sie ist flexibel einsetzbar, steht nicht im Widerspruch zur Praxis, ist sensibel für individuelle Differenzen, und repräsentativ für das Verhalten des Einzelnen.
4. Sie erlaubt einfache graphische Analysen und bedarf oftmals keiner statistischen Berechnungen.
5. Sie führt zur Betonung klinisch signifikanter (siehe Kap. 6.5) Interventionseffekte.
6. Sie gestaltet Forschung auch mit einem einzigen Probanden (N = 1), der seine eigene Kontrollperson darstellt.
7. Die Vorgehensweise entspricht pädagogisch-psychologischen Problemlösungen unter Praxisbedingungen.

Fragen zum Kapitel

1. Geben Sie Hinweise zur historischen Entwicklung der Einzelfallforschung und benennen Sie Anwendungsgebiete.

2. Wodurch unterscheidet sich nicht-experimentelle (anekdotische- und unkontrollierte Fallstudien und korrelative Studien) Forschung von der Einzelfallforschung?

3. Welche Bedeutung kommt den Grundraten zu und welche Merkmale sollen sie aufweisen?
4. Was heißt intrasubjektiv, intersubjektiv und Kontrolle „innerhalb“ bei der Einzelfallforschung?
5. Erläutern Sie die Logik und die (drei) Merkmale der Einzelfallforschung.
6. Benennen Sie (sechs) Kennzeichen, Unterschiede und Gemeinsamkeiten von Gruppen- und Einzelfallforschung.
7. Erläutern Sie die drei Haupt- und sieben Zusatzargumente gegen Gruppenforschung.
8. Führen Sie (vier) Argumente gegen und (sieben) Argumente für die Einzelfallforschung an.

Literaturempfehlungen zum Kapitel
Die historische Entwicklung, die Logik und Kennzeichen der Einzelfallforschung werden von Kazdin (1982) sowie von Barlow und Hersen (1984) ebenso vorzüglich dargestellt, wie die Unterschiede und Gemeinsamkeiten zur Gruppenforschung.

4 Einzelfall-Versuchspläne

Kapitelüberblick:
Zunächst wird die Logik der einfachsten Einzelfall-Versuchspläne nämlich der AB-Versuchspläne mit den damit möglichen Kombinationen (ABAB, ABC, BAB etc.) erläutert. Zur besseren Veranschaulichung werden Beispiele aus der internationalen pädagogischen und klinischen Forschung referiert. Danach folgt die Darstellung der Multiple-Grundraten-Versuchspläne (MGV) im Überblick. Beim MGV über Verhaltensweisen wird der Aufbau graphisch veranschaulicht und an Beispielen aus der pädagogischen und klinischen Forschung erläutert. Entsprechend werden die MGV über Situationen, über Materialien und über Personen vorgestellt und diskutiert. Anschließend werden Einzelfall-Versuchspläne mit kleinen Gruppen, Veränderungs-Kriteriums-Versuchspläne und Alternierende-Versuchspläne anhand von Forschungsbeispielen erklärt.

Vor jeder Modifikation hat eine sorgfältige Anamnese und Diagnostik zu erfolgen. Die (funktionelle) Diagnostik geht von der Annahme aus, daß Verhalten – auch problematisches Verhalten-, eine Funktion, einen Sinn für das Individuum hat und daß das Individuum sich nur so und nicht anders verhalten kann. Dieser Ist-Zustand muß zunächst akzeptiert und erklärbar werden. Die Diagnostik (Verhaltensanalyse) liefert dann ein Erklärungsmodell um zu verstehen, warum das Individuum sich so und nicht anders verhält. Für Aufmerksamkeitsstörungen geben Lauth & Schlottke (1997), für die Klinische Psychologie Bartling u.a. (1992) und Schulte (1991) weitere Hinweise und über Einzelfalldiagnose im Rahmen „Kontrollierter Praxis" informiert Petermann (1996). Nach der Diagnostik ist zu prüfen, ob eine Verhaltensänderung ethisch angemessen ist. Erst nach dieser Prüfung können unter Rückgriff auf empirisch bewährte Theorien und die

Fachliteratur jene Interventionsverfahren ausgewählt werden, die eine gute Erfolgsaussicht erwarten lassen (siehe auch Kap. 1.6). Durch Einzelfall-Versuchspläne kann dann überprüft werden, ob intern valide eine positive Änderung durch die Intervention erfolgt ist.

Im Zusammenhang mit der Einzelfallforschung werden oft folgende Synonyme gebraucht, die aber auch zu Verwirrung führen. Nach Hilliard (1993) sind dies: Einzelfallforschung (single-case research), Einzelfall-Versuchsplan (single-subject design), Einzelfall (single-case), intensive Fallanalyse (intensive analysis), Fallstudie (case-study), intensive Fallanalyse (intensive analysis), klein N (small N), N = 1 (N of 1), idiographische (idiographic), intensive (intensive), erkundungs-orientierte (discovery-oriented), intrasubjektive (intrasubject) Analysen und Zeitreihenanalysen (time-series).

4.1 AB-Versuchspläne

Die AB-Versuchspläne (AB designs) stellen die einfachste Gruppe von Einzelfall-Versuchsplänen dar. Sie setzen wie alle anderen voraus, daß das ausgesuchte Verhalten (oftmals das Problemverhalten) genau operational definiert und systematisch beobachtet wird. Während der sogenannten A-Phase, der Grundratenphase (baseline), wird das Verhalten (AV) über mehrere Sitzungen hinweg solange beobachtet, bis die graphisch aufgezeichneten Beobachtungsdaten einen stabilen und möglichst wenig variablen bzw. trendfreien Verlauf ergeben (siehe auch Abb. 3). Wenn zwischen vier bis acht Beobachtungspunkte (Sitzungen) vorliegen und sich ein stabiler Datenverlauf abzeichnet, kann die Grundratenphase (A-Phase) beendet und die Interventionsphase (B-Phase) begonnen werden (siehe Abb. 4). Die Auswirkung der Intervention (UV) auf das Problemverhalten wird in der B-Phase überprüft. Die interne Validität des AB-Versuchsplans ist jedoch nicht hinreichend belegbar, da nur einmal gezeigt werden kann, daß mit der Intervention (B-Phase) eine Veränderung eintritt.

4.1.1 ABAB-Umkehrversuchspläne

Die ABAB-Versuchspläne, die auch als Umkehrversuchspläne bezeichnet werden, stellen eine Erweiterung der AB-Versuchspläne dar und erlauben eine Verbesserung der internen Validität. ABAB-Versuchspläne (ABAB-designs) entsprechen der induktiven Logik und erfüllen die Kriterien eines Experiments: Sequenz von UV und AV, Intervention, Effektmessung, Bedingungskontrolle, Variation und Wiederholbarkeit (siehe Kap. 1). Zur genaueren Kennzeichnung wird im folgenden von einem $A_1B_1A_2B_2$-Versuchsplan (siehe Abb. 9) gesprochen. Bei dem $A_1B_1A_2B_2$-Versuchsplan stellt der Proband, sowohl in der Grundratenphase (A_1) als auch in der Umkehrphase (A_2), seine eigene Kontrolle dar.

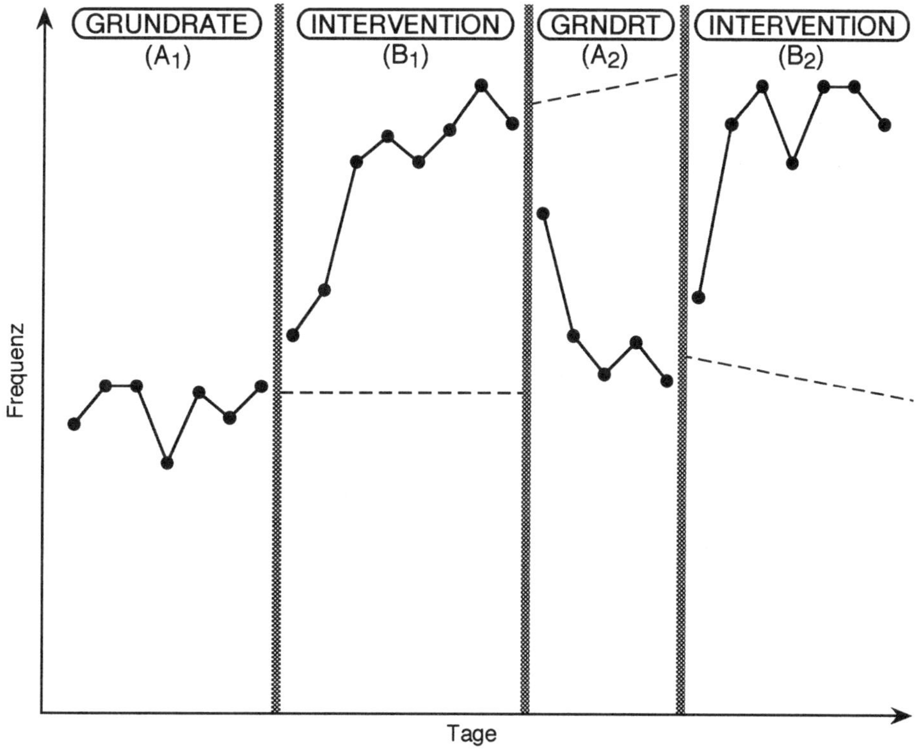

Abb. 9: Beispiel eines $A_1B_1A_2B_2$-Versuchsplans. Die gestrichelten Linien stellen den wahrscheinlichen Datenverlauf ohne eine Änderung der Intervention dar (nach Kazdin, 1982, S. 112).

Die erste Phase (A_1) bezieht sich auf die Erstellung der Verhaltensgrundrate, die zeigt, wie sich der Proband ohne die UV, aber unter Einbeziehungen der Wirkungen von Störvariablen verhält. Wesentlich für die Logik des Versuchsplans ist die kontinuierliche Beobachtung und ein stabiler Datenverlauf, ehe die UV in B_1 eingeführt wird.
In der zweiten Phase (B_1) wird die UV eingesetzt und die AV wird wie bisher weiter beobachtet. Ist die UV wirkungsvoll, sollten sofortige und starke Veränderungen (Niveau- und Trendänderungen) der AV eintreten. Ist die UV wirkungslos, wird die AV nicht verändert (siehe gestrichelte Linie der Abb. 9 in der B_1 Phase).
In der dritten Phase (A_2) wird die UV zurückgenommen (Umkehrung) bzw. die Grundratenbedingung erneut eingeführt und die AV weiterhin nur beobachtet. Wenn die UV nicht für die Veränderungen in der B_1-Phase verantwortlich war, müßten die Daten ohne UV so weiter verlaufen, wie die gestrichelte Linie (A_2) zeigt. Der Effekt der Zurücknahme der UV zeigt sich, wenn das Verhalten in der Phase A_2 sich tatsächlich wieder dem Verhalten in der Grundphase (A_1) annähert (durchgezogene Linie in A_2).
In der vierten Phase (B_2) wird die Intervention ein zweites Mal eingeführt. Wenn dadurch ähnlich wie zuvor in der B_1-Phase eine starke und schnelle Veränderung (durchgezogene Linie B_2) der AV eintritt, und die Daten nicht wie in der gestrichelten Linie in B_2 verlaufen, spricht dies für eine hohe interne Validität.
Die in Abb. 9 gestrichelten Linien zeigen den voraussichtlichen Datenverlauf, wenn man jeweils die vorausgegangenen Phasen fortgesetzt hätte. Die Unterschiede zu den durchgezogenen Linien weisen auf die Effekte der Veränderungen hin, die durch die UV bzw. durch das Absetzen der UV erfolgten. Da beim AB-Versuchsplan nur einmal gezeigt werden kann, daß mit der Intervention (B-Phase) eine Veränderung eintritt, könnten für diese (einmalige) Veränderung auch Störvariablen wie z.B. Erwartungs- oder Zuwendungseffekte in Frage kommen. Die interne Validität eines AB-Versuchsplans ist daher nicht hinreichend belegbar, die eines ABAB-Versuchsplans dagegen schon.

4.1.2 Ein ABAB-Versuchsplan aus der klinischen Forschung

Bornstein et al. (1981) überprüften mit einem ABAB-Versuchsplan die Auswirkungen einer paradoxen Intervention (UV) bei einem neunjährigen Jungen bezüglich der Häufigkeit von Einkoten und Darmtätigkeit (AV's). Der Junge war bis zum fünften Lebensjahr unauffällig in seinem Toilettenverhalten, bis er ohne ersichtliche Gründe täglich einzukoten begann. Tim war vier Jahre lang durch Medikamente und Hypnose erfolglos behandelt worden. Vor der paradoxen Intervention wurde eine Verhaltensanalyse durchgeführt. Die Verhaltensanalyse zeigte, daß durch starken Druck seiner Eltern Ängste erzeugt wurden, die ihrerseits Tim's Verhalten verschlimmerten.
Nach der Grundratenerhebung (A_1) fand die paradoxe Intervention statt. Die paradoxe Intervention bestand darin, daß Tim stündlich zur Toilette ging, seine Hose herunterzog, fünf Minuten lang auf der Toilette blieb und so tat, als würde er den Darm entleeren. Dem Jungen wurde erklärt, daß er zwar Darmtätigkeit trainieren, aber dabei nicht den Darm entleeren sollte (näheres zur Theorie und Wirkungsweise paradoxer Interventionen siehe Kern, 1994a). Dadurch würde er lernen sich beim Toilettengang zu entspannen und sein Problem zu überwinden.

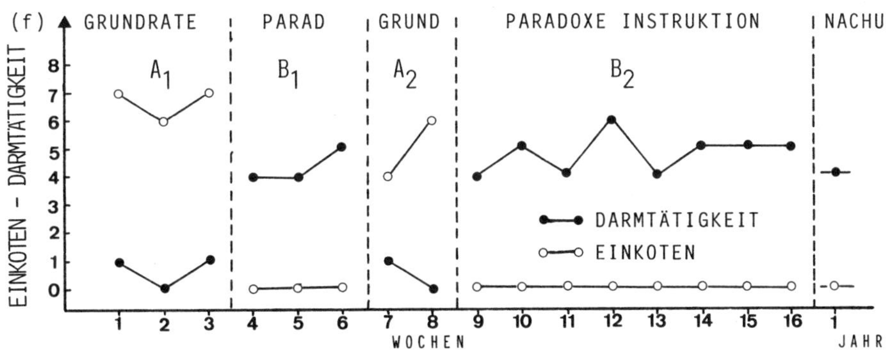

Abb. 10: Die Auswirkungen einer „Paradoxen Instruktion" auf die Darmtätigkeit und das Einkoten eines neunjährigen Jungen, evaluiert mit einem ABAB-Versuchsplan nach Bornstein et al. (1981).

Nach der Grundratenphase (A_1) von drei Wochen wurde ab der 4. bis 6. Woche die paradoxe Intervention (B_1) eingeführt, ehe in der 7. und 8. Woche erneut Grundratenbedingungen (A_2) herrschten. Die paradoxe Intervention (B_2) erfolgte erneut ab der 9. bis zur 16. Woche.
Die Ergebnisse zeigen, daß nach einer stabilen Grundratenphase mit Einsetzen der paradoxen Intervention (B_1) das Einkoten drastisch von durchschnittlich 6,5 Ereignissen auf Null reduziert und gleichzeitig die Darmtätigkeit von durchschnittlich 0,5 auf 4,2 erhöht werden konnte. Aufgrund dieses raschen und deutlichen Erfolges wurde die Behandlung ausgesetzt (Umkehrphase) und eine erneute Grundratenbedingung (A_2) eingeführt. Mit Einsetzen der erneuten Grundratenbedingung (ethisches Problem) wurde die Darmtätigkeit seltener und das Einkoten stieg in Richtung Ausgangsniveau wieder deutlich an. Damit wurde eine zweite paradoxe Interventionsphase (B_2) notwendig, bei der das Einkoten erneut deutlich und anhaltend auf Null reduziert und die Darmtätigkeit stabil auf durchschnittlich fünf Ereignisse erhöht werden konnte. Eine einjährige Nachuntersuchung bestätigte die positiven Effekte.
Für die interne Validität der Untersuchung spricht, daß jeweils mit dem Einsetzen der paradoxen Intervention (B_1 und B_2) drastische Niveauänderungen erzielt wurden, und in der Phase A_2 eine Umkehr auf das Ausgangsniveau erreicht werden konnte. Außerdem liegen keine Überlappungen der Daten in den A-Phasen mit den Daten in den B-Phasen vor (siehe Kap. 6.2). Für die externe Validität spricht, daß die positiven Trainingseffekte noch nach einem Jahr nachgewiesen werden konnten.
Ethische und praktische Probleme sind jedoch ein Nachteil der ABAB-Umkehr-Versuchspläne. Ethische Probleme deswegen, da nach einer durch ein Training erzielten Veränderung (B_1-Phase), diese Veränderung in der darauffolgenden Umkehrphase (A_2-Phase) wieder rückgängig gemacht wird, obgleich die zuvor erzielte Veränderung ein erwünschtes Ziel darstellt. Sollte diese Umkehrung nicht gelingen, ist die interne Validität des Versuchs-

plans gering. Die praktischen Probleme liegen darin begründet, daß sich manche trainierten Verhaltensweisen nach dem Motto: Gelernt ist gelernt! nicht mehr rückgängig (Umkehrung) machen lassen.
Deutschsprachige Beispiele aus der pädagogischen Forschung mit einem ABAB-Versuchsplan gibt Brunsting-Müller (1992), die kognitive und metakognitive Aspekte mit lerngestörten Kindern untersucht.

4.1.3 ABC-Versuchspläne

ABC-Versuchspläne sind Erweiterungen der AB-Versuchspläne um eine UV in der C-Phase. ABC-Versuchspläne bestehen darin, daß nach einer Grundrate (A) eine Intervention (B) durchgeführt wird, der eine zweite Intervention (C) folgt. Die interne Validität des ABC-Versuchsplans ist nicht hoch, da er nur einmal den möglichen Effekt der Intervention AB prüft. Ob die Intervention C wirksamer als die Intervention B ist, kann wegen des Reihenfolge-Effekts nicht geprüft werden. Der Vorteil des ABC-Versuchsplans ist der Umstand, daß keine Umkehrphase (wie beim ABAB-Versuchsplan) erfolgt bzw. der Versuchsplan mit der Intervention (C) abschließt. Ein Beispiel eines ABC-Versuchsplans zeigt die Untersuchung von Neufeld und Fantuzzo (1987).

4.1.4 Ein ABC-Versuchsplan aus der pädagogischen Forschung

Neufeld und Fantuzzo (1987) benutzten einen ABC-Versuchsplan, um nach einer Grundrate (A) die Auswirkungen von zwei Interventionen, nämlich von differentieller Verstärkung (B) und differentieller Verstärkung plus Schutzhelm tragen (C) bei selbstverletzendem Verhalten (AV_1) zu überprüfen. Der Klient war ein 30jähriger geistig behinderter Mann, der seit dem siebten Lebensjahr in einem Krankenhaus untergebracht war und sich mit der Hand am Kopf häufig selbst verletzte. Das Training erfolgte täglich während einer Puzzelspielsituation.

Die erste Trainingsphase (B) bestand aus differentieller Verstärkung inkompatiblen Verhaltens, das heißt es wurden nur Verhaltensweisen verstärkt, die mit selbstverletzendem Verhalten nicht vereinbar waren. Die Verstärkungen in Form von Körperkontakt, Anerkennung und Süßigkeiten erfolgten nur, wenn der Klient ein einfaches Puzzel richtig legte. Die zweite Trainingsphase (C) bestand aus differentieller Verstärkung in Kombination mit dem Tragen eines Schutzhelms. Wenn sich der Klient selbst verletzte, mußte er einen Schutzhelm tragen, der erst entfernt wurde, nachdem er sich für mindestens 30 Sekunden angemessen verhielt.
Die Ergebnisse zeigen (siehe oberen Teil der Abb. 11), daß nach einer kurzen Grundratenphase mit durchschnittlich 16,5 selbstverletzenden Verhaltensweisen in der B-Phase keine Niveau- und Trendänderungen erzielt wurden (durchschnittlich 12,3 Verletzungen), jedoch hohe Variabilität auftrat.
Erst in der C-Phase konnte ab der 22. Sitzung eine drastische und anhaltende Reduzierung des selbstverletzenden Verhaltens erreicht werden (durchschnittlich 3,2 Verletzungen). Nachuntersuchungen bis zu 12 Monaten bestätigten die guten Trainingsergebnisse bzw. eine Reduzierung auf durchschnittlich eine selbstverletzende Verhaltensweise. Wie aus dem unteren Teil der Abb. 11 zu ersehen ist, konnte auch die durchschnittliche Häufigkeit erfolgreich gelegter Puzzels (AV_2) von durchschnittlich 1,7 auf 3,4 erhöht werden. Die Verdoppelung von Puzzelaufgaben und die deutliche Reduzierung des selbstverletzenden Verhaltens waren nach zwölf Monaten nachweisbar.
Für die interne Validität der Untersuchung spricht, daß in der zweiten Trainigsphase (C) sofortige und deutliche Niveauänderungen erzielt werden konnten. Für die externe Validität sprechen erfolgreiche Replikationen mit zwei anderen geistig behinderten Personen. Eine soziale Validierung (siehe Kap. 6.5) erfolgte durch Befragung des Personals, das die C-Phase als die akzeptabelste und wirksamste bezeichnete. Die Medikation des Klienten war um 25% reduziert worden, und er konnte sich aktiv außerhalb des Heimes in natürlicheren Situationen bewegen.

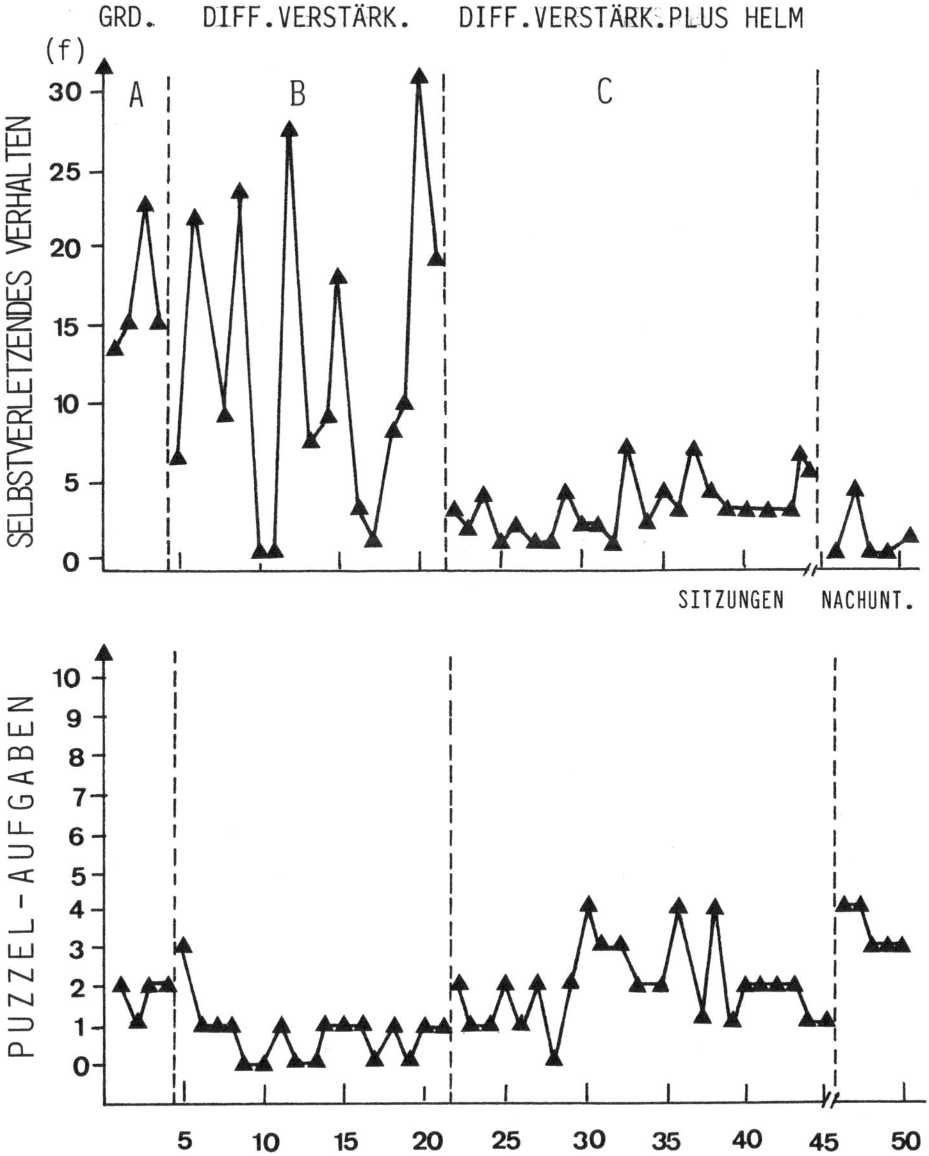

Abb. 11: Die Auswirkungen der Interventionen B und C auf selbstverletzendes Verhalten bei einem 30jährigen geistig behinderten Mann, evaluiert mit einem ABC-Versuchsplan nach Neufeld und Fantuzzo (1987).

ABC-Versuchspläne haben nicht die Beweiskraft bzw. können auch bei günstigem Datenverlauf nicht so überzeugend die interne Validität belegen wie $A_1B_1A_2B_2$-Versuchspläne, da keine Umkehrphase (A_2-Phase) erfolgt und der Effekt von C durch den Reihenfolgeeffekt (erst B, dann C) konfundiert wird. Für die Praxis kann der ABC-Versuchsplan jedoch eine erste Orientierung über die Effekte von B und C leisten.
Deutschsprachige Beispiele aus der pädagogischen Forschung mit einem $ABC_1(A)C_2$-Versuchsplans geben Breucker (1994), der die Auswirkungen pädagogischer Musiktherapie auf stereotypes- und selbstverletzendes Verhalten bei einem 16jährigen, schwer geistig behinderten Jugendlichen evaluierte und Hartmann (1995), der den Einfluß grammatischer Fördermaßnahmen auf Aussage- und Fragesätze durch $A_1B_1A_2$-Versuchspläne überprüfte.

4.1.5 BAB-Versuchspläne

Wenn eine Intervention bereits stattfindet (B), könnte zunächst eine A-Phase, dann erneut eine B-Phase durchgeführt werden, um die Wirksamkeit der Intervention nachzuweisen (evaluieren). Damit läge ein BAB-Versuchsplan (genauer: $B_1A_1B_2$) vor. Die Interventionseffekte während der bereits stattfindenden Förderung (UV) werden eine zeitlang (B_1-Phase) beobachtet, dann wird die Intervention abgesetzt (Kontrollphase A_1) und wenn sich die Daten stabilisiert haben, wird die Intervention wieder eingesetzt (B_2-Phase). Der Vorteil dieses Versuchsplans ist die Möglichkeit, die Wirksamkeit einer bereits laufenden Intervention zu überprüfen und zu belegen, daß die Intervention und nicht Störvariablen die positiven Veränderungen bewirken. Der BAB-Versuchsplan endet mit der Interventionsphase und kann leicht zu einem BABA-Versuchsplan ergänzt werden, wenn die Intervention zum Schluß ausgeblendet werden soll. Der Nachteil des BAB-Versuchsplans liegt darin, daß keine Abschätzung der ursprünglichen Grundraten möglich ist.

4.2 Multiple-Grundraten-Versuchspläne (MGV)

Die Multiple-Grundraten-Versuchspläne (MGV) werden von Praktikern besonders gerne angewandt, da diese Versuchspläne kaum ethische und praktische Probleme (Umkehrung der Behandlung bei ABAB-Versuchsplänen) verursachen, leicht handhabbar sind, der schrittweisen Vorgehensweise von Praktikern weitgehend entsprechen, sehr flexibel angewandt und gut kombiniert werden können (siehe Kap. 5).
Für Lehrer, Trainer, Therapeuten, aber auch für Studenten, Diplomanden und Doktoranden werden MGV (multiple baseline designs) oft die einzige Möglichkeit sein, empirische Forschung zu evaluieren.

4.2.1 Ein Überblick

MGV (Multiple-Grundraten-Versuchspläne) stellen eine Kombination aus mehreren AB-Phasen mit zeitversetzten Interventionen dar.
Die Logik der MGV beruht darauf, daß nach unterschiedlich langen Grundratenphasen (A-Phasen) Interventionen mehrfach (multipel) zeitversetzt beginnen. Wenn mehrmals gezeigt werden kann, daß nur jeweils mit der Intervention (UV) Veränderungen der AV auftreten, ist wahrscheinlich die Intervention und keine Störvariable dafür verantwortlich. MGV entsprechen also auch wie die ABAB-Versuchspläne der deduktiven Logik und erfüllen die Merkmale eines Experiments (siehe Kap. 1). Sobald nach stabilen Grundraten (baselines) eine erste Intervention erfolgt ist und eine starke Veränderung stattgefunden hat, wird zeitversetzt eine zweite Intervention und später eine dritte Intervention eingeführt.
Zunächst werden mindestens drei Grundraten – nicht nur eine Grundrate wie bei den AB- bzw. ABAB-Versuchsplänen – durch Verhaltensbeobachtungen aufgezeichnet. Sobald die drei Grundratendaten stabil und trendfrei sind, erfolgt die erste Interventi-

on. Dieser ersten Intervention sollte idealerweise eine sofortige und starke Veränderung der ersten Datenserie folgen, während die anderen zwei Grundraten idealerweise unverändert stabil bleiben. Wenn durch die erste Intervention ein akzeptables Zielkriterium erreicht wurde, wird die zweite Grundratenphase beendet und die Intervention auf diese zweite Datenserie ausgedehnt. Wiederum sollte in der zweiten Datenserie eine deutliche Datenveränderung erfolgen, bei möglichst unveränderter dritter Grundrate. Wenn auch durch die zweite Intervention das Zielkriterium erreicht wurde, wird die dritte Grundratenphase beendet und die Intervention auf die dritte Datenserie ausgedehnt etc. Generell sollten bei allen MGV mindestens drei Vergleiche zwischen Grundraten und Interventionen stattfinden, um die interne Validität zu sichern. Multiple-Grundraten-Versuchspläne basieren auf zwei Annahmen:

- Unabhängigkeit: Die Zielverhaltensweisen (AV's) müssen funktionell unabhängig sein. Jede Datenserie muß unabhängig von der anderen sein (kein spontaner Transfer) und die Grundraten sollten solange stabil bleiben, bis sie durch die zeitlich versetzte Intervention verändert werden. MGV nutzen den oft beobachteten Mangel an spontanem Transfer (Kern, 1994).
- Ähnlichkeit: Die gleiche Intervention (UV) sollte zu gleich deutlichen Veränderungen bei allen Datenserien führen. Jede Datenserie muß auf die Intervention ähnlich positiv reagieren.

Wenn eine dieser Annahmen sich nicht empirisch bestätigen läßt, dann verlieren die MGV viel von ihrer Erklärungskraft bzw. ihrer internen Validität. Interne Validität wird bei den MGV gesichert, wenn gezeigt werden kann, daß während der Grundratenphasen keine Veränderungen der AV erfolgen, aber sofort und wiederholt (multiple) jeweils mit Interventionsbeginn.
Dies bedeutet jedoch auch, daß die interne Validität der MGV nur gesichert ist, wenn keine spontanen Transfereffekte (Unabhängigkeit) auftreten (Kern, 1994). Praktiker werden oftmals einen solchen Verlust an interner Validität gern in Kauf nehmen, da

Transfereffekte sehr wünschenswert sind. Externe Validität wird vor allem durch Replikationen aufgebaut (siehe Kap. 6.5 und 7).
Wenn eine Intervention nicht effektiv ist bzw. sich ihre Wirksamkeit nicht intern valide belegen läßt, dann ist unklar, ob die Gründe dafür in einer fehlerhaften Diagnostik, in einem unwirksamen Interventionsverfahren (UV), in einem unangemessenen Versuchsplan, in der unzulänglichen Umsetzung der UV durch den Therapeuten (Behandlungsintegrität), in einer wenig positiven Beziehung zwischen Therapeut und Klient, an dem benutzten Beobachtungsverfahren, an den mangelnden Fähigkeiten oder der geringen Motivation des Klienten und/oder an mehreren bzw. anderen Einflußgrößen liegt (siehe auch Kap. 5.5).
Nach dieser allgemeinen Einführung werden im folgenden die vier wichtigsten Gruppen der MGV detailliert besprochen und anhand von Beispielen erklärt. Man unterscheidet MGV mit:
- Replikationen über Verhaltensweisen (across behaviors),
- Replikationen über Situationen (across situations),
- Replikationen über Materialien (across materials) und
- Replikationen über Personen (across persons).

4.3 MGV über Verhaltensweisen

MGV mit Replikationen *„über Verhaltensweisen"* (multiple baseline designs across behaviors) setzen voraus, daß die gleiche Intervention (UV) bei der gleichen Person (oder einer Gruppe) zeitverzögert auf unterschiedliche und voneinander unabhängige (kein spontaner Transfer) Verhaltensweisen (AV's) angewandt wird. Jede Verhaltensweise wird von Anfang an während der Grundraten kontinuierlich beobachtet (gemessen).

Merke:
Wenn die gleiche Intervention, mit dem gleichen Probanden, in der gleichen Situation, zeitversetzt bei mindestens drei Verhaltensweisen zu jeweils starken Verhaltensänderungen führt, ist interne Validität nachgewiesen.

4.3.1 Der Aufbau eines MGV über Verhaltensweisen

Mit dem folgenden Beispiel soll der typische Aufbau eines MGV über Verhaltensweisen (Ich-Botschaften, Ärger-Äußerungen und Wünsche-Äußerungen) verdeutlicht werden. Wenn „selbstsicheres Verhalten" aufgebaut oder erweitert werden soll, müssen konkrete Verhaltensweisen zunächst operational definiert werden. Bei einem Schüler könnten Beobachtungen ergeben, daß er keinen oder nur geringen Blickkontakt aufnimmt, sein Händedruck ungünstig wirkt, und er sehr leise und undeutlich spricht. In diesem Fall könnten diese drei Verhaltensweisen nacheinander durch ein Selbstsicherheitstraining (UV) verändert werden. Bei einem anderen Schüler könnten (andere) Verhaltensweisen wie der Gebrauch von Ich-Botschaften, Ärger-Äußerungen und Wünsche-Äußerungen Teilziele und wichtiger Bestandteil „selbst-sicheren Verhaltens" sein.
Zunächst wird eine Grundrate des Ist-Zustandes erstellt, um zu prüfen, ob bzw. wie häufig der Proband die drei Verhaltensweisen (AV) anwendet. Wenn er diese Verhaltensweisen im Vergleich zu Bezugspersonen auffallend selten praktiziert und er den Wunsch äußert, „selbstsicheres Verhalten" zu erlernen, dürfte ein Selbstsicherheitstraining angezeigt sein.
In den ersten vier Sitzungen (Beobachtungen) werden die drei Verhaltensweisen genau beobachtet, die Äußerungen pro Minute umgerechnet und jeweils als Grundkurve dargestellt (Abb. 12 links).
Für *Ich-Botschaften* wird nach stabilen Grundratendaten bis zur vierten Sitzung das Selbstsicherheitstraining ab der fünften Sitzung begonnen. Das Selbstsicherheitstraining resultiert in einem deutlichen und sofortigen Anstieg der Ich-Botschaften, wogegen Ärger-Äußerungen (Verhalten 2) und Wünsche-Äußerungen (Verhalten 3) nahezu unverändert selten auftreten (Abb. 12 Mitte). Damit ist belegt, daß die Verhaltensweisen 2 und 3 (kein spontaner Transfer) unabhängig von der Verhaltensweise 1 sind.

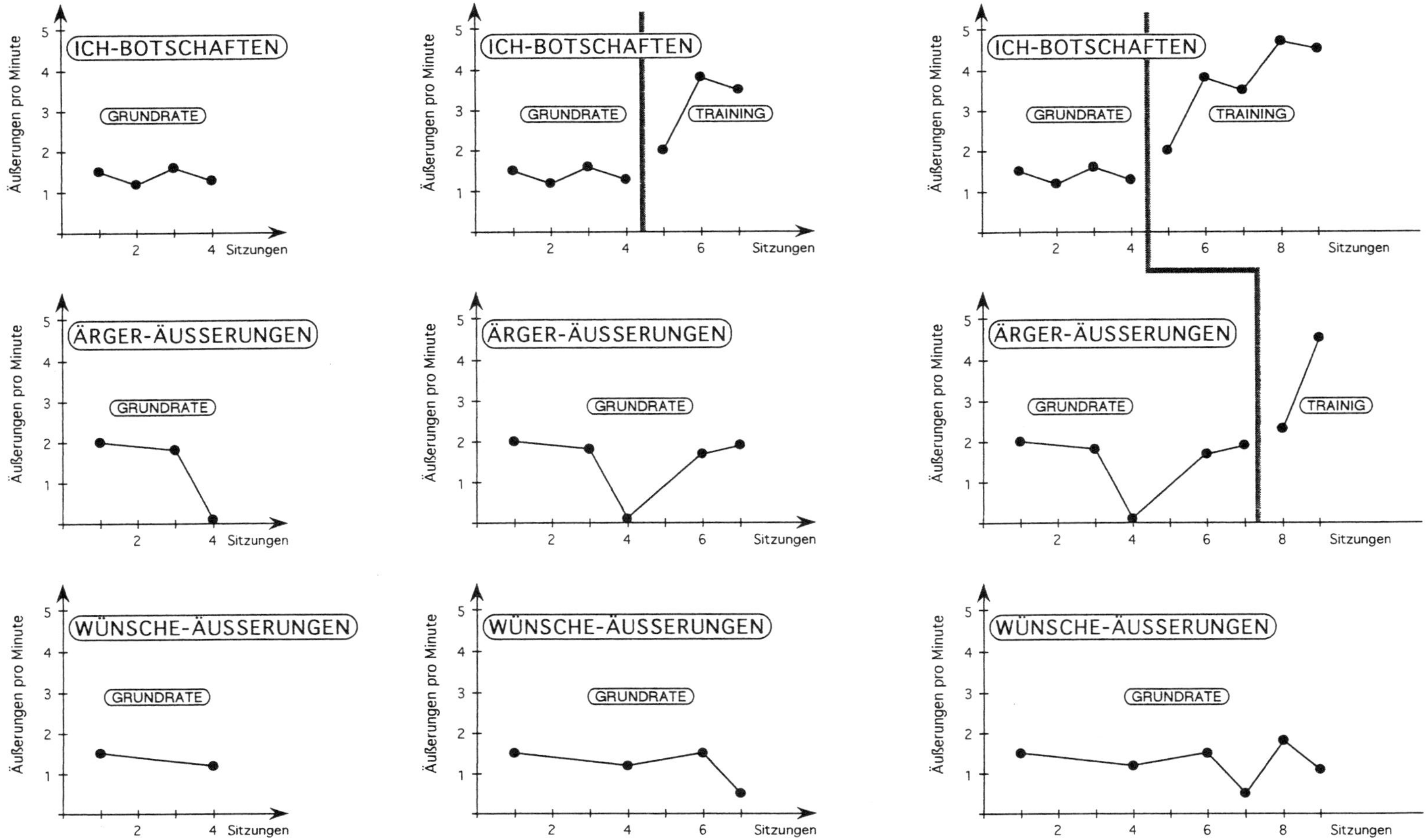

Abb. 12: Der Aufbau eines Multiplen-Grundraten-Versuchsplans über die Verhaltensweisen „Ich-Botschaften“, „Ärger-Äusserungen“ und „Wünsche-Äußerungen“.

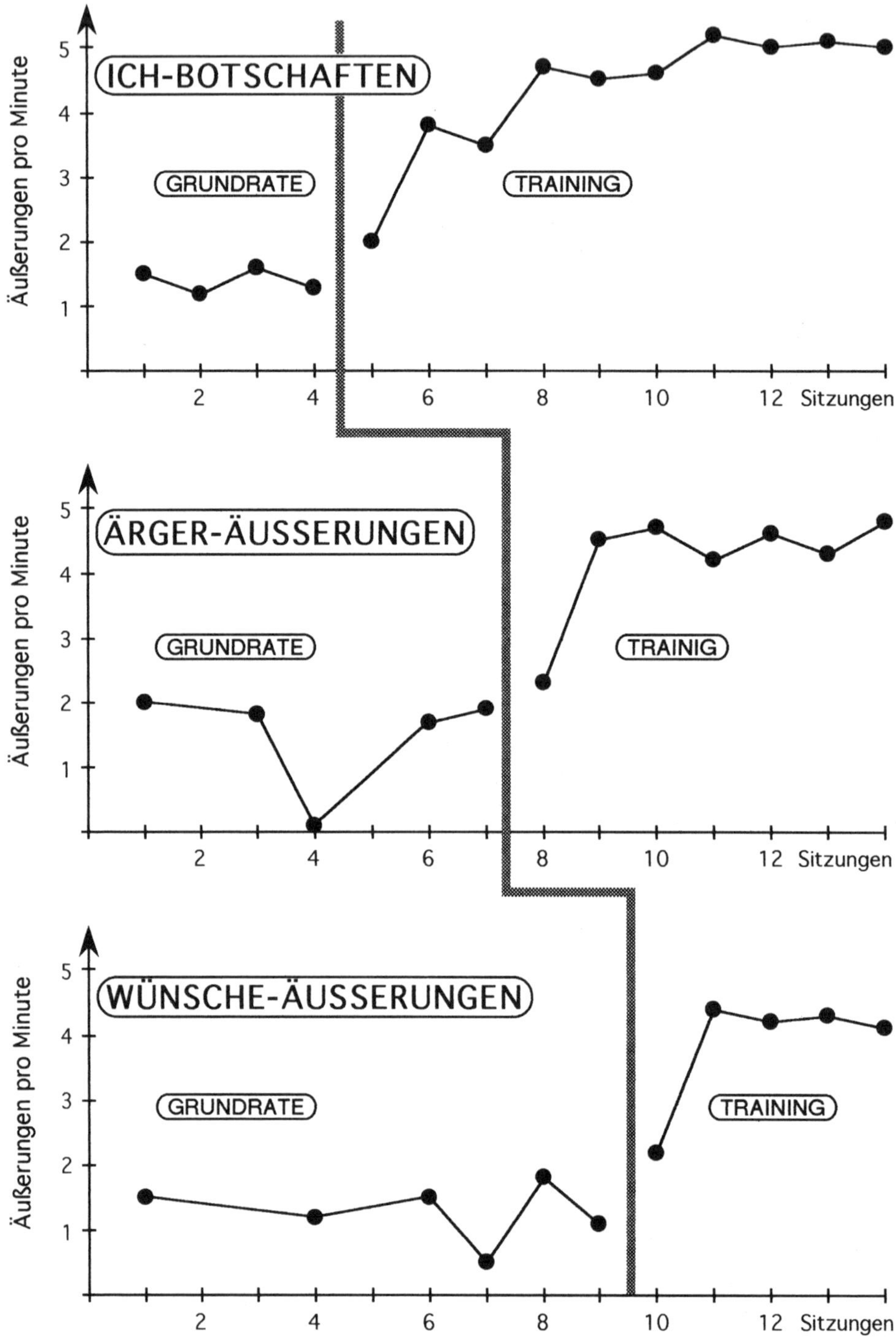

Abb. 13: Ein MGV über die drei Verhaltensweisen „Ich-Botschaften", „Ärger-Äußerungen" und „Wünsche-Äußerungen".

Für *Ärger-Äußerungen* (Verhalten 2) besteht bis zur siebten Sitzung eine relativ stabile Grundrate. Da das Verhalten 1 sich bereits auf hohem Niveau stabilisiert hat, wird ab der achten Sitzung das Selbstsicherheitstraining für Ärger-Äußerungen erprobt. Das Training resultiert in einer deutlichen Veränderung der Ärger-Äußerungen in der neunten Sitzung, während für Wünsche-Äußerungen (Verhalten 3) noch immer stabile Grundraten erhoben werden (Abb. 12 rechts). Damit ist belegt, daß auch Verhalten 3 unabhängig von Verhalten 2 ist.
Für *Wünsche-Äußerungen* beginnt nach einer stabilen Grundrate bis zur neunten Sitzung das Training in der zehnten Sitzung, das zu einem sofortigen und deutlichen Anstieg der Wünsche-Äußerungen führt. Damit haben sich die drei Verhaltensweisen nacheinander und jeweils nur mit Beginn des Selbstsicherheitstrainings deutlich verändert (Abb. 13 unten). Dies spricht für die *Unabhängigkeit* der drei Verhaltensweisen, aber auch für die *Ähnlichkeit* bezüglich der Wirksamkeit des Trainings und für die interne Validität der Trainingsstudie.

Zusammenfassung: Der MGV-Versuchsplan mit zwei Replikationen über Verhaltensweisen ist intern valide, da jeweils nur mit Beginn des Trainings sofortige und deutliche Veränderungen ganz spezifisch für die trainierte Äußerungsart auftraten. Störvariablen wie Reifung oder Einsicht hätten eventuell generelle Veränderung erklären können, nicht jedoch, daß die Effekte so spezifisch waren und sich zuerst nur Ich-Botschaften, dann Ärger-Äußerungen und schließlich Wünsche-Äußerungen stark veränderten.

4.3.2 Ein Beispiel aus der pädagogischen Forschung

Selbstsicherheit ist ein Konstrukt, das nicht direkt beobachtet werden kann. Welche Verhaltensweisen jeweils mit "Selbstsicherheit" gemeint sind, hängt von den Anforderungen der Situation oder von dem Verhaltensrepertoire des Probanden ab. Daher wird ein Selbstsicherheitstraining in einem Fall z.B. das

Einüben des Blickkontakts oder in einem anderen Fall das Einüben von Kritikfähigkeit beinhalten. Schloss et al. (1987) haben einen 17-jährigen Jugendlichen im Rahmen eines Selbstsicherheitstrainings darauf vorbereitet, bei Vorstellungsgesprächen dem Gesprächspartner Feedback zu geben, aber auch Einwände zu äußern, weitere Informationen zu geben und Anerkennung zu äußern. Ein MGV mit drei Replikationen über Verhaltensweisen wurde zur Überprüfung der Auswirkungen eines verhaltenstherapeutischen Selbstsicherheitstrainngs (UV) mit einem Jugendlichen durchgeführt. Die Auswirkungen des Trainings wurden zeitversetzt auf: Feedback geben, Einwände formulieren, Informationen geben und Anerkennung geben überprüft.

Abb. 14 zeigt, daß beim *Feedback geben* (Verhaltensweise 1) bis zur vierten Sitzung Grundratenbedingungen bestanden. Erst mit Einsetzen des Selbstsicherheitstrainings (UV) ab der sechsten Sitzung wurde „Feedback geben" (AV_1) häufiger, (Niveauänderung) und ab der neunten Sitzung das Zielkriterium (max. fünf Punktwerte) erreicht.

Beim *Einwände formulieren* (Verhaltensweise 2) bestanden bis zur achten Sitzung Grundratenbedingungen. Spontaner Transfer vom zuvor trainierten „Feedback geben" trat *nicht* auf. Damit ist belegt, daß diese zwei Verhaltensweisen voneinander unabhängig sind. Erst mit Einsetzen des Selbstsicherheitstrainings ab der neunten Sitzung trat „Einwände formulieren" (AV_2) deutlich und anhaltend häufiger auf (Niveauänderung).

Beim *Informationen geben* (Verhaltensweise 3) bestanden bis zur 13. Sitzung Grundratenbedingungen. Spontaner Transfer von den zuvor trainierten „Verhaltensweisen" war nicht nachweisbar (Unabhängigkeit). Erst mit dem Einsetzen des Selbstsicherheitstrainings in der 14. Sitzung trat „Informationen geben" (AV_3) deutlich und anhaltend häufiger bis zum Zielkritierium auf.

Für *Anerkennung geben* (Verhaltensweise 4) bestanden bis zur 18. Sitzung Grundratenbedingungen. Erst mit Trainingsbeginn ab der 19. Sitzung trat „Anerkennung geben" (AV_4) sofort und anhaltend häufiger (Niveauänderung) auf. Spontaner Transfer von

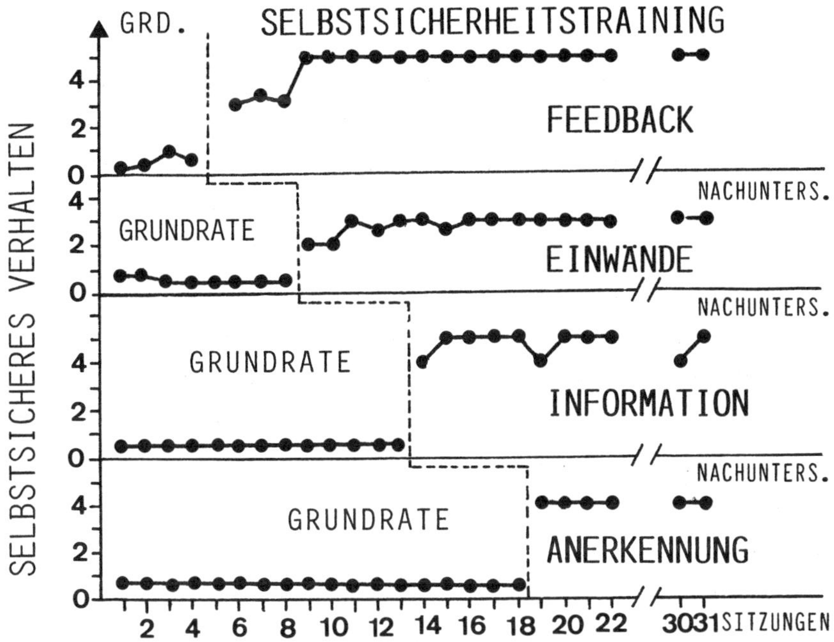

Abb. 14: Die Auswirkungen eines verhaltenstherapeutischen Selbstsicherheitstrainings auf „Feedback geben", „Einwände formulieren", „Informationen geben" und „Anerkennung geben" bei einem 17jährigen Jugendlichen, evaluiert durch einen MGV über diese vier Verhaltensweisen nach Schloss et al. (1987).

den zuvor trainierten Verhaltensweisen waren nicht nachweisbar (Unabhängigkeit). Die Daten zeigen aber auch, daß alle vier Verhaltensweisen „Ähnlichkeiten" aufweisen, da sie durch das (gleiche) Selbstsicherheitstraining deutlich verändert werden konnten.

Zusammenfassung: Der Datenverlauf spricht für interne Validität, da vier mal nur bei Beginn des Trainings jeweils deutliche Veränderungen auftraten und keine Überlappungen der Grundraten mit den Interventionsdaten vorliegen (siehe Kap. 6.2). Die Wirkung von Störvariablen dürfte für solch spezifische Effekte nicht in Frage kommen. Für die externe Validität sprechen zwei erfolgreiche Replikationen mit zwei weiteren Jugendlichen. Spontaner Transfer über Verhaltensweisen traten nicht auf. Transfer konnte nur durch gezieltes Training erreicht werden. Mittel- bzw. langfristige Nachuntersuchungen fehlen jedoch.

4.3.3 Ein Beispiel aus der klinischen Forschung

Ein klinisches Beispiel eines MGV mit Replikationen über Verhaltensweisen (Kern, 1995b) soll den Versuchsplan bei einer Stottertherapie erläutern. Durch einen MGV über zwei Verhaltensweisen wurden die Auswirkungen eines verhaltenstherapeutischen Stottertherapie-Pakets überprüft. Das Behandlungspaket (UV) besteht aus simultaner und zeitlich verzögerter Videorückmeldung, willentlichem Stottern, Analyse des Stotterns durch den Klienten selbst, Elterntraining und frühe Anbahnung von Transfer. Stotterraten in Prozent und die Sprechgeschwindigkeiten pro Minute sind die AV's. Die Auswirkungen des Behandlungspakets sollten zeitversetzt über die Verhaltensweisen auf Lesen, Erzählen und Sprechen überprüft werden.

Im *Lesen* stotterte der Klient während der Grundrate (Sitzung Null) um 13 Prozent. Mit Therapiebeginn in der 1. Sitzung konnte er sofort die Stotterrate auf unter fünf Prozent reduzieren und in

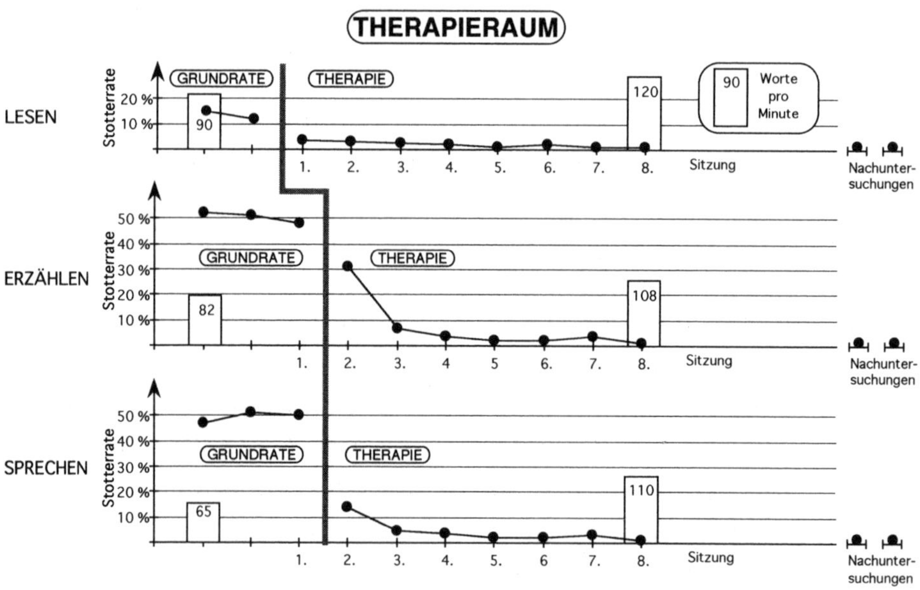

Abb. 15: Die Auswirkungen eines verhaltenstherapeutischen Behandlungspakets auf Stotterraten und Sprechgeschwindigkeiten im Lesen, Erzählen und Sprechen eines 26jährigen Klienten, evaluiert durch einen MGV über drei Verhaltensweisen nach Kern (1995 b).

den folgenden Sitzungen bei normaler Sprechgeschwindigkeit (120+/–20 Worte pro Minute) weiter senken.
Im *Erzählen* stotterte der Klient während der Grundrate bis zur 1. Sitzung um 50 Prozent. Mit Therapiebeginn in der 2. Sitzung konnte er seine Stotterrate auf ca. 30 Prozent, dann auf acht Prozent reduzieren und auf geringem Niveau bei erhöhter Sprechgeschwindigkeit (108 Worte pro Minute) stabilisieren.
Im *Sprechen* stotterte der Klient während der Grundrate bis Ende der 1. Sitzung um 50 Prozent bei einer Sprechgeschwindigkeit von 65 Worten pro Minute. Da mit dem Therapiebeginn im Erzählen gleichzeitig auch die Stotterrate im Sprechen (spontaner Transfer) deutlich reduziert wurde, war eine zweite Replikation nicht möglich und eine Verminderung der internen Validität die Folge. Durch eine Kombination mit einem MGV über Situationen konnte jedoch zunächst in einem Hörsaal, dann zu Hause und schließlich am Arbeitsplatz (siehe Abb. 19) intern valide überzeugend nachgewiesen werden, daß jeweils mit Therapiebeginn deutliche und anhaltend starke Verbesserungen des Stotterns eintraten.
Insgesamt sprechen die Datenverläufe für interne Validität der Studie, da jeweils nur mit dem Therapiebeginn sofortige und starke Reduktionen der Stotterraten erfolgten, insgeamt fünf Sprechmodalitäten unabhängig voneinander waren und nur durch die UV stark verändert wurden. Da der Klient über zehn Jahre stotterte, dürften Störvariablen für die positiven Veränderungen unwahrscheinlich gewesen sein. Nach den Erfolgen im Therapieraum und im Alltag gelang der mittelfristige Nachweis (48 Monate) von stotterfreiem Sprechen.

4.4 MGV über Situationen

Die Multiplen-Grundraten-Versuchspläne (MGV) mit Replikationen *„über Situationen"* setzen voraus, daß die gleiche Intervention (UV) das gleiche Verhalten (AV) beim gleichen Probanden zeitverzögert in verschiedenen Situationen verändern. Mit Situationen können z.B. Schulfächer, unterschiedliche Räume oder

unterschiedliche Tageszeiten gemeint sein. Schon während der Grundratenerhebungen wird eine genau definierte Verhaltensweise in mindestens drei Situationen durch systematische Beobachtung gemessen.
Haben sich die Grundraten stabilisiert und sind sie trendfrei, beginnt die Intervention (UV) in der 1. Situation, während in den anderen Situationen weiterhin möglichst stabile Grundraten (keine UV) erhoben werden. Nachdem durch die Intervention in der 1. Situation eine deutliche Verhaltensänderung (Zielkriterium) erreicht ist, wird die Intervention in der 2. Situation (erste Replikation) durchgeführt, während in der 3. Situation noch immer (stabile) Grundraten erhoben werden. Erst wenn eine starke Veränderung der AV in der 2. Situation eingetreten ist, wird die Intervention auf die 3. Situation ausgedehnt. Als wirkungsvoll gilt eine Intervention dann, wenn eine rasche und stark positive Veränderung (Niveau- und Trendänderung) nachgewiesen wird.

Merke:
Wenn die gleiche Intervention, mit dem gleichen Probanden und der gleichen Verhaltensweise, zeitversetzt in mindestens drei Situationen zu starken Verhaltensveränderungen führt, ist interne Validität nachgewiesen.

4.4.1 Der Aufbau eines MGV über Situationen (Deutsch, Biologie und Mathematik)

Wenn die „Aufmerksamkeit" eines Schülers verbessert werden soll, kann dies dadurch geschehen, daß ein Schüler „Selbstkontrolle" erlernt, die aus Selbstbeobachtung, Selbstbewertung und Selbstverstärkung besteht (Kern, 1986). Eine andere Möglichkeit besteht im Erlernen eines Selbstinstruktionstrainings (Lauth & Schlottke, 1997), in dem der Schüler über Modellvorgaben in fünf Stufen eine allgemeine Strategie erlernt, „aufmerksam" zu sein. In jedem Fall sollte eine operationale Definition

von „Aufmerksamkeit“ die Verhaltensweisen beinhalten, die dann sorgfältig zu beobachten sind.
Zunächst wird eine Grundrate des Ist-Zustandes erstellt, um zu prüfen, ob ein Schüler sich nur in einem oder in mehreren Situationen gleich verhält. Er könnte sich ja in unterschiedlichen Schulfächern bzw. gegenüber einzelnen Lehrern durchaus unterschiedlich verhalten. Seine „Aufmerksamkeit“ könnte zu Hause (Hausaufgaben) anders sein, als im Freizeitbereich oder in einem Leistungskurs. Bei einer „Aufmerksamkeitsstörung“ könnte eine generelle Störung vorliegen (Kompetenzdefizit) oder nur eine partielle Störung (Kompetenzstörung). Je nachdem wird ein Training anders auszusehen haben (näheres siehe Lauth & Schlottke, 1997).
Zunächst ist z.B. in drei Situationen (Schulfächern) „Aufmerksamkeit“ operational zu definieren und durch systematische Verhaltensbeobachtung ca. fünf Tage/Stunden lang als Grundkurve aufzuzeichnen (Abb. 16 links). Die Daten zeigen, daß die Aufmerksamkeit in Biologie höher als in den anderen Fächern ist und die Daten relativ stabil sind.
In Deutsch (Situation 1) erfolgt ab dem sechsten Tag ein Aufmerksamkeitstraining, das zu sofortiger und starker Erhöhung der Aufmerksamkeit in Deutsch, jedoch nicht in den Fächern Biologie und Mathematik führt, für die noch immer Grundraten erhoben werden (Abb. 16 Mitte).
In Biologie (Situation 2) besteht bis zum zehnten Tag eine stabile Grundrate. Bei Trainingsbeginn gelingt eine deutliche und starke Steigerung der Aufmerksamkeit, während die Aufmerksamkeit in Mathematik auf geringem Niveau unverändert (kein Transfers) und damit unabhängig bleibt (Abb. 16 rechts).
In Mathematik (Situation 3) beginnt das Aufmerksamkeitstraining zeitversetzt ab dem 17. Tag mit einer sofortigen und starken Verbesserung (Abb. 17 unten). Da nach stabilen Grundraten und jeweils nur mit dem Einsetzen des Trainings starke und sofortige Veränderungen der Aufmerksamkeit eintraten, ist die interne Validität der Studie belegt.

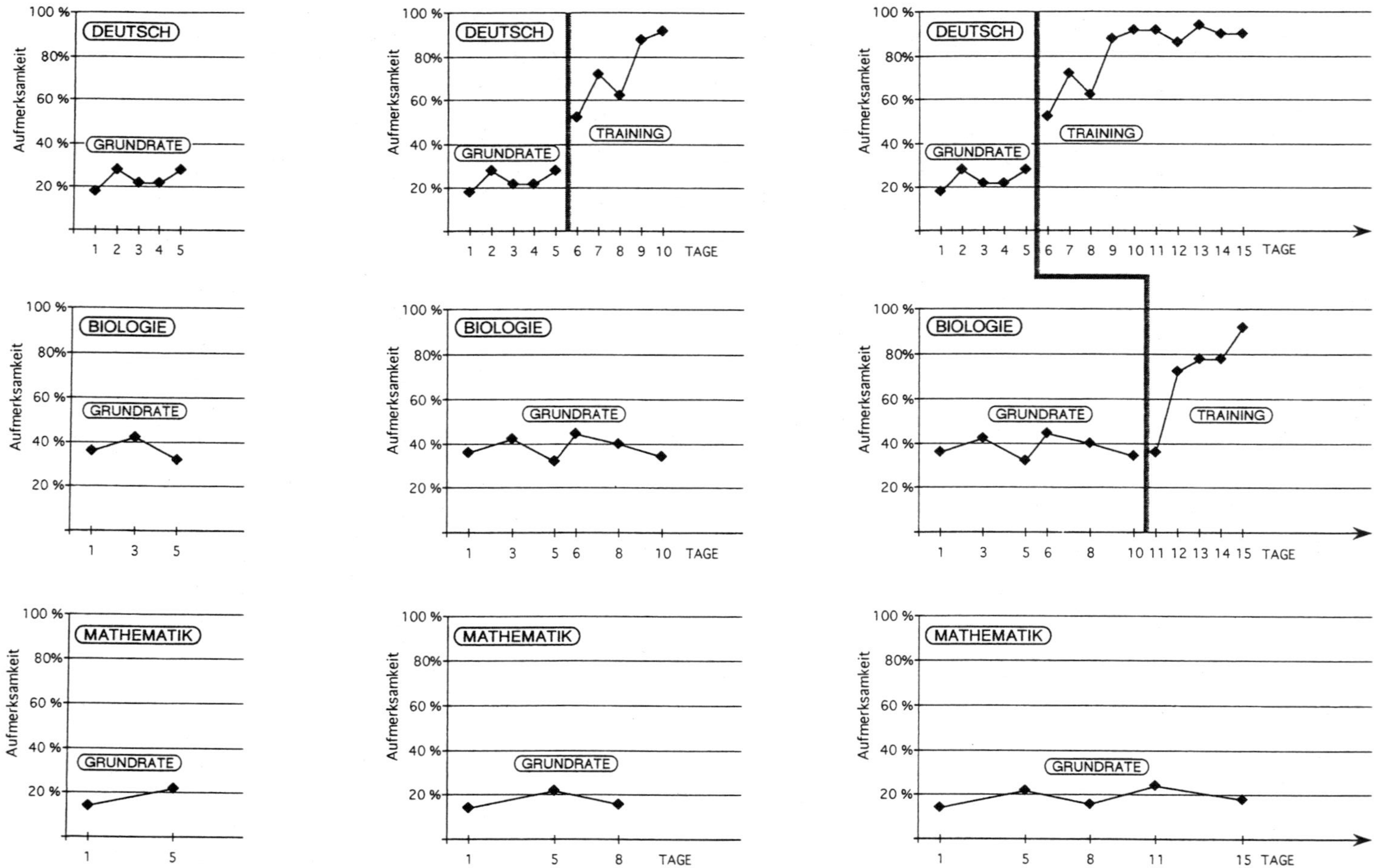

Abb. 16: Der Aufbau eines MGV über die Situationen Deutsch, Biologie und Mathematik.

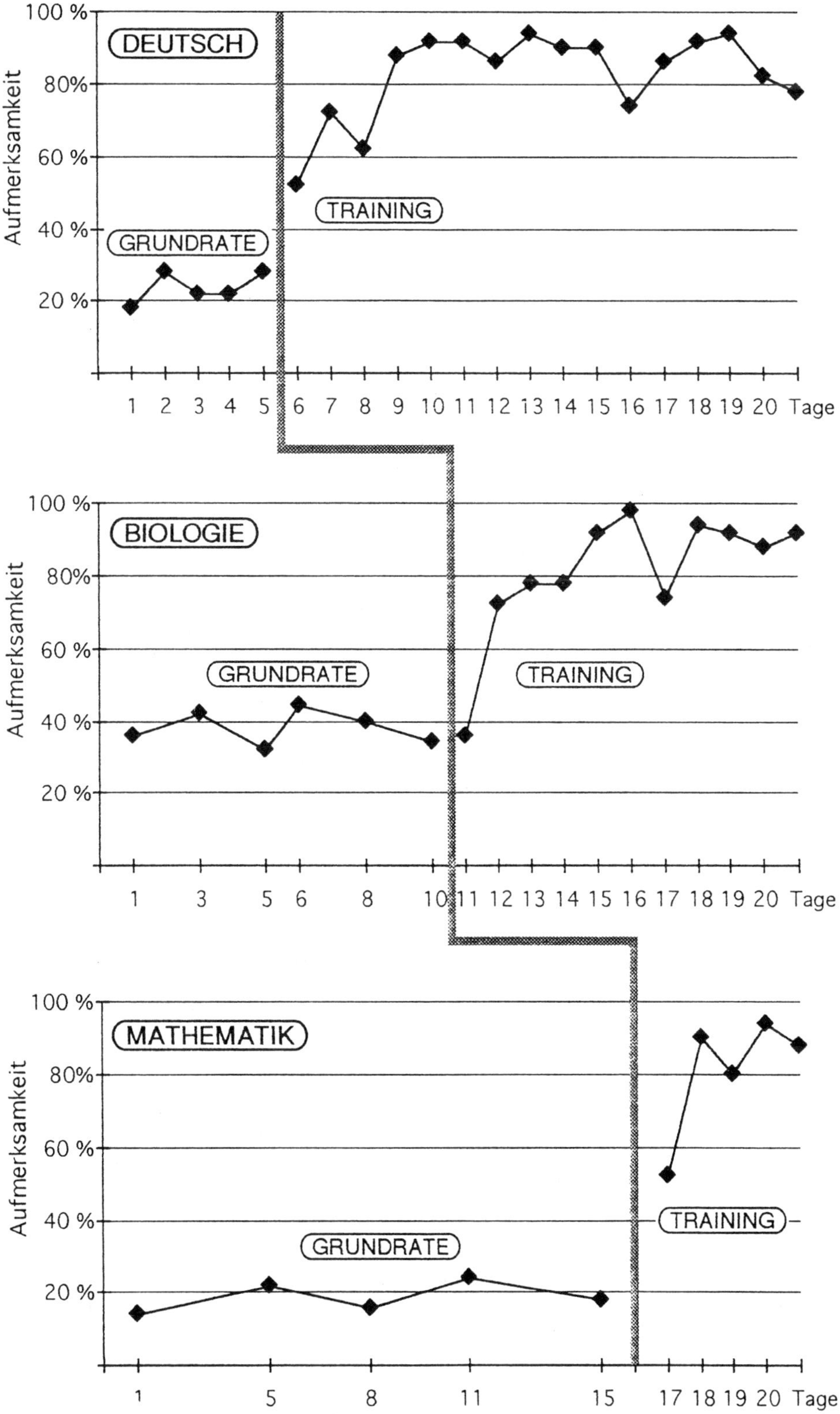

Abb.17: Ein MGV über die drei Situationen Deutsch, Biologie und Mathematik.

4.4.2 Ein Beispiel aus der pädagogischen Forschung

Einen ABC-Versuchsplan kombiniert mit einem MGV über drei Situationen verwendeten Sisson et al. (1988). Sie evaluierten mit einem ABC-Versuchsplan die Auswirkungen zweier Trainingsverfahren (UV's) auf „stereotypes Verhalten“ (AV). Überprüft wur-

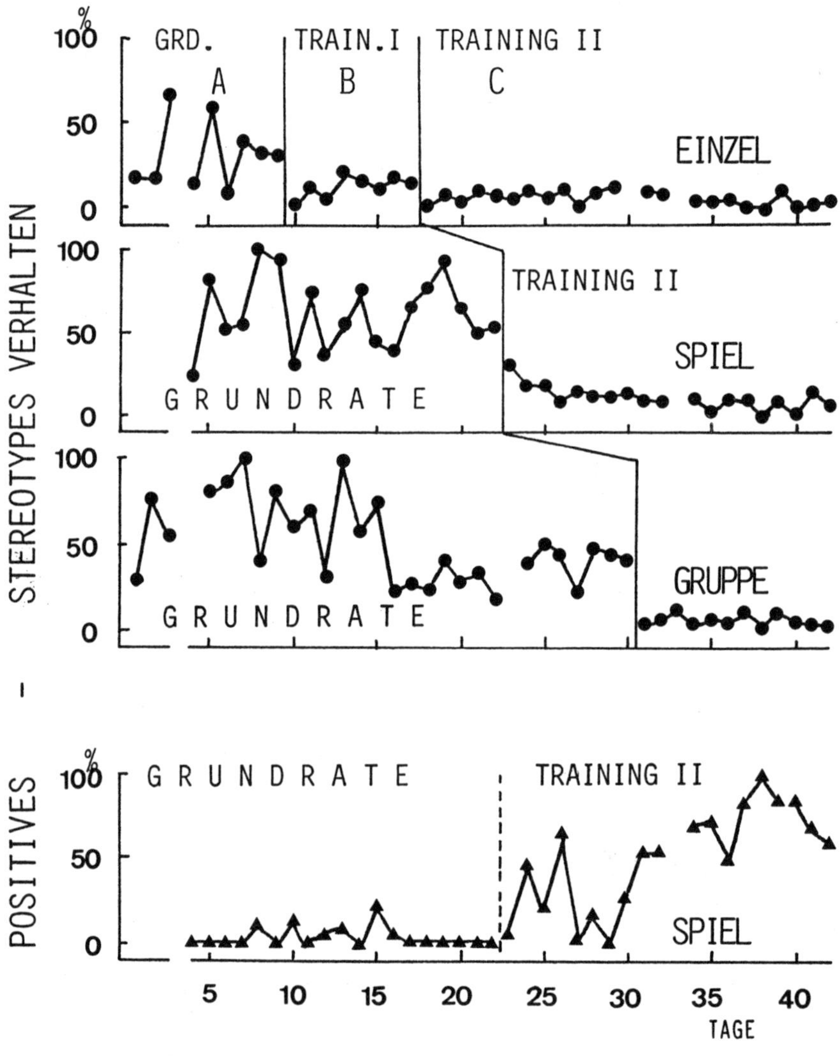

Abb. 18: Die Auswirkungen von Training I und II auf stereotypes- (oben) und positives Verhalten (unten) eines vierjährigen geistigbehinderten Mädchens, evaluiert durch einen MGV über Situationen (Einzel-, Spiel- und Gruppensituation) nach Sisson et al. (1988).

den die Auswirkungen differentieller Verstärkung inkompatiblen Verhaltens (Training I) und die Kombination von Training I mit Überkorrektur (Training II) in drei Situationen (Einzel, Spiel und Gruppen). Die Probandin war ein vierjähriges seh- und geistigbehindertes Mädchen, das „stereotypes" Verhalten zeigte (Spiel mit eigenem Speichel, Armeflattern, Ablehnen von sozialen Interaktionen, Wutanfälle etc.).

Abb. 18 zeigt, daß in der *Einzel*-Situation (Situation 1) während der Grundrate (A-Phase) „stereotypes" Verhalten relativ starke Variabilität aufwies. Mit Beginn des Trainings I (UV_1) in der zehnten Sitzung (B-Phase) wurde die Variabilität verringert und „stereotypes" Verhalten trat seltener auf. Mit Beginn von Training II (UV_2) ab der 18. Sitzung (C-Phase) wurde eine weitere Reduktion und Stabilisierung des „stereotypen" Verhaltens auf geringem Niveau erzielt und daher im folgenden nur noch Training II angewandt.

In der *Spiel*-Situation (Situation 2) herrschten bis zur 22. Sitzung Grundratenbedingungen, wobei das Mädchen „stereotypes" Verhalten auf hohem Niveau zeigte. Auswirkungen vom vorhergegangenen Training in der Einzel-Situation, d.h. Transfer über Situationen traten nicht auf. Erst als in der 23. Sitzung Training II (UV_2) begann, konnten deutliche und anhaltende Veränderungen im „stereotypen" Verhalten und eine Reduzierung der Variabilität nachgewiesen werden.

In der *Gruppen*-Situation (Situation 3) bestanden Grundratenbedingungen bis zur 29. Sitzung. „Stereotypes" Verhalten verblieb bis zur 15. Sitzung auf relativ hohem Niveau variabel und trat danach deutlich seltener auf. Dies spricht für leichte Transfereffekte. Mit Beginn des Trainings II in der 30. Sitzung konnte eine deutliche Niveauänderung und eine weitere Reduzierung „stereotypen" Verhaltens nachgewiesen werden.

Die vorliegenden Daten sprechen dafür, daß das „stereotype" Verhalten weitgehend situationsspezifisch war, die drei Situationen für die Probandin unabhängig waren und das (gleiche) Training jedoch in allen drei Situationen sich ähnlich wirkungsvoll erwies. Neben der Messung „stereotypen" Verhaltens haben die Autoren gleichzeitig auch Messungen positiven Verhaltens vorgenommen (siehe unteren Teil der Abb. 18). Nach relativ stabilem Verhalten auf niedrigem Niveau (kein spontaner Transfer) konnte durch Training II ab der 23. Sitzung in der Spiel-Situation häufiger positives Verhalten erreicht werden (Niveau- und Trendänderungen). Insgesamt belegen der ABC-Versuchsplan und der MGV über Situationen interne Validität, da jeweils mit Beginn des Trainings sofortige und starke Verhaltensänderungen nur in den jeweils trainierten Situationen auftraten.

4.4.3 Ein Beispiel aus der klinischen Forschung

Ein MGV mit Replikationen über zwei Situationen (Kern, 1995b) wurde im Zusammenhang mit einem MGV über Verhaltensweisen (siehe Kap. 4.3.3) zur Anbahnung und Überprüfung von Transfereffekten verwendet, nachdem der Klient im Therapieraum stotterfrei sprach. Die UV stellt ein verhaltenstherapeutisches Stottertherapie-Paket dar, die AV die Stotterrate in Prozent. Zunächst wurden im Studio/Hörsaal, zu Hause und bei der Arbeit die Stotterraten des Klienten beim Sprechen ermittelt (Grundraten).

Im *Studio/Hörsaal* lag seine Stotterrate während der Grundrate bei über 40 Prozent. Durch die Therapie gelang dem Klienten in der 4. Sitzung eine starke Reduktion der Stotterrate auf ca. sieben Prozent, der weitere Verbesserungen folgten.

Zu Hause stotterte der Klient während der Grundrate um 20 Prozent, bis er ab der vierten bis zur siebten Sitzung durch Selbsttraining sein Stottern auf ca. zehn Prozent senkte. Nach einer Therapiesitzung mit Familienmitgliedern erzielte er ab der neunten Sitzung stotterfreies Sprechen zu Hause.

Bei der Arbeit stotterte der Klient, obgleich er in allen anderen Bereichen schon seit Monaten stotterfrei sprach. Nach einer stabilen Grundrate vermochte er nach zwei zweistündige Therapiesitzungen (11. und 12. Sitzung) im Büro, in Anwesenheit seines

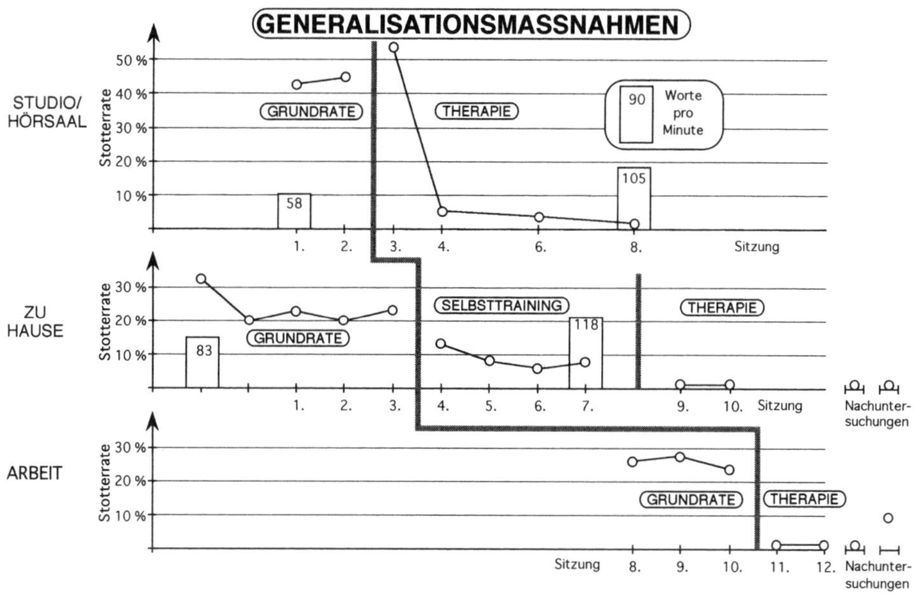

Abb. 19: Die Auswirkungen eines verhaltenstherapeutischen Behandlungspakets auf Stotterraten und Sprechgeschwindigkeit im Studio/Hörsaal, zu Hause und am Arbeitsplatz eines 26jährigen Klienten, evaluiert durch einen MGV über vier Situationen nach Kern (1995b).

Chefs und sechs Kollegen, stotterfrei zu sprechen. Diese Effekte konnten inzwischen 48 Monate lang nachgewiesen werden, wobei allerdings im Arbeitsbereich mit Kollegen ab und zu leichtes Stottern auftritt.

Zusammenfassung: Die interne Validität erscheint durch den MGV über Verhaltensweisen (siehe Abb. 15) in Kombination mit dem MGV über Situationen (Abb. 19) gesichert. Der Prozentsatz Nichtüberlappender Daten (PND) zwischen Grundraten und Therapie für den MGV über Situationen von 93 (siehe Kap. 6.2) bestätigt diese visuelle Interpretation. Daß spontane Heilung oder andere Störvariablen nach über zehn Jahren starken Stotterns zu solch spezifischen und andauernden Veränderungen führen, ist unwahrscheinlich, zumal kaum spontane Transfereffekte auftraten.[3]

[3] Ein Video-Film, der die Therapie im Therapieraum und in den Transferbereichen (im Hörsaal, zu Hause und am Arbeitsplatz) mit diesem Klienten verdeutlicht, kann bei Dr. Marijke Kern, Hausmannweg 24, 2616 Bad Zwischenahn, bestellt werden.

4.5 MGV über Materialien

Der MGV mit Replikationen *„über Materialien"* wird meist unter dem Multiplen-Grundraten-Versuchsplan über Situationen aufgeführt. Er scheint jedoch für praktisch und empirisch arbeitende Pädagogen und Psychologen sehr relevant zu sein. MGV mit Replikationen über Materialien setzen voraus, daß das gleiche Training (UV) mit dem gleichen Probanden zeitversetzt mit unterschiedlichen Materialien (Lern- und Arbeitsmaterialien, Vokabeln, Grammatikregeln oder unterschiedliche Nahrung) durchgeführt wird.

> **Merke:**
> Wenn die gleiche Intervention, mit dem gleichen Probanden, in der gleichen Situation, zeitversetzt mit mindestens drei Materialien (AV's) zu starken Verhaltensänderungen führt, dann ist interne Validität nachgewiesen.

4.5.1 Der Aufbau eines MGV über drei Materialien

Die Anzahl der durchschnittlich richtigen Lösungen z.B. in Mathematik zu erhöhen, könnte Ziel eines neuen Mathematiklehrganges (UV) sein. Das Training könnte so gestaltet werden, daß zunächst mit einfachen Aufgaben (Material 1), dann mit etwas schwierigeren Aufgaben (Material 2) und schließlich mit sehr schwierigen Aufgaben (Material 3) geübt wird. Zunächst wird durch eine Grundrate der Ist-Zustand erhoben, um die durchschnittliche Anzahl der richtig gelösten Aufgaben (AV) der drei Materialien zu erfassen und graphisch darzustellen (Abb. 20 links).
Mit Material 1 wird nach stabilen Grundraten in der fünften Sitzung ein gezieltes Training begonnen. Das Training mit Material 1 führt ab der sechsten Sitzung zu einem sofortigen und deutlichen Anstieg der richtigen Lösungen, während für Material 2 und 3 Grundratenbedingungen weiter bestehen (Abb. 20 Mitte) und auch kein Anstieg der richtigen Lösungen (Unabhängigkeit) erfolgt.

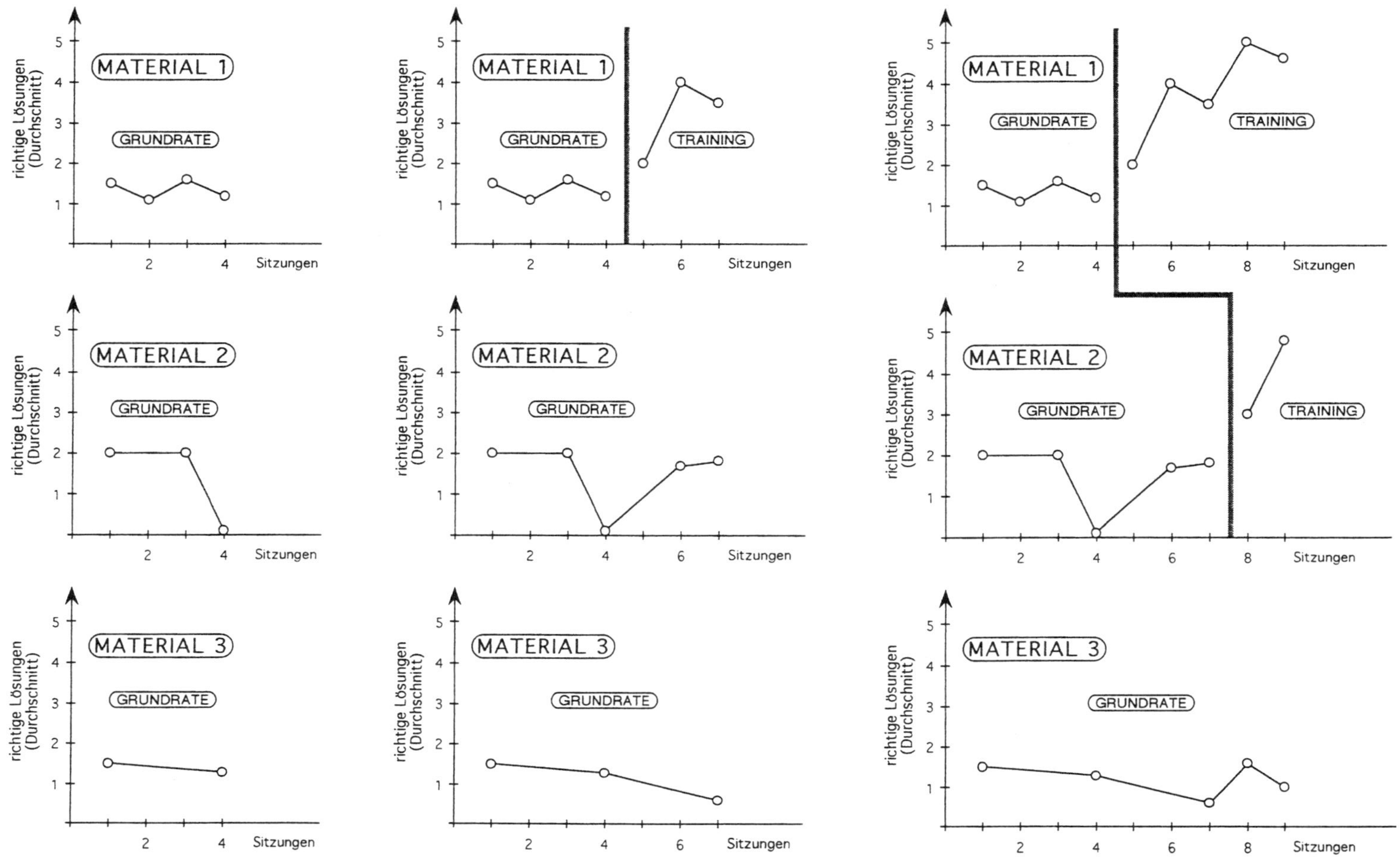

Abb. 20: Der Aufbau eines MGV über drei Materialien.

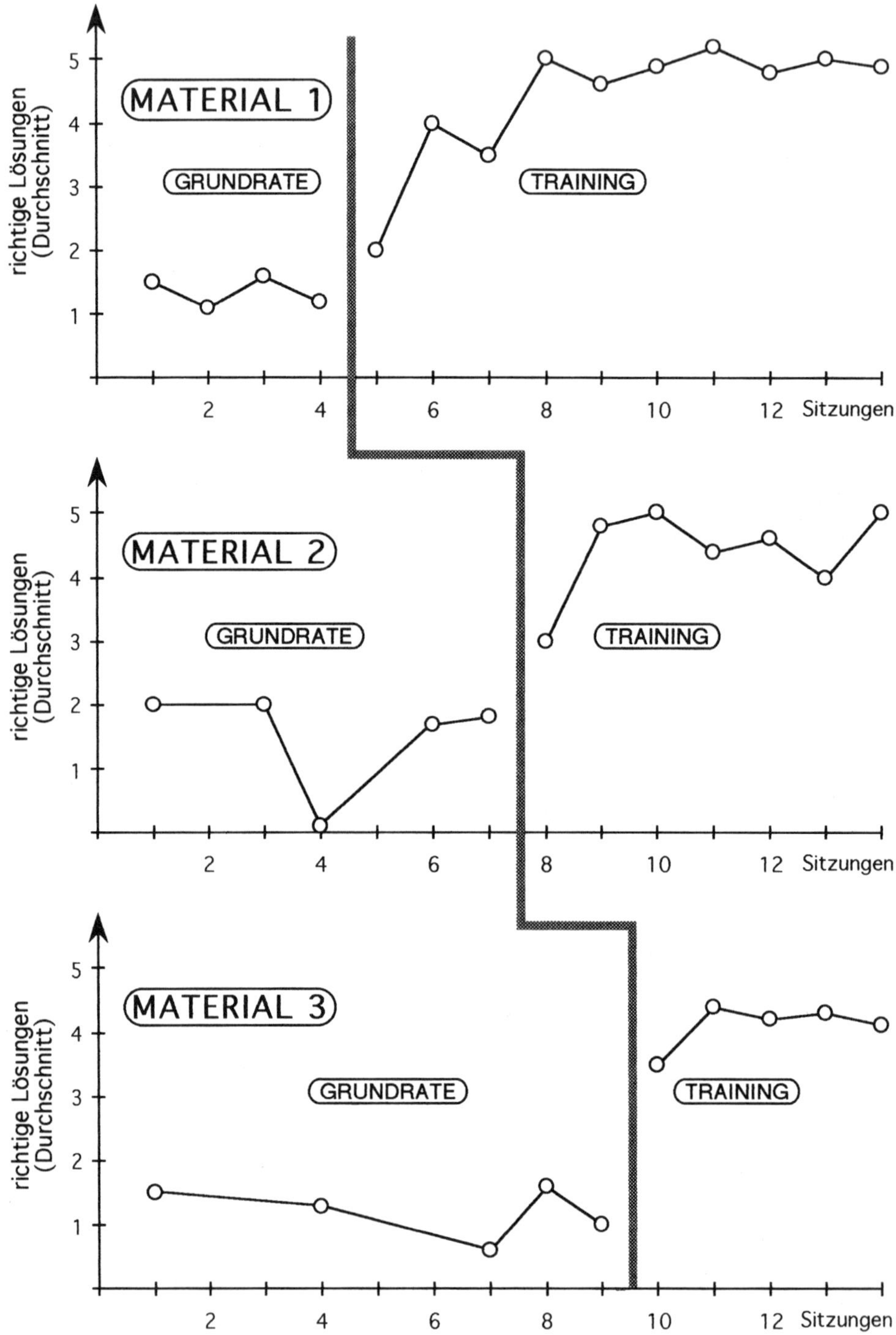

Abb. 21: Ein MGV über drei Materialien.

Mit Material 2 erfolgt das Training nach einer stabilen Grundrate ab der achten Sitzung und resultiert in einem sofortigen und starken Anstieg der richtigen Lösungen (Abb. 20 rechts), während für Material 3 noch eine stabile Grundrate (Unabhängigkeit) erhoben wird.
Für Material 3 beginnt das Training ab der zehnten Sitzung mit einem sofortigen und starken Anstieg der richtigen Lösungen (Abb. 21 unten). Damit ist belegt, daß jeweils nur durch das Training die Anzahl der richtigen Lösungen verändert werden konnte. Dies spricht für die Unabhängigkeit der drei Materialien aber auch für die Ähnlichkeit bezüglich der Wirksamkeit des Trainings und damit für interne Validität.

4.5.2 Ein Beispiel aus der pädagogischen Forschung

McGee et al. (1986) benutzten einen MGV mit Replikationen über zwei Materialien, um die Auswirkungen eines „Lesetrainings" (UV) bei einem fünfjährigen autistischen Kind zu überprüfen. Das Kind konnte sich Zugang zu beliebtem Spielzeug verschaffen, wenn es die Namen des Spielzeugs aus fünf Antwortmöglichkeiten richtig „erlas" (AV).
Mit *Material 1* begann nach der Grundrate das Training in der sechsten Sitzung. Das Kriterium (100 Prozent richtige Lösungen) wurde in der 15. Sitzung erstmals erreicht.
Für *Material 2* herrschte bis zur 13. Sitzung die Grundrate vor. Spontaner Transfer vom zuvor trainierten Material 1 trat nicht auf. Mit dem Training wurde ab der 14. Sitzung begonnen und in der 19. Sitzung erstmals das Kriterium erreicht.
Für *Material 3* bestand die Grundrate bis zur 19. Sitzung. Das Kriterium wurde in der 26. Sitzung erreicht. Nachuntersuchungen nach 15 und 25 Tagen bestätigten die positiven Ergebnisse für alle drei Trainingsmaterialien.
Für die interne Validität des Versuchsplans spricht die relative Stabilität der Daten während der Grundratenphase und der sofortige bzw. starke Anstieg der Lesefähigkeit mit dem jeweils ein-

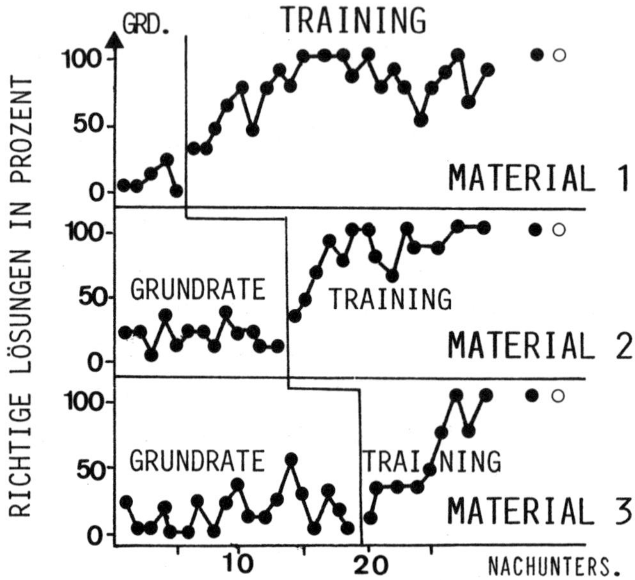

Abb. 22: Die Auswirkungen eines Lesetrainings bei einem fünfjährigen autistischen Kind auf die Materialien 1, 2 und 3, evaluiert durch einen MGV über Materialien nach McGee et al. (1986).

setzenden Training (Niveau- bzw. Trendänderungen). Diese visuelle Interpretation wird durch den PND-Wert von 88 (siehe Kap. 6.2) gestützt. Positive Trainingsverläufe beim Anbahnen von Transfer und eine gelungene Replikation mit einem zweiten Kind erhöhen das Vertrauen in die interne und externe Validität der Ergebnisse.

Mit einem MGV über Materialien könnte z.B. auch evaluiert werden, wie Lernen mit einer Lernkartei (UV) die Merkfähigkeit für die Vokabeln 1–50 (Material 1), 51–100 (Material 2) bzw. 101–150 (Material 3) verändert oder wie gut durch eine Lernkartei regelmäßige Verben (Material 1), unregelmäßige (Material 2) bzw. gemischte Verben (Material 3) erlernt werden. Ebenso könnte die Anzahl der richtig übersetzten Englischsätze (AV) durch einen MGV über Materialien für Regel 1 (Material 1), Regel 2 (Material 2), Regel 3 (Material 3) und schließlich für alle drei Regeln gleichzeitig (Material 4) intern valide evaluiert werden.

4.5.3 Ein Beispiel aus der klinischen Forschung

Riordan et al. (1984) evaluierten einen ABAB-Versuchsplan in Kombination mit einem MGV mit zwei Replikationen über Materialien (Obst-, Gemüse- oder Fleisch-Essen) um die Auswirkungen eines verhaltenstherapeutischen Trainings (UV) auf das Eßverhalten (AV) eines behinderten (zerebrale Dysfunktion) Mädchens zu überprüfen. Das Mädchen war im Krankenhaus untergebracht und wegen Unter- und Fehlernährung in gesundheitlicher Gefahr. Sie war 16 Monate alt, weigerte sich Obst, Gemüse und regelmäßig Fleisch zu essen, erbrach sehr oft und lebte nur von Milch. Als die Autoren entdeckten, daß sie Kräcker mochte, wurden diese als Verstärker für das Essen von Obst und Gemüse eingesetzt.
Das *Obst-Essen* wurde nach einer Grundratenphase (A_1-Phase) kontingent mit Kräckern verstärkt (B_1-Phase). Bereits in der 16. Sitzung wurde das Kriterium (100 Prozent) erstmals erreicht. Eine Umkehrphase (A_2-Phase) des Obst-Essens zum Nachweis der internen Validität gelang zwischen der 24. und 32. Sitzung teilweise. Die kontingente Verstärkung des Obstessens ab der 33. Sitzung (B_2-Phase) führte erneut zum sofortigen Erreichen des Kriteriums und konnte auf hohem Niveau beibehalten werden.
Das *Gemüse-Essen* verblieb bis zur 23. Sitzung während der Grundratenphase relativ stabil (kein spontaner Transfer). Erst als in der 24. Sitzung das Training einsetzte, aß sie Gemüse und erreichte in der 28. Sitzung erstmals das Kriterium.
Das *Fleisch-Essen* war während der Grundratenphase sehr variabel, wie der untere Teil der Abbildung zeigt. Mit Trainingsbeginn ab der 33. Sitzung konnte diese Variabilität reduziert und das Fleisch-Essen auf hohem Niveau stabilisiert werden.
Insgesamt spricht der von Riordan et al. (1984) angewandte kombinierte ABAB-Versuchsplan und MGV über Materialien für intern valide Ergebnisse. Die Umkehrphase beim Obst-Essen war aus methodischen Gründen vorgenommen worden. Ob sie aus ethischen Gründen gerechtfertigt war, haben die Autoren sicherlich gewissenhaft geprüft. Die Autoren berichten von weiteren

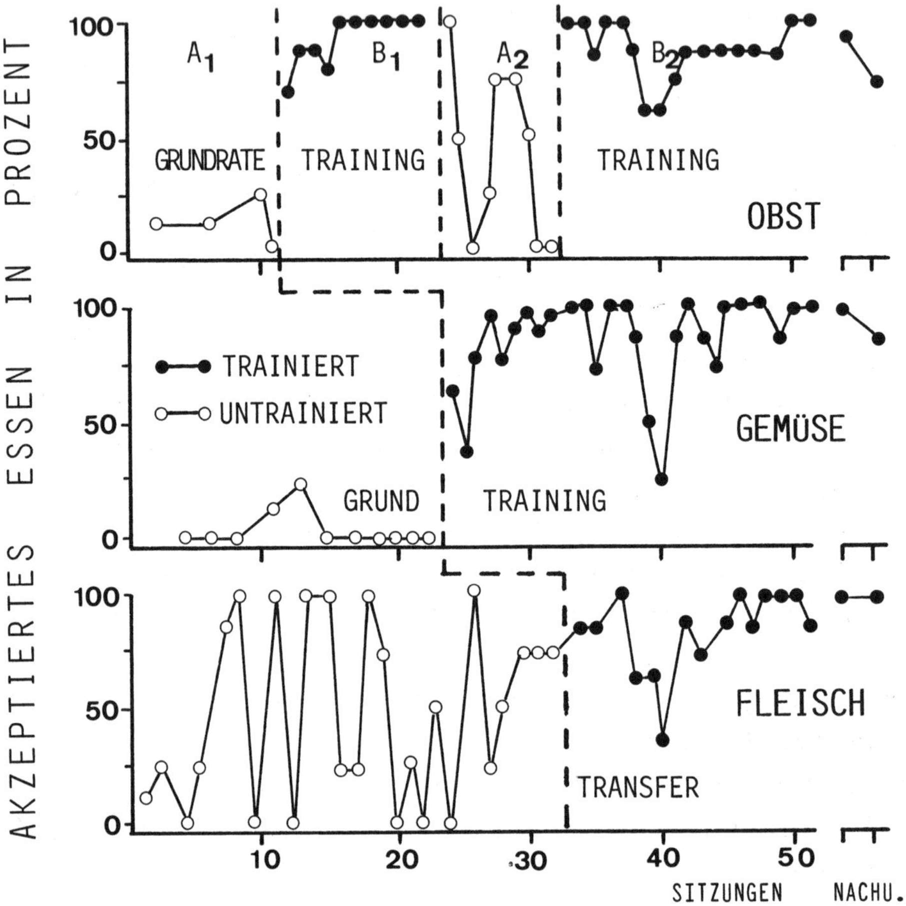

Abb. 23: Die Auswirkungen eines verhaltenstherapeutischen Trainings auf das Essen von Obst, Gemüse und Fleisch eines 16monatigen behinderten Mädchens, evaluiert durch einen MGV über Materialien nach Riordan et al. (1984).

Verhaltensänderungen: So verschwand das Ausspucken von Essen und destruktives Verhalten im Verlauf des Trainings nahezu vollständig. Am Ende des Trainings war der Ernährungszustand ausbalanciert und zusätzliche Maßnahmen waren nicht mehr notwendig. 14 Monate nach der Entlassung berichtete ein Kinderarzt, daß das Mädchen selbständig essen könnte und keine Bedenken wegen ihres Ernährungszustandes bestünden. Auch die Eltern hatten nicht mehr von Eßproblemen berichtet (soziale Validierung). Die externe Validität der Untersuchung wurde durch gelungene Replikationen mit drei weiteren Kindern und durch erfolgreiche Nachuntersuchungen nach sieben und 30 Monaten belegt.

4.6 MGV über Personen

Die MGV mit Replikationen *„über Personen"* setzen voraus, daß die gleiche Intervention (UV) das gleiche Verhalten (AV) in der gleichen Situation nacheinander von mindestens drei Personen stark verändert. Diese Personen sollten das ausgewählte Verhalten unter ähnlichen Bedingungen zeigen und sich bezüglich Alter, Fertigkeiten und Lerngeschichte nicht stark unterscheiden. Die MGV mit Replikationen über Personen setzen voraus, daß sich das Verhalten der Personen nur mit Interventionsbeginn verändert (Unabhängigkeit), sich jedoch durch die Intervention die ausgewählte Verhaltensweise bei allen Personen verändert (Ähnlichkeit).

Merke:
Wenn die gleiche Intervention, in der gleichen Situation, die gleiche Verhaltensweise, zeitversetzt bei mindestens drei Personen stark verändert, ist interne Validität gesichert.

4.6.1 Der Aufbau eines MGV über Personen

Zunächst wird z.B. während der ersten vier Sitzungen eine Grundrate der Lesefehler (AV) bei etwa gleichschwierigem Lesestoff für drei Schüler erstellt und graphisch dargestellt.
Für *Schüler A* beginnt nach stabilen Grundraten ab der fünften Sitzung das Lesetraining (UV). Das Training resultiert in einer sofortigen und starken Reduktion der Lesefehler, während für die beiden anderen Schüler weiterhin Grundraten erhoben werden (siehe Abb. 24, Mitte).

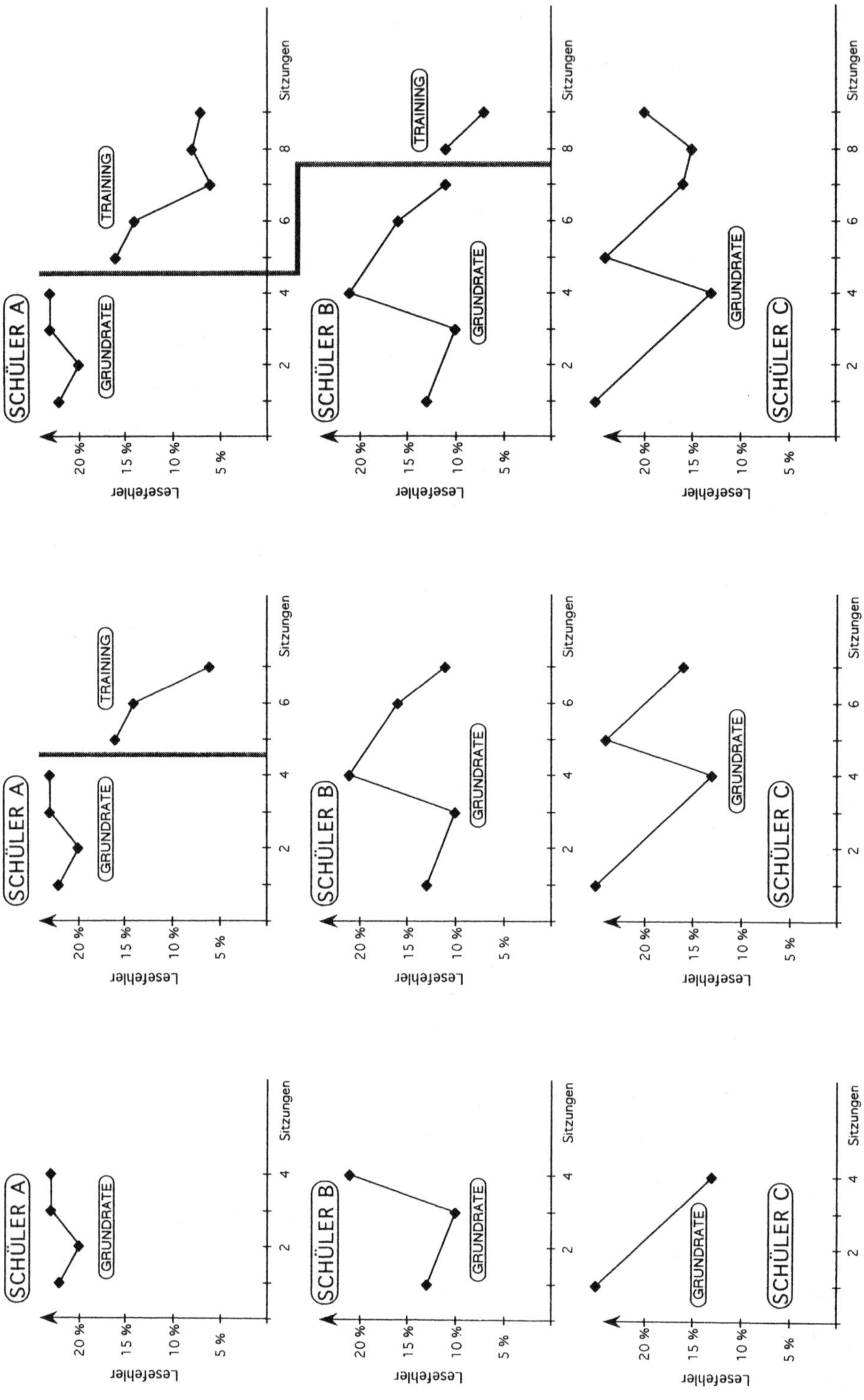

Abb. 24: Der Aufbau eines MGV über Personen (Schüler A, B, C).

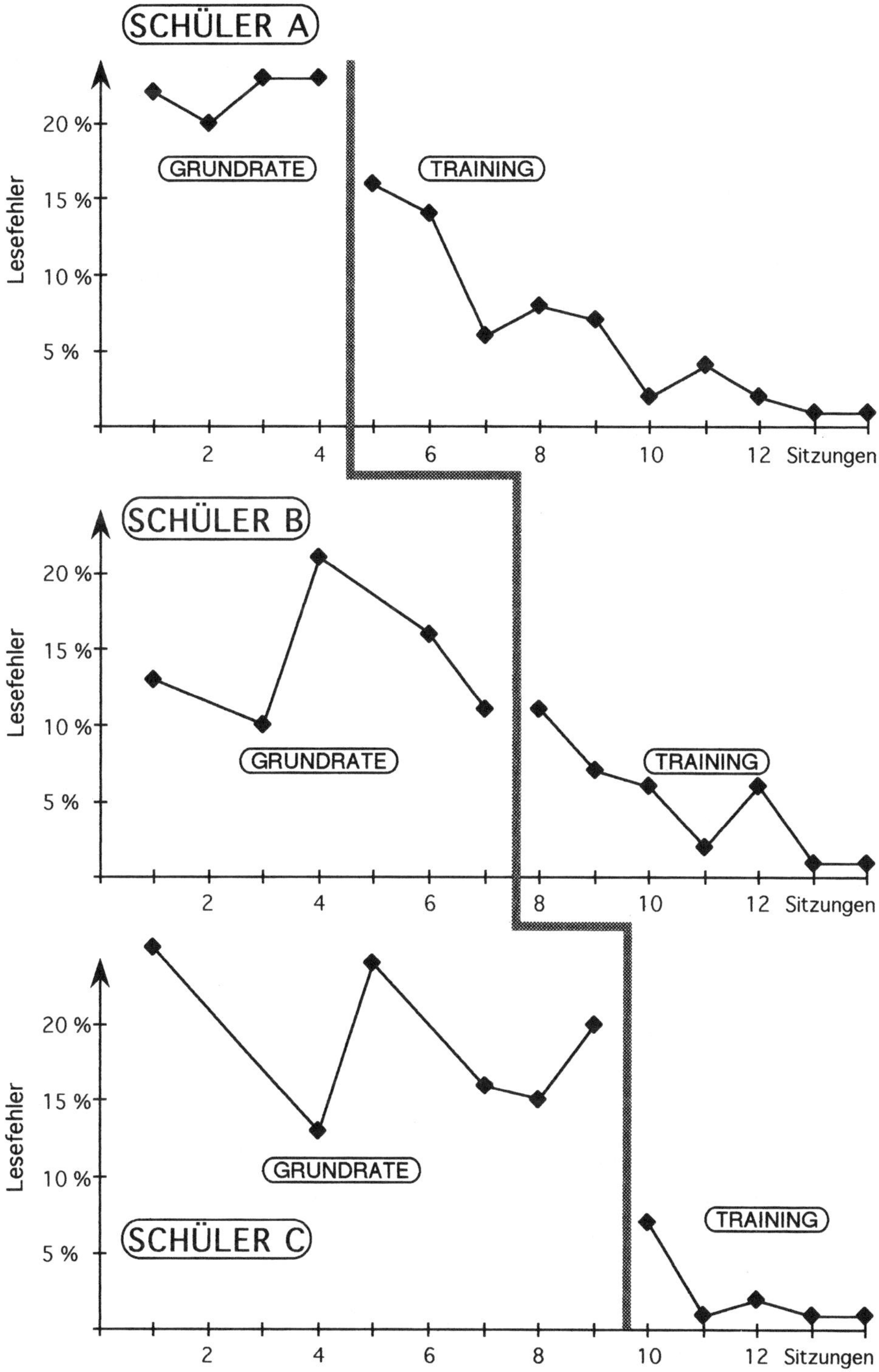

Abb. 25: Ein MGV über drei Personen.

Für *Schüler B* beginnt ab der achten Sitzung das Lesetraining, das zunächst zu keinen starken Veränderungen führt. Für Schüler C besteht noch eine stabile Grundrate (Abb. 24 rechts).
Für *Schüler C* beginnt das Lesetraining in der zehnten Sitzung, der eine sofortige und starke Reduktion der Lesefehler folgt (Abb. 25 unten).
Die Ergebnisse zeigen, daß jeweils nur mit Trainingsbeginn eine starke Veränderung der Lesefehler auftritt. Dies spricht für die interne Validität der Untersuchung.

4.6.2 Ein Beispiel aus der pädagogischen Forschung

Dahlquist & Gil (1986) nutzten einen MGV mit drei Replikationen über Personen, um nacheinander und zeitlich verzögert bei vier Kindern zwischen sieben und 11 Jahren die Auswirkungen verhaltensmodifikatorischer Förderung (UV) auf die Zahnpflege (Plaque) zu überprüfen. Die Intervention (UV) bestanden aus Instruktionen, Feedback, Hilfen, Selbstbeobachtung und Verstärkungen durch die Eltern.
Mit Person 1 wurde nach drei Messungen in der Grundratenphase die Intervention im interproximalen Bereich ab der zweiten Woche begonnen und das Plaque-Niveau (AV) bis zur fünften Woche stark reduziert. Nachuntersuchungen bis zur 17. Woche zeigten günstige Plaque-Befunde.
Für Person 2 bestand die Grundratenphase bis zum Ende der zweiten Woche. Die Intervention erfolgte ab der dritten bis zur siebten Woche und führte zu deutlichen Verbesserungen. Als die Mutter die Überprüfung der Zähne nach dem Training (in der achten Woche) versäumte, verschlechterte sich das Plaque-Niveau deutlich. Erst als sie die Zahnpflege (ab der neunten und zehnten Woche) regelmäßig überprüfte, konnte ein günstiges Plaque-Niveau erreicht werden.
Bei Person 3 dauerte die Grundratenphase bis zum Ende der dritten Woche. Die Intervention begann ab der vierten Woche und erwies sich erst ab der achten Woche als wirksam. Die Behand-

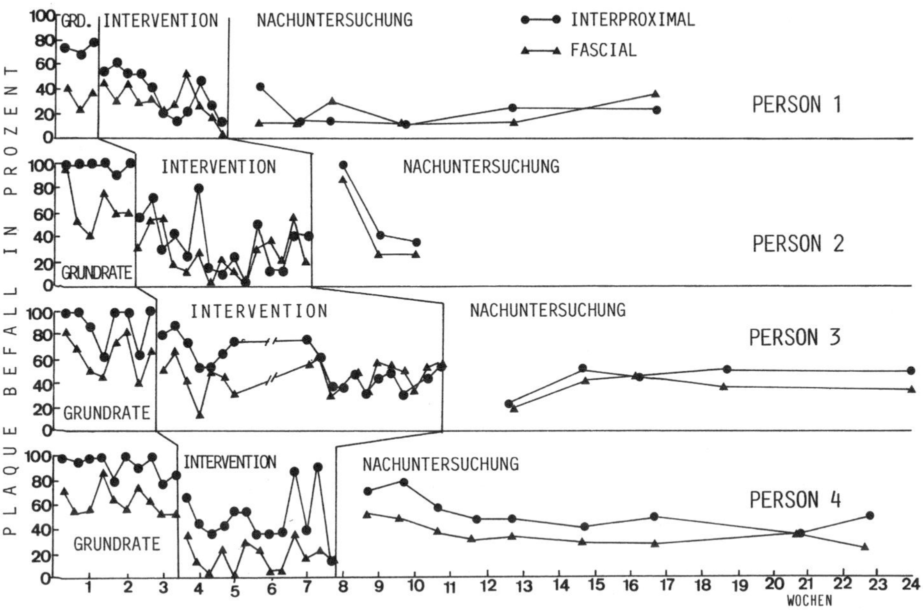

Abb. 26: Die Auswirkungen verhaltensmodifikatorischer Maßnahmen auf die Zahnpflege (Plaque-Befall) mit vier Kindern zwischen sieben und elf Jahren, evaluiert mit einem MGV über Personen nach Dahlquist & Gil (1986).

lungseffekte konnten zwischen der 13. und 24. Woche in Nachuntersuchungen bestätigt werden.

Person 4 wurde nach drei Wochen Grundratenphase bis zur achten Woche behandelt. Die Wirksamkeit der Intervention war in der siebten Woche und in den ersten Wochen der Nachuntersuchung nicht überzeugend. Ab der 12. Woche konnten günstige Befunde nachgewiesen werden.

Während der Intervention und bis zu vier Monaten danach konnte der Plaqueanteil bei drei der vier Kinder auch im nichttrainierten facialen Bereich deutlich reduziert werden. Für die interne Validität der Untersuchung sprechen die jeweils mit dem Training einsetzenden deutlichen Niveau-Änderungen. Mit dieser Untersuchung wurde gezeigt, daß sich Einzelfall-Versuchspläne auch zur Gesundheitsprophylaxe unter Alltagsbedingungen eignen. Der Versuchsplan gestattete auch eine Überprüfung von Transfereffekten, denn die Zahnpflege wurde nur im interproximalen, jedoch nicht im facialen Bereich trainiert.

4.6.3 Ein Beispiel aus der klinischen Forschung

Jay et al. (1985) evaluierten durch einen MGV mit Replikationen über Personen eine psychologische Operationsvorbereitung (UV) auf die Auswirkungen auf Angst und Schmerzen mit fünf krebserkrankten Kindern (Leukämie) im Alter zwischen drei und sieben Jahren. Das verhaltenstherapeutische Behandlungspaket bestand aus Modellernen, Bewältigungsstrategien, Imagination, Rollenspielen und Desensibilisierung. Die fünf Kinder mußten sich wiederholt schmerzhafter Lumbal- und Knochenmarkspunktionen unterziehen. In der Regel ist die Erwartungsangst vor solchen diagnostischen Eingriffen derart groß, daß Patienten aus Angst erbrechen, bewußtlos werden, Weinkrämpfe bekommen oder Schlafstörungen entwickeln. Der Eingriff für die Knochenmarkspunktion dauert ca. drei Minuten, für die Lumbalpunktion zehn bis 15 Minuten. Effektive medizinische oder pharmakologische Maßnahmen zur Reduzierung von Schmerz und Angst gibt es nicht oder sie sind sehr risikoreich. Nach Grundraten zwischen einer und fünf Sitzungen, deren Länge streng nach Zufall festgelegt wurden, erfolgte zeitversetzt für jedes Kind die Intervention.
Die Ergebnisse sprechen dafür, daß alle Patienten jeweils mit Beginn der Therapie eine Reduktion ihrer Schmerz- und Angstwerte (AV's) erreichen konnten. Bei Patient 2 und 4 sind die Ergebnisse jedoch schwierig zu interpretieren, da Überlappungen zwischen den Grundraten und den Therapiedaten am Ende der Behandlung vorliegen, d.h. daß die Angst nicht klinisch bedeutsam gesenkt werden konnte. Keiner der Patienten mußte während der Rückenmarks- bzw. Knochenmarkspunktion angebunden werden, obgleich dies vor der Operationsvorbereitung geschehen war. Kinder, Eltern, Schwestern und Ärzte waren vom Erfolg beeindruckt (soziale Validierung). Die Autoren sehen ihre Studie als eine Pilotstudie und schränken ein, daß die Anzahl der Messungen vor, während und nach der Behandlung unzureichend waren. Die Reduktion der Schmerz- und Angstwerte um ca. 50 Prozent ermutigt zu weiteren Studien.

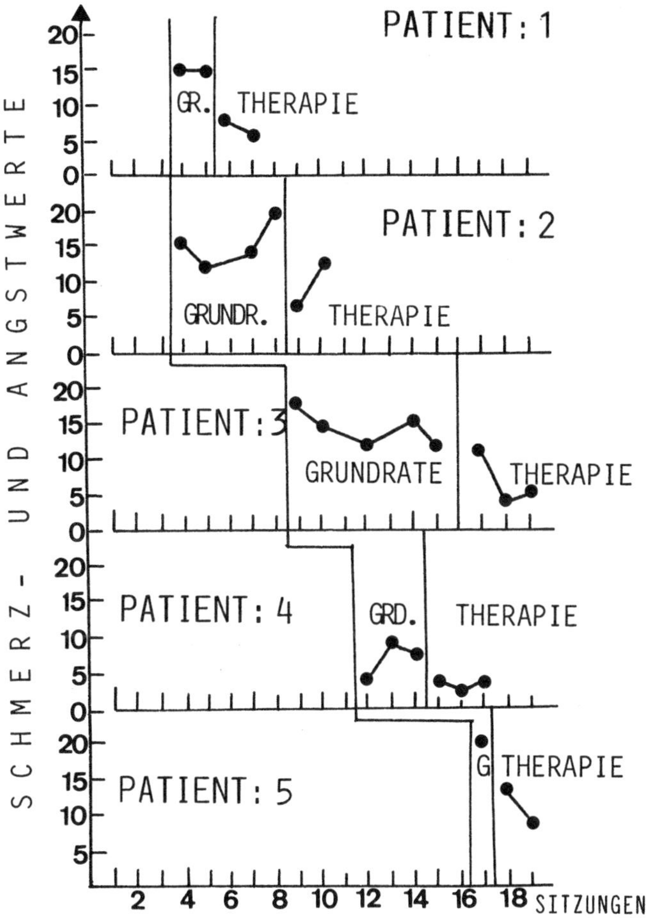

Abb. 27: Die Auswirkungen einer psychologischen Operationsvorbereitung auf Schmerz und Angst mit fünf krebserkrankten Kindern im Alter zwischen drei und sieben Jahren, evaluiert durch einen MGV über Personen nach Jay et al. (1985).

Zusammenfassung: Der MGV mit vier Replikationen über Personen erscheint eingeschränkt valide, da mit Beginn der Therapie nur bei drei Patienten deutliche Veränderungen der Schmerz- und Angstwerte auftraten. Mit der Untersuchung wurde dennoch gezeigt, daß sich Einzelfall-Versuchspläne zur Evaluation psychologischer Operationsvorbereitungen eignen. Eine weitere Einzelfallstudie zu diesem Thema, die mit einem MGV mit Replikationen über Personen evaluiert wurde, stammt von Blount et al. (1994).

Den bisher dargestellten vier MGV entsprechen weitgehend die sogenannten Multiple-Probe-Versuchspläne (multiple probe design), die jedoch nur 15 bis 30 Prozent der Grundraten von MGV-Versuchsplänen enthalten oder nur kurz vor den jeweiligen Interventionen einige wenige Grundratendaten erfassen. Multiple-Probe-Versuchspläne können daher die Stabilität und Trends der Daten und damit die interne Validität nicht so gut wie die MGV belegen (Barlow & Hersen, 1984).

4.7 MGV mit einer kleinen Gruppe

Einzelfallforschung beschränkt sich nicht nur auf einzelne Personen (N = 1), sondern kann auch auf eine kleine Gruppe mit vier bis sechs Personen angewandt werden. Die interne Validität hängt vom Nachweis ab, daß nach stabilen Grundraten *für alle Personen* starke Veränderungen (Niveau- und Datentrends) jeweils mit Beginn der Intervention erfolgen. Die Logik und Vorgehensweise mit einer kleinen Gruppe ist die gleiche wie mit einer einzelnen Person. Bei mehr als sechs Personen (Einzelkurven) und hoher Variabilität der Daten wird die graphische Darstellungsart jedoch unübersichtlich. Die folgenden zwei Beispiele zeigen Anwendungen von MGV mit einer kleinen Gruppe.

4.7.1 Ein Beispiel aus der pädagogischen Forschung

Kelly et al. (1979) beschreiben einen MGV *„über Verhaltensweisen"* mit fünf Personen, wobei nacheinander drei Verhaltensweisen (AV's) zeitversetzt durch Rollenspiel (UV) trainiert wurden. Nach einer Grundrate über drei Sitzungen wurde Verhalten 1 mit fünf Personen intensiv trainiert. Während Verhalten 1 durch das Training sofort und deutlich verändert wurde, blieben bis zur sechsten Sitzung die Grundraten des Verhaltens 2 bei den fünf Personen auf niedrigem Niveau stabil. Erst mit Einsetzen des Trainings für Verhalten 2 in der siebten Sitzung verbesserten alle fünf Personen Verhalten 2. Für Verhalten 3 bestanden bis zur neunten Sitzung

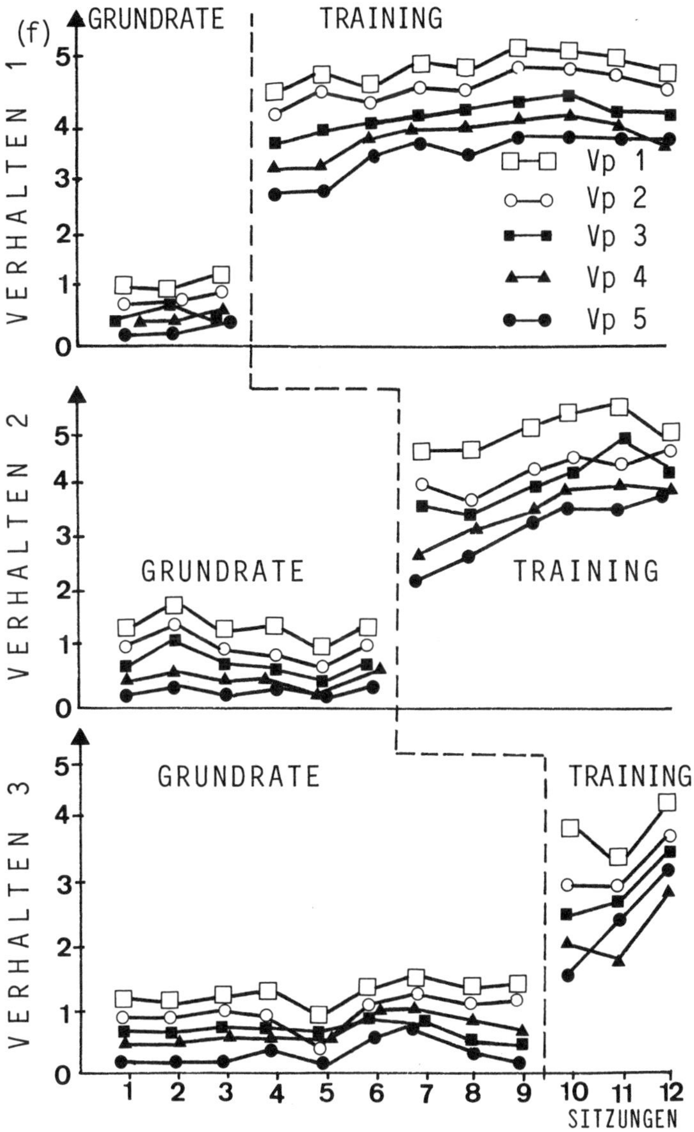

Abb. 28: Die Auswirkungen von Rollenspielen auf drei Verhaltensweisen von fünf Personen, evaluiert durch einen MGV über Personen mit kleinen Gruppen nach Kelly et al. (1979).

stabile Grundraten. Wiederum verbesserten alle fünf Personen Verhalten 3 erst, als in der zehnten Sitzung das Training begann. Dieser MGV über Verhaltensweisen mit einer kleinen Gruppe gestattet auf ökonomische Weise z.B. fünf Personen gleichzeitig

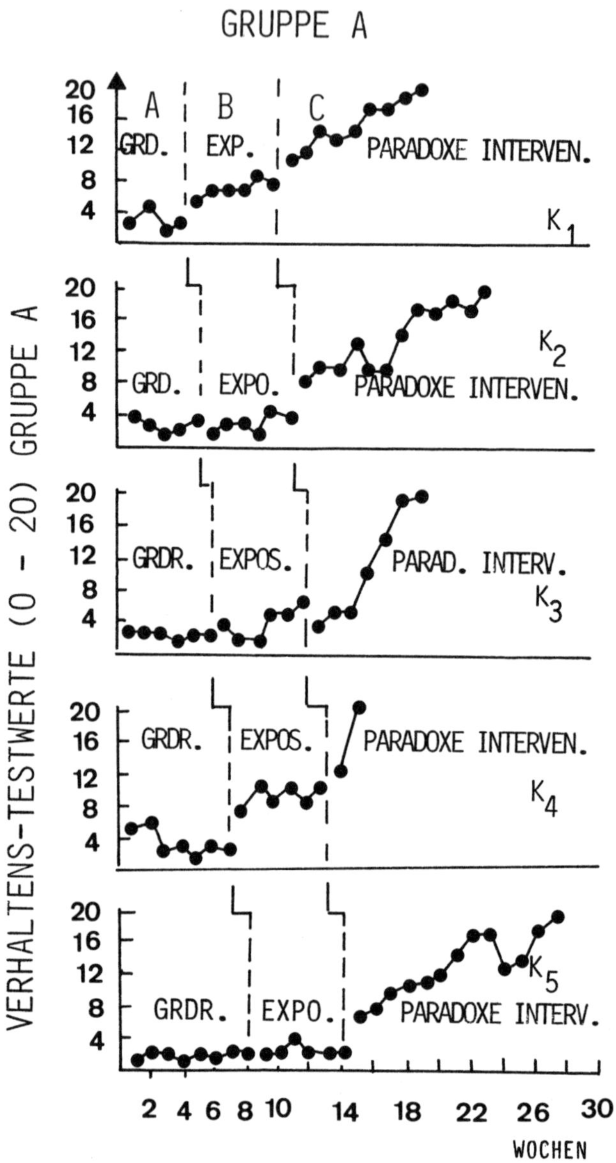
GRUPPE A
VERHALTENS-TESTWERTE (0 - 20) GRUPPE A
A
B
C
GRD.
EXP.
PARADOXE INTERVEN.
K1
GRD.
EXPO.
PARADOXE INTERVEN.
K2
GRDR.
EXPOS.
PARAD. INTERV.
K3
GRDR.
EXPOS.
PARADOXE INTERVEN.
K4
GRDR.
EXPO.
PARADOXE INTERV.
K5
20
16
12
8
4
2
4
6
8
10
14
18
22
26
30
WOCHEN

Abb. 29

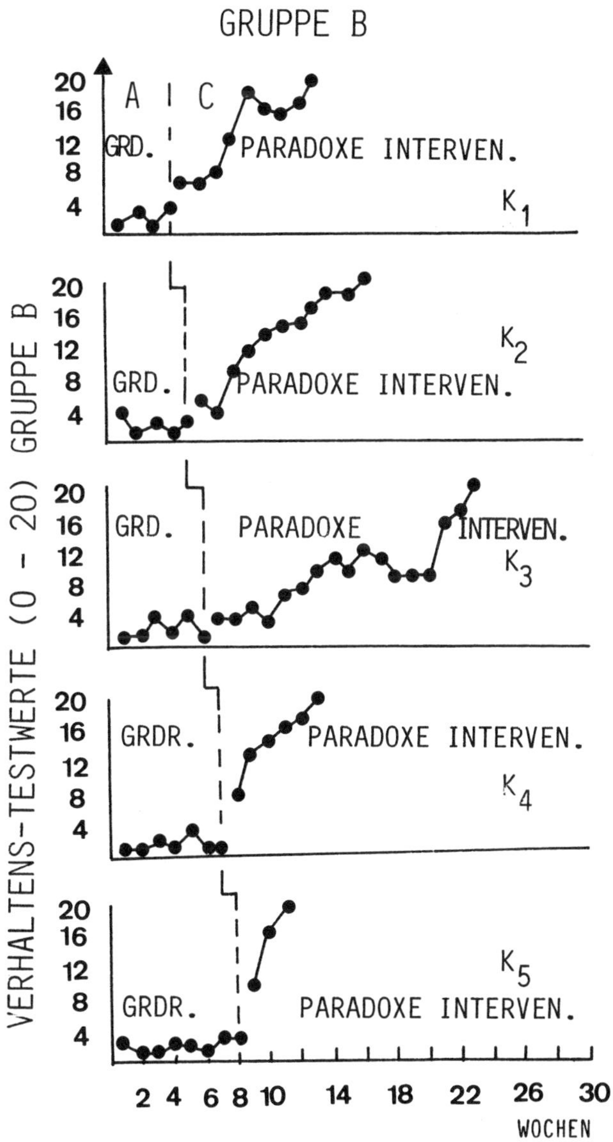

Abb. 29: Die Auswirkungen von „gradueller Exposition" bzw. einer „paradoxen Intervention" auf zwei Gruppen (A und B) von je fünf Erwachsenen mit Platzangst, evaluiert durch einen MGV mit Replikationen über Personen nach Ascher (1981).

zu behandeln und dennoch individuelle Daten analysieren zu können. Die Vorgehensweise erlaubt den Einfluß von Störvariablen konstant zu halten, da hinsichtlich der Räumlichkeit, der Zeitpunkte, der Art der Intervention und der Durchführung für die fünf Personen kaum Unterschiede bestehen. Wenn Personengruppen simultan behandelt werden, ist eine Behandlungsserie jedoch nicht so leicht zu unterbrechen, sollten sich unterschiedliche Datenverläufe ergeben.

4.7.2 Ein Beispiel aus der klinischen Forschung

Ascher (1981) verglich die Auswirkungen von Exposition (UV_1) mit paradoxer Verschreibung (UV_2) bei zwei Gruppen von je fünf Klienten mit Platzangst. Bei der Exposition versuchten die Klienten sich zu entspannen, um möglichst angstfrei zu werden. Bei der paradoxen Intervention versuchten die Klienten absichtlich möglichst ängstlich (paradox) zu werden (näheres Kern, 1994a). Durch einen MGV mit Replikationen über Klienten wurde gemessen, inwieweit durch die therapeutischen Maßnahmen die Bewegungsfreiheit der Klienten verbessert werden konnten (Abb. 29).
Klienten der Gruppe A erhielten nach unterschiedlich langen Grundratenphasen je eine sechswöchige Behandlung durch graduelle Exposition, der eine paradoxe Intervention folgte. Klienten der Gruppe B nahmen nach ebenfalls unterschiedlich langen Grundraten sofort an der paradoxen Intervention teil, bis sie das Zielkriterium (vollständige Bewegungsfreiheit) erreichten.
Die Ergebnisse für *Gruppe A* zeigen, daß durch Exposition nur Klient 1 (K1) und 4 (K4), durch paradoxe Intervention die anderen Klienten deutliche Niveau- oder Trendänderungen ihrer Verhaltenswerte erzielten. Dieser visuelle Eindruck wurde durch eine statistische Analyse bestätigt, wonach Exposition zu keinen, paradoxe Intervention dagegen zu signifikanten Veränderungen gegenüber den Grundraten führte (S. 130).
Die Ergebnisse für *Gruppe B* zeigten ebenfalls, daß die paradoxe Intervention zu Niveau- oder Trendänderungen bei allen Klienten

führte. Diese Effekte waren im Vergleich zu den Grundraten statistisch signifikant. Insgesamt sprechen die vorliegenden Daten für intern valide Ergebnisse. Was wäre aber, wenn bei einer Studie keine positiven Ergebnisse nachweisbar wären (näheres siehe Kap. 5.5)?
Damit sind mit den vier Gruppen der MGV die am häufigsten angewandten Einzelfall-Versuchspläne dargestellt. Connel und Thompson (1986) fanden in neun Zeitschriften der Jahre 1976 bis 1985 aus den Gebieten Spachheilarbeit, Psychologie und Sonderpädagogik 65 Einzelfallstudien. MGV wurden 37 mal genutzt, Umkehr (ABAB)- oder Ausblendversuchspläne (BABA) kamen 22 mal zur Anwendung und in sechs Studien wurden Alternierende Versuchspläne angewandt. Im Bereich der Klinischen Psychologie haben Kern & Kern (1993) acht und Kern (1995a, b, c) drei weitere MGV zur Evaluation von Stottertherapien verwendet. Veränderungs-Kriterium-Versuchspläne (changing criterium designs) und Alternierende Versuchspläne (alternating designs) werden zwar seltener angewandt, sie sind jedoch für ganz bestimmte Fragestellungen vorteilhaft.

4.8 Veränderungs-Kriterium-Versuchsplan (VKV)

Der Veränderungs-Kriterium-Versuchsplan (VKV) sieht Veränderungen des Kriteriums (Teilziele) durch eine Intervention (UV) vor, bei gleichzeitiger Messung des Verhaltens (AV). Werden verschiedene Kriterien festgelegt, die eine Person erreichen soll, und erreicht sie jeweils während der Intervention wiederholt das jeweilige Kriterium, dann ist wahrscheinlich die Intervention (UV) für das Erreichen der Kriterien verantwortlich und nicht der Einfluß der Störvariablen. Auch der VKV entspricht wie alle anderen Einzelfall-Versuchspläne der deduktiven Logik und erfüllen die Kriterien eines Experiments (siehe Kap. 1).
Der VKV beginnt mit einer Grundratenphase. Wie bei einem ABAB-Versuchsplan oder einem MGV beschreibt die Grundrate das ursprüngliche Verhalten einschließlich der Wirkung der Stör-

variablen und dient zur Beurteilung des Ist-Zustandes. Mit Hilfe der Grundrate wird zunächst ein erstes Kriterium festgelegt. Nachdem dieses erste Kriterium mehrmals erreicht wurde, wird ein zweites, anspruchsvolleres Kriterium festgelegt. Im Verlauf der Intervention werden *immer anspruchsvollere Kriterien* definiert, die jeweils einige Male zu erreichen sind, ehe das endgültige Zielkriterium erreicht wird. Die festgelegten Kriterien sollten nicht zu schwer erreichbar sein. Der VKV wird sinnvoll angewandt, wenn Verhalten graduell ausgeformt (Verhaltensformung) werden kann.
Die interne Validität des VKV ist gesichert, wenn jede *Kriteriumsänderung eng mit* einer *Verhaltensänderung korrespondiert*, und sich das Verhalten innerhalb einer Phase auf dem jeweiligen Kriteriumsniveau stabilisiert. Jede Kriteriumsveränderung muß so groß sein, daß sie sich von der Variabilität innerhalb der vorausgegangenen Phase unterscheidet. Die interne Validität dieses Versuchsplans kann verbessert werden, wenn man die *Dauer* der Kriteriumsphasen, die *Differenz* und die *Richtung* der Kriterien variiert und das Verhalten jeweils eng dem angegebenen Kriterium folgt. Dieser Versuchsplan kann durch eine Mini-Umkehrphase (siehe Abb. 30 Phasen E, H, I und M) erweitert werden, um die interne Validität zu verbessern (Kazdin, 1982, S. 159). Eine völlige Umkehr wie bei ABAB-Versuchsplänen ist indes nicht nötig. Wie oft das Kriterium verändert werden und wie groß die jeweiligen Schritte sein sollen, werden Klienten, Trainer bzw. Therapeuten gemeinsam festlegen.

4.8.1 Ein Beispiel aus der klinischen Forschung

Belles und Bradlyn (1987) verwendeten einen VKV zur Evaluation eines verhaltenstherapeutischen Programms zur Reduzierung des Zigarettenkonsums bei einem starken Raucher (oberer Teil der Abb. 30). Der Klient war 65 Jahre alt, rauchte seit 50 Jahren ca. 80 bis 100 Zigaretten täglich. Mehrere Versuche, den Zigarettenkonsum drastisch zu reduzieren, waren fehlgeschlagen, da damit eine starke Gewichtszunahme einherging.

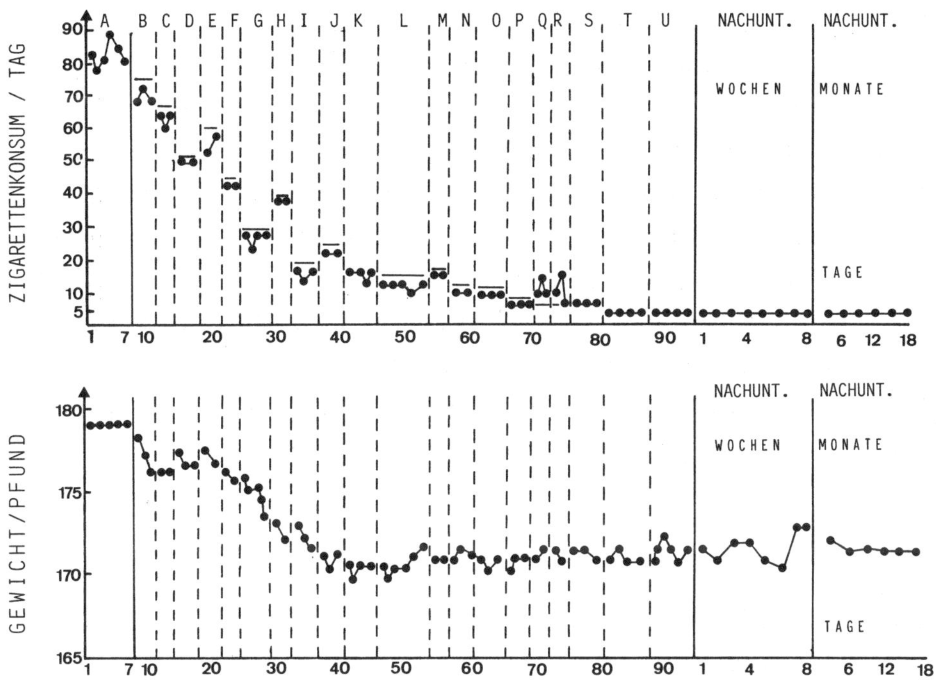

Abb. 30: Die Auswirkungen eines verhaltenstherapeutischen Programms zur Reduzierung des Zigarettenkonsums bei einem starken Raucher, evaluiert durch einen Veränderungs-Kriterium-Versuchsplan (VKV) nach Belles & Bradlyn (1987).

Nach einer Grundratenphase (A) bestand das erste gemeinsam vereinbarte Therapie-Kriterium (B) in einer Reduzierung auf 75 Prozent des Zigarettenkonsums. Wurde das Kriterium nicht erreicht, zahlte der Klient 25 Dollar an eine von ihm abgelehnte Wohltätigkeitseinrichtung. Mit dem Therapeuten erfolgte jeweils am Abend vor der nächsten Kriteriumsänderung ein ca. fünfminütiges Telefonat. Die Kriterien wurden jeweils für zwei bis fünf Tage gemeinsam neu festgelegt.
Die Ergebnisse zeigen, daß der Zigarettenkonsum graduell reduziert wurde und daß in den Phasen E, H, J und M (Mini-Umkehrphasen) eine teilweise Umkehrung gelang. Zwischen den Phasen Q und R überschritt der Klient an fünf Tagen das Kriterium, so daß die finanzielle Bestrafung (125 Dollar) zum Tragen kam. Ab der Phase T erreichte der Klient sein Zielkriterium von fünf Zigaretten pro Tag.

Für die interne Validität des VKV spricht, daß eine *enge Korrespondenz* zwischen dem jeweiligen Kriterium und dem Zigarettenkonsum besteht. Von 20 gemeinsam festgelegten Kriterien wurden 18 erreicht. Außerdem belegt der Datenverlauf der unterschiedlich langen Kriteriumsphasen (zwei bis fünf Tage) und die vier Mini-Umkehrphasen für interne Validität. Ein positiver Transfereffekt war ein allmählicher Gewichtsverlust (siehe unterer Teil der Abb.) auf ca. 170 Pfund, der ebenfalls aufrechterhalten wurde. Ein weiteres Beispiel für einen VKV, allerdings in Kombination mit einem multiplen Grundratenversuchsplan, wird im Kap. 5.3.1 dargestellt.

Nachteile des VKV

Zu viele Änderungen sind nicht zu empfehlen, da sie zu ungenauen Entsprechungen zwischen Verhalten und Kriterium führen können. In der Regel werden sechs bis acht Veränderungen des Kriteriums empfohlen. Ein anerkanntes Maß für die Genauigkeit der Entsprechung zwischen Kriterium und Verhalten liegt bisher nicht vor. Je größer die Variabilität des Verhaltens beim jeweiligen Kriterium ist, desto größer müssen auch die Schritte sein, damit die Entsprechungen zwischen Kriterium und Verhalten deutlich werden (Connell & Thompson, 1986). Ebenso gibt es noch keine allgemeinverbindlichen Anhaltspunkte, wie schnell das Verhalten dem veränderten Kriterium folgen muß. Folgt das Verhalten dem Kriterium nicht, dann ist die interne Validität nicht gegeben und der Einfluß von Störvariablen dürfte größer und maßgeblicher sein als der Einfluß der Intervention, oder es wurden bereits andere Fehler gemacht (siehe Kap. 5.5).
Während der VKV sich sehr gut zur Evaluation einer allmählichen Verhaltensformung eignet, ist der Alternierende Versuchsplan (AVP) für eine andere Fragestellung angemessen. Mit ihm kann z.B. die Effektivität von (mindestens) zwei Interventionsverfahren in Alltagsbedingungen (Schule, Training, Therapie) verglichen werden.

4.9 Alternierender Versuchsplan

Beim Alternierenden Versuchsplan (AVP) werden die Auswirkungen von mindestens zwei Interventionen (UV_1 versus UV_2), aber auch z.B. zwei Interventionen mit einer Kontrollbedingung (keine UV) miteinander verglichen. Beim AVP wird z.B. am ersten Tag die Intervention A am Vormittag mit der Intervention B am Nachmittag, am zweiten Tag die Intervention A am Nachmittag mit der Intervention B am Vormittag alternierend, d.h. zeitlich abwechselnd und ausbalanciert eingeführt. Jeden Tag erhält der Proband alternierend und zeitlich ausbalanciert die Interventionen, für die *separate Datenverläufe* erhoben werden. Beim AVP stellen *Differenzen zwischen den häufig wechselnden Interventionen* den Nachweis der Effektivität dar. Erst wenn sich deutliche und anhaltende Differenzen zwischen den Kurven ergeben, sind die Interventionen unterschiedlich wirksam. Damit entspricht der AVP wie alle anderen Einzelfall-Versuchspläne der deduktiven Logik und den Anforderungen an ein Experiment (siehe Kap. 1).

Der AVP setzt keine Grundratenerhebungen voraus. Eine Grundratenerhebung stellt jedoch eine zusätzliche Kontrolle und Verbesserung der internen Validität dar. Durch die Grundrate kann geprüft werden, ob ein Interventionseffekt nachweisbar ist, und durch das Alternieren kann nachgewiesen werden, ob die Intervention B der Intervention A tatsächlich überlegen ist. Danach wird die Intervention fortgeführt, die sich am wirksamsten erwiesen hat.

Wenn aufgrund von Anamnese- und Diagnostikbefunde nicht entscheidbar ist, ob für einen Klienten z.B. eine kognitive Angstbewältigungstherapie oder eine systematische Desensibilisierung angezeigt ist, können mit einem AVP beide Therapieverfahren verglichen werden. Aufgrund der empirisch ermittelten individuellen Daten (Angstwerte) kann dann entschieden werden, welche Intervention beim jeweiligen Klienten zu besseren Erfolgen führt. Ein AVP kann auch genutzt werden, um *additive Effekte* von Interventionen zu evaluieren. So könnte z.B. geprüft werden, ob Videofeedback plus willentliches Stottern nur willentlichem Stottern überlegen ist oder ob Aufgaben mit Kontextbezug leichter erlernt werden als Aufgaben ohne Kontextbezug. Ebenso könnten die Effekte eines massierten Trainings versus verteiltem Training bei (insgesamt) konstanter Trainingszeit individuell verglichen werden. Zwei Therapeuten könnten alternierend die gleiche Angstbehandlung bzw. das gleiche Aufmerksamkeitstraining nach einem Manual (Handlungsanweisung) durchführen und überprüfen, welcher Therapeut bzw. Trainer mit einem Klienten bzw. Probanden effizienter arbeitet.

Vorteile des AVP

Der AVP ist interpretierbar, selbst wenn Datentrends vorhanden sind, da Störvariablen als gleichmäßig wirksam für (beide) Interventionen gelten können. Datentrends können bei allen anderen Einzelfall-Versuchsplänen nicht angemessen interpretiert werden. Auch instabile Daten bedrohen nicht die interne Validität eines AVP, da nur Differenzen maßgebend sind. Eine Konfundierung (Vermischung) durch Probandenmerkmale und Störvariablen ist nicht wahrscheinlich, da beide Interventionen dadurch gleichmäßig beeinflußt werden. Der Einfluß von Störvariablen wie z.B. Reifung trifft ebenfalls beide Interventionen und wird dadurch ausgeglichen. Aufgrund der häufigen und schnellen Wechsel der Interventionen sind Konfundierungen durch Sequenzeffekte unwahrscheinlich, da die Sequenzen oft verändert werden. Vorteilhaft ist auch, daß zum intern validen Nachweis von Interventionsverfahren keine Umkehrphasen wie in ABAB-Versuchsplänen nötig sind, und die damit verbundenen ethischen und praktischen Probleme nicht entstehen. Ein unkonfundierter Vergleich von zwei oder mehreren Interventionsverfahren ist in der Einzelfallforschung nur mit einem AVP möglich.

Der Nachteil des AVP

Eine Einschränkung der AVP besteht in der Unterscheidbarkeit der Interventionen. Für den Probanden müssen die mindestens zwei Interventionen deutlich unterscheidbar sein, damit er sich entsprechend verhalten kann. Je schneller die zu vergleichenden Interventionen abwechseln, und umso ähnlicher sie sich sind, desto schwieriger werden diese Unterscheidungen. Interventionen, die nur allmählich wirken oder Transfereffekte produzieren, verhindern Unterschiede oder erschweren die Interpretation.
Singh und Singh (1984) verglichen bei einem geistig behinderten Kind mit einem AVP die Auswirkung eines Lesetrainings ohne Kontextinformation (UV_1) mit irrelevanter Kontextinformation (UV_2) und mit relevanter Kontextinformation (UV_3) bezüglich der Anzahl von Lesefehlern (AV). Die Reihenfolge des Trainings wurde jeweils per Zufall festgelegt und die Trainingszeiten konstant gehalten. Die Ergebnisse zeigten, daß das Training mit relevanter Kontextinformation die Anzahl der Lesefehler stärker reduzierte als die beiden anderen Interventionen. Da die Differenzen deutlich ausgebildet waren und keine Überlappungen zwischen den Interventionsdaten auftraten, entschieden sich die Autoren, nur noch die UV_3 anzuwenden. Die vorherige Erhebung einer Grundratenphase erlaubte den Schluß, daß die UV_3 zu sofortigen, deutlichen und intern validen Verbesserungen führte. Eine erfolgreiche Replikation mit drei weiteren geistig behinderten Kindern verbesserte die externe Validität.

4.9.1 Ein Beispiel aus der pädagogische Forschung

Sisson & Barrett (1984) verglichen mit einem AVP in Kombination mit einem MGV über drei Materialien (Satzarten) die Auswirkungen von erweitertem Training (UV_1) mit verbalem Training (UV_2) auf die Kommunikation bei einem leicht retardierten Kind. Beim erweiterten Training wurde zusätzlich das Zeigen auf Gegenstände verlangt. Das Kind sprach vor dem Training nur ein

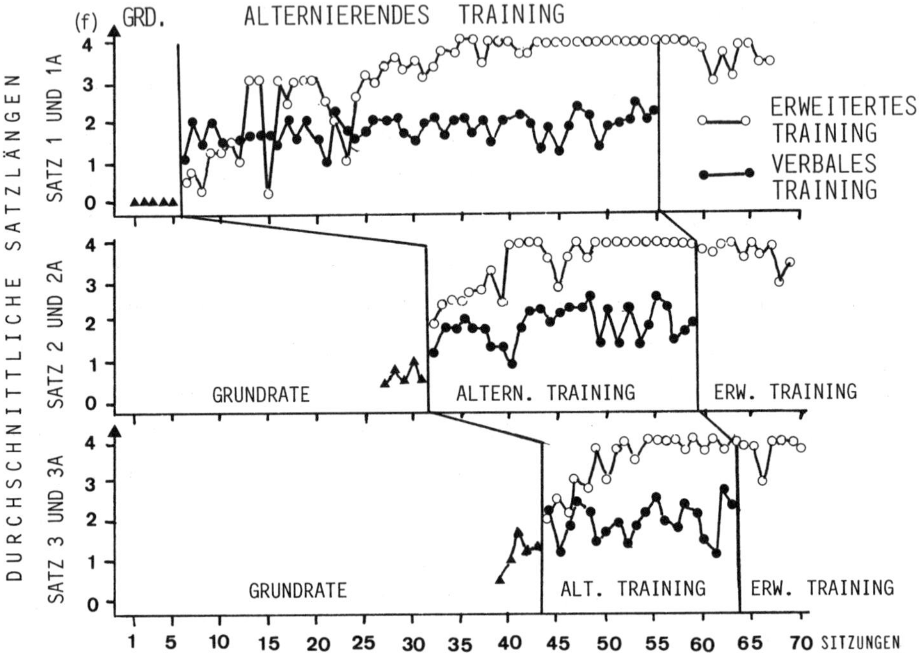

Abb. 31: Der Vergleich von erweitertem Training mit verbalem Training zur Verbesserung der Kommunikation bei einem leicht retardierten Kind, evaluiert durch die Kombination von einem MGV über Materialien mit einem Alternierenden-Versuchsplan nach Sisson & Barrett (1984).

zelne Wörter (Satzart 1) und sollte als Trainingsziel vollständige Vierwortsätze (Satzart 3) – z.B. „Dieses Hemd ist blau" – sprechen und verstehen lernen. Die Trainingssitzungen dauerten zwischen 15 und 30 Minuten, erfolgten fünfmal in der Woche, wobei die Reihenfolge der Interventionen alternierend und zeitlich ausbalanciert war.

Für *Satzart 1 und Satzart 1A* (oberer Teil der Abb. 31) dauerte die Grundrate bis zur fünften Sitzung. Mit dem Einsetzen des Trainings ab der sechsten Sitzung verbesserte das Kind zunächst stärker durch verbales Training, ab der 25. Sitzung jedoch stärker durch erweitertes Training seine Einwortsätze, wie die Differenzen zeigen. Ab der 56. Sitzung wurde daher nur noch das erweiterte Training durchgeführt.

Für die *Satzarten 2 und 2A* (Zweiwortsätze) dauerte die Grundrate bis zur 32. Sitzung. Mit Trainingsbeginn zeigte sich eine all-

mähliche Überlegenheit durch das erweiterte Training und in der 40. Trainingssitzung wurde erstmals das Kriterium erreicht, während durch verbales Training der Lernzuwachs deutlich geringer blieb (deutliche Differenzen). Ab der 60. Sitzung erfolgte nur noch erweitertes Training.
Die *Satzarten 3 und 3A* (Drei- und Vierwortsätze) wurden bis zur 43. Sitzung nicht trainiert (Grundrate). Mit dem Trainingsbeginn in der 44. Sitzung wurden durch erweitertes Training schnelle Erfolge und das Erreichen von Vierwortsätzen ab der 49. Sitzung erzielt. Verbales Training ergab auch hier schlechtere Ergbnisse. Daher erfolgte ab der 64. Sitzung nur noch das erweiterte Training.
Durch den AVP konnten zwei Trainingsverfahren direkt und individuumsbezogen auf ihre Wirksamkeit verglichen und die erfolgreichere Methode (erweitertes Training) fortgeführt werden. Der Datenverlauf des AVP spricht wegen der deutlichen und anhaltenden Differenzen für die Überlegenheit des erweiterten Trainings. Durch die Kombination des AVP mit einem MGV über Materialien konnte wiederholt gezeigt werden, daß nur mit dem jeweiligen Trainingsbeginn spezifische, deutliche und anhaltende Veränderungen des Lesens eintraten. Damit wurde durch die Versuchsplankombination die interne Validität der Studie nochmals gesichert. Mit zwei anderen Kindern gelang eine überzeugende Replikation dieser Trainingseffekte, so daß neben der internen Validität auch Belege für externe Validität vorliegen.

4.9.2 Ein Beispiel aus der klinischen Forschung

Last et al. (1983) evaluierten mit einem AVP die Behandlung von chronisch generalisierter Angst und von Vermeidungsverhalten bei einer 32jährigen Frau. Die Autoren verglichen die Wirksamkeit eines Angstbewältigungstrainings (coping) mit paradoxer Intervention.
Nach einer Grundratenphase wurde mit dem Beginn der Intervention ab der vierten Sitzung durch Bewältigungstraining

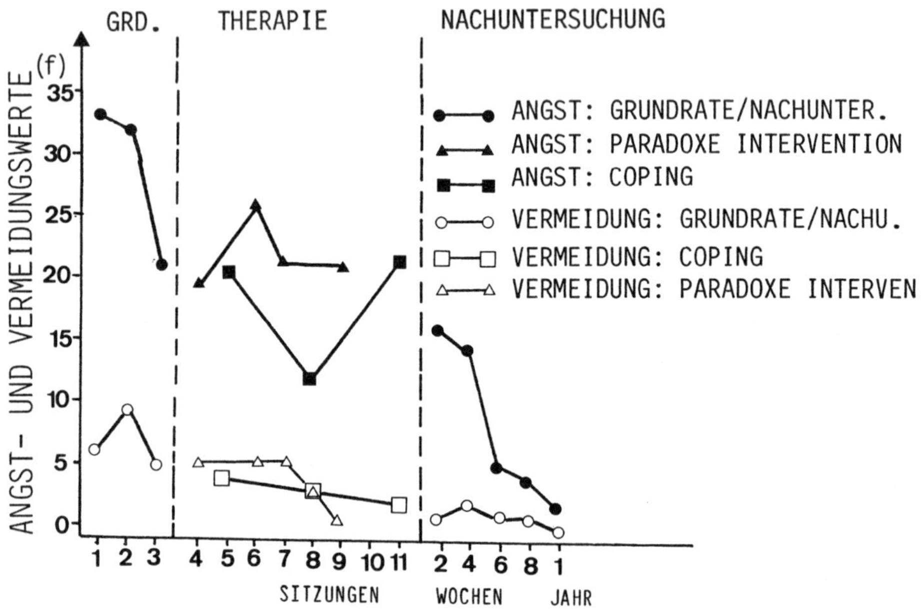

Abb. 32: Der Vergleich von „Paradoxer Intervention" und einem Bewältigungstraining zur Reduzierung von Angst- und Vermeidungsverhalten bei einer 35jährigen Frau, evaluiert durch einen Alternierenden Versuchsplan nach Last et al. (1983).

(coping UV_1) etwas weniger Angst und Vermeidungsverhalten als durch die paradoxe Intervention (UV_2) erzielt. Klinisch relevante Veränderungen der Angst ergaben sich jedoch erst nach Abschluß der Therapie und während der Nachuntersuchungen im Abstand von je zwei Wochen und einem Jahr. Ein adäquater Vergleich der beiden Behandlungsformen ist aus dieser Untersuchung aufgrund der Instabilität der Grundraten (Abwärtstrend), der geringen Differenzen und der sich überschneidenden Meßpunkte während der Intervention nicht ableitbar, zumal die Angstwerte erst lange nach der Therapie klinisch relevante Veränderungen zeigten. Auch das Vermeidungsverhalten war nicht klinisch bedeutsam verändert worden.

Zusammenfassung: Veränderungs-Kriterium-Versuchspläne (VKV) können im Sinne einer intern validen Überprüfung von Verhaltensformung für die Praxis sehr nützlich sein, während Alternierende Versuchspläne (AVP) den Effektivitätsvergleich von mindestens zwei Interventionen beim einzelnen Probanden gestatten. Die Hauptkriterien eines Experiments, die Wiederholbarkeit, Willkürlichkeit und Variation, die Spezifizierung und das aktive Einsetzen der Behandlung (UV) sowie die Messung der Behandlungseffekte (AV), sind kennzeichnend für beide Einzelfall-Versuchspläne. Interne und externe Validität können bei entsprechendem Datenverlauf bzw. durch Replikationen mit beiden Versuchsplänen im Praxisalltag erzielt werden. Die Chancen, die diese Versuchspläne durch das hohe Maß an Individualisierung bei gleichzeitiger Flexibilität ermöglichen, wurden bisher zu wenig genutzt. Durch Kombinationen mit anderen Einzelfall-Versuchsplänen kann die Praxisrelevanz nochmals deutlich verbessert werden.

Fragen zu dem Kapitel

1. Benennen Sie Vor- und Nachteile der AB-, ABAB-, ABC- und BAB-Versuchspläne und geben Sie je ein Beispiel.
2. Erläutern Sie die zwei Annahmen der MGV-Versuchspläne, benennen Sie die vier Hauptarten.
3. Nennen Sie je ein pädagogisches oder klinisches Beispiel aus der Forschung für einen MGV über Verhaltensweisen.
4. Nennen Sie je ein pädagogisches oder klinisches Beispiel aus der Forschung für einen MGV über Situationen.
5. Nennen Sie je ein pädagogisches oder klinisches Beispiel aus der Forschung für einen MGV über Materialien.
6. Nennen Sie je ein pädagogisches oder klinisches Beispiel aus der Forschung für einen MGV über Personen.
7. Nennen Sie ein Beispiel eines MGV mit einer kleinen Gruppe.

8. Erläutern Sie anhand eines Beispiels einen VKV und nennen Sie die Merkmale die zur Verbesserung der internen Validität beitragen.

9. Beschreiben Sie die Logik, die Vor- und Nachteile eines AVP.

10. Entwickeln und erproben Sie einen Einzelfall-Versuchsplan.

Literaturempfehlungen zum Kapitel

Einen kurzen und prägnanten Überblick zu Einzelfall-Versuchsplänen geben Roth (1985) für die Klinische Psychologie, und Wember (1989, 1994) für die (Sonder-) Pädagogik in deutschsprachigen Zeitschriftenartikeln. In Englisch sind für den klinisch-therapeutischen Bereich die Bücher von Kazdin (1982) und Barlow & Hersen (1984), für den Bereich Sprache und Kommunikationsstörungen das Buch von McReynolds & Kearns (1983) und für den (sonder-) pädagogischen Bereich von Tawney und Gast (1984) sehr empfehlenswert.

5 Kombinationen von Einzelfall-Versuchsplänen

Kapitelüberblick:
Einzelfall-Versuchspläne werden kombiniert, um eine Intervention auch bei unerwarteten Datenverläufen gegen den Einfluß von Störvariablen abzusichern oder die externe Validität zu verbessern. Versuchsplankombinationen erhöhen die Flexibilität der Einzelfallforschung und stellen einen großen Vorteil gegenüber Gruppenversuchsplänen dar. Zur Veranschaulichung werden aus der internationalen Forschung folgende Kombinationen vorgestellt: Eine Kombination von einem ABABC mit einem MGV, Kombinationen verschiedener MGV, eine Kombination von einem VKV mit einem MGV und eine Kombination eines MGV mit einem AVP.

5.1 Kombination eines ABABC mit einem MGV

Durch die Kombination eines ABABC-Versuchsplans mit einem MGV kann die interne Validität einer Einzelfalluntersuchungen verbessert werden, besonders wenn spontane Transfereffekte die interne Validität bedrohen. Eine solche Kombination ist zu empfehlen, wenn unbekannt ist, ob Verhaltensweisen voneinander unabhängig sind.

5.1.1 Ein Beispiel aus der pädagogischen Forschung

Russo und Koegel (1977) kombinierten einen ABABC-Versuchsplan mit einem MGV über drei Verhaltensweisen. Sie überprüften die Auswirkungen verhaltensmodifikatorischer Maßnahmen (UV), insbesonders positive Verstärkung und Verstärkerentzug, zur Integration eines autistischen Kindes in eine Vorschulklasse. Mit einem MGV über Verhaltensweisen wurde bis zur Grundraten-

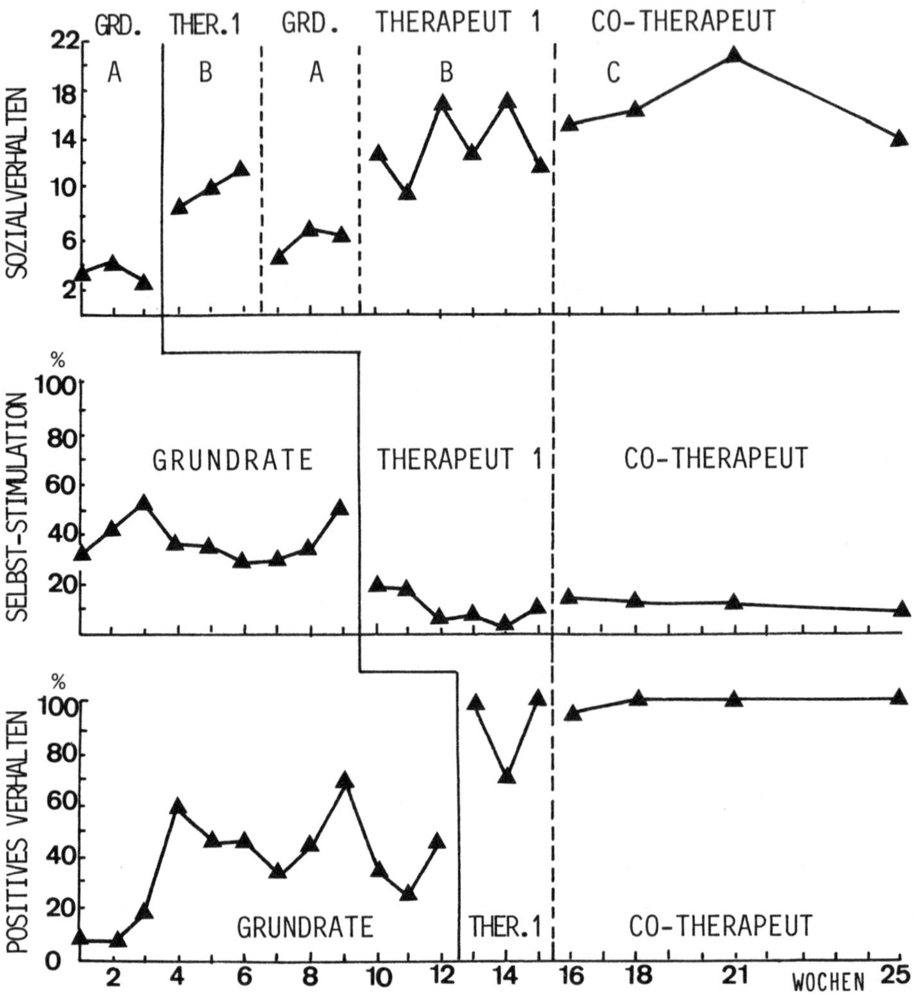

Abb. 33: Die Auswirkungen einer verhaltensmodifikatorischen Maßnahme auf das Sozialverhalten, die Selbststimulation und positives Verhalten bei einem 10jährigen autistischen Kind, evaluiert durch die Kombination von einem ABABC-Versuchsplan mit einem MGV über Verhaltensweisen nach Russo & Koegel (1977).

phase das Sozialverhalten (AV_1), die Selbststimulation (AV_2) und positives Verhalten (AV_3) im Kindergarten evaluiert.

Das *Sozialverhalten* (AV_1) wurde nach einer dreiwöchigen Grundratenphase (A-Phase) in der vierten, fünften und sechsten Woche durch Therapeut 1 verstärkt (B-Phase). In der siebten, achten und neunten Woche wurde die Verstärkung wieder ausgesetzt (Um-

kehrphase A). Von der zehnten bis 15. Woche wurde das Sozialverhalten durch Therapeut 1 verstärkt, ab der 16. Woche (C-Phase) durch einen Co-Therapeuten. Auf diese Weise wurde ein ABABC-Versuchsplan angewandt (Abb. 33 oben).
Für *Selbststimulation* (AV_2) wurde ab der zehnten bis 15. Woche von Therapeut 1 die Behandlung durch Verstärkerentzug durchgeführt. Ab der 16. Woche übernahm der Co-Therapeut das Training.
Für *positives Verhalten* (AV_3) herrschten bis zur 12. Woche Grundratenbedingungen. Von der 13. bis 15. Woche verstärkte Therapeut 1 positives Verhalten, danach der Co-Therapeut.
Für das Sozialverhalten (AV_1) sprechen die Ergebnisse aufgrund der Niveauänderungen und der Umkehrbarkeit für einen intern validen ABABC-Versuchsplan. Für die AV_2 und AV_3 spricht der Datenverlauf des MGV für intern valide Ergebnisse. Russo und Koegel (1977) berichten jedoch, daß die so erzielten Trainingseffekte nicht in die Grundschulklasse transferierten. Die Autoren führten daher eine zweite Trainingsstudie (Replikation) durch und konnten zeigen, daß zunächst der Therapeut, dann der Grundschullehrer ähnliche Verbesserungen in der Grundschule erreichen konnten wie zuvor in der Vorschulklasse. Diese Replikation unterstützt die interne und externe Validität der Untersuchungsergebnisse.

5.2 Kombinationen verschiedener MGV

MGV mit Replikationen über Verhaltensweisen können z.B. mit MGV mit Replikationen über Situationen, Materialien oder Personen kombiniert werden, so daß bei unerwarteten Datenverläufen (spontaner Transfer) durch die Kombination stets die interne Validität gesichert ist.
Halle, Marshall und Spradlin (1979) kombinierten einen MGV über Verhaltensweisen mit einem MGV über Personen, um die Auswirkung eines Trainings bei retardierten Kindern zu überprüfen. Da die Autoren mit spontanen Transfereffekten über Verhal-

tensweisen rechneten, trainierten sie die Kinder nacheinander (MGV über Personen). Da jedoch keine spontanen Transfereffekte über Verhaltensweisen stattfanden, erwies sich die doppelte Kontrolle als unnötig. Durch die Extrakontrolle war es aber möglich, die externe Validität zu untermauern.

5.2.1 Ein Beispiel aus der klinischen Forschung

Kern (1995a) kombinierte einen MGV über Verhaltensweisen mit einem MGV über Situationen zur Evaluation einer verhaltenstherapeutischen Stottertherapie um die interne und externe Validität zu sichern. Die Verhaltensweisen waren Nacherzählen und Sprechen im Therapieraum, sowie Telefonieren in Deutsch und Arabisch. Die Situationen waren Deutsch im Alltag (Geschäfte etc.) und Arabisch sprechen in einer Arztpraxis. Die Klientin war 47 Jahre alt, stotterte seit ihrer Kindheit und seit zehn Jahren besonders stark, wenn sie arabisch in ihrer Arztpraxis (Mittlerer Osten) sprach.

Beim *Nacherzählen und Sprechen* im Therapieraum konnte die Klientin nach der Grundrate (Tag Null) am Ende des ersten Therapietages ihre Stotterrate auf ca. fünf Prozent reduzieren, ab dem zweiten Therapietag auf unter fünf Prozent.

Beim *Telefonieren in Deutsch* verblieb die Grundrate bis zur ersten Hälfte des ersten Tages bei ca. 25 Prozent. Mit Therapiebeginn in der zweiten Hälfte des ersten Tages konnte die Klientin ihr Stottern deutlich reduzieren und erreichte ab dem dritten Tag Werte unter zwei Prozent.

Beim *Telefonieren in Arabisch* verblieb die Stotterrate während der Grundrate stabil bei über 25 Prozent, bis die Klientin mit Therapiebeginn am zweiten Tag ihre Stotterrate reduzieren und am vierten Tag auch in der Arztpraxis (Situationsgeneralisation) stotterfrei in Arabisch mit mehreren Personen telefonieren konnte.

Deutsch im Alltag während der Grundrate (Gespräche in Reisebüros, Geschäften etc.) war gekennzeichnet durch Stotterraten um 30 Prozent. Mit Therapiebeginn am zweiten Tag ergaben sich

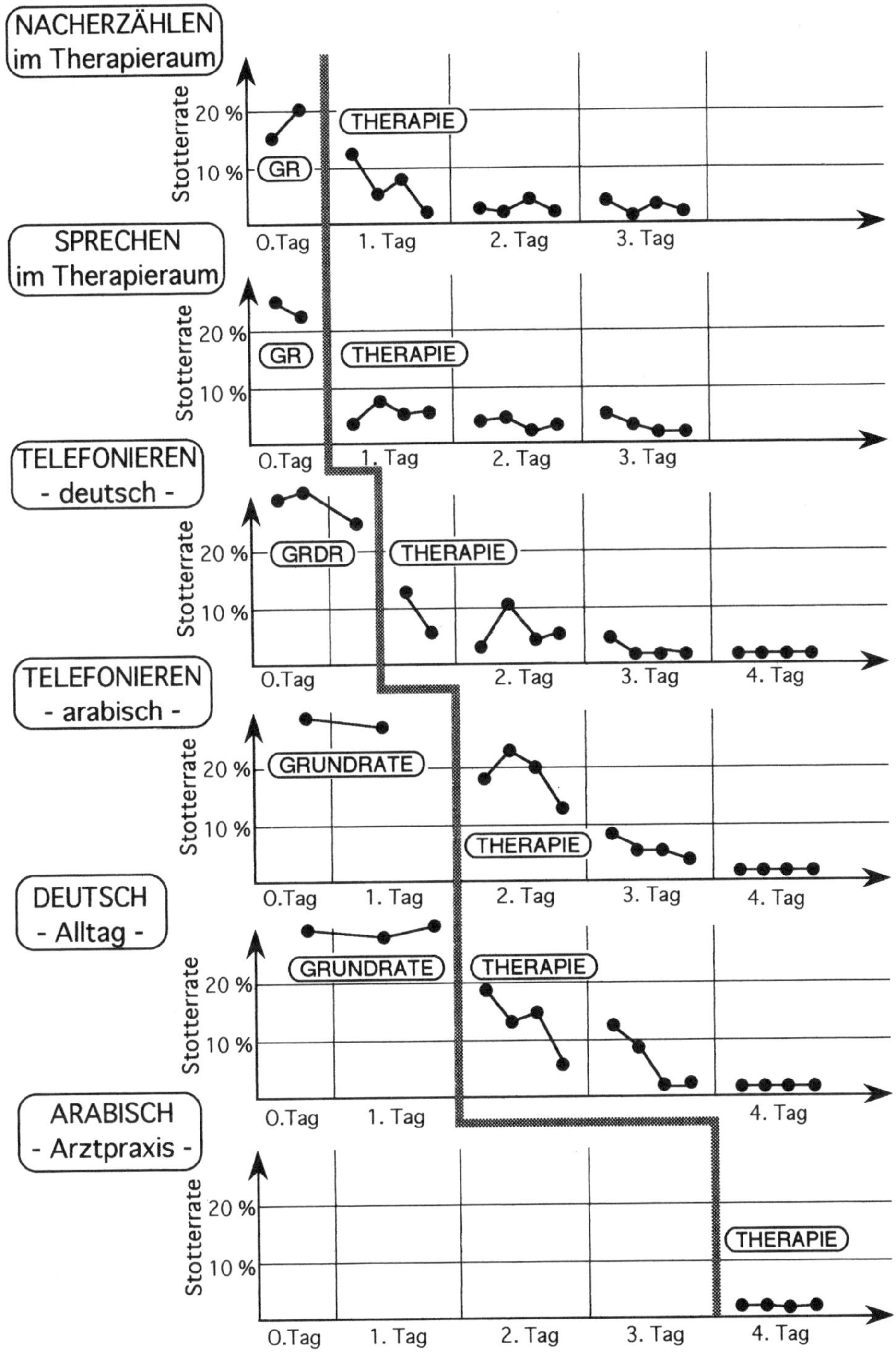

Abb. 34: Die Auswirkungen eines verhaltenstherapeutischen Behandlungspakets auf die Stotterraten beim Nacherzählen, Sprechen, Telefonieren in deutsch, Telefonieren in Arabisch, Deutsch im Alltag und Arabisch in einer Arztpraxis bei einer 47jährigen Klientin evaluiert durch die Kombination eines MGV über Verhaltensweisen mit einem MGV über Situationen nach Kern (1995 a).

starke positive Veränderungen. Ab der zweiten Hälfte des dritten Tages gelang es der Klientin auch im Beisein einer Therapeutin (Therapeutenwechsel) stotterfrei zu sprechen und ebenso am vierten Tag in einer anderen Stadt.

Arabisch in einer Arztpraxis sprach die Klientin am vierten Tag. Eine Grundrate konnte hier nicht erhoben werden. Sie hatte zuvor stotterfrei in Deutsch und Arabisch telefoniert, in Geschäften und mit Passanten stotterfrei deutsch gesprochen, ärztliche Gespräche mit deutschen Patientinnen simuliert und danach je 20 Minuten lang mit arabisch sprechenden Patientinnen stotterfrei gesprochen. Dies war anfangs in Gegenwart des Therapeuten, dann durch simultane Videorückmeldung und schließlich ohne jegliche Hilfestellung möglich.

Für *intern valide* Ergebnisse spricht der Datenverlauf der Versuchsplankombination, da nach stabilen Grundraten jeweils mit Therapiebeginn starke, sofortige und sehr spezifische Veränderungen der Stotterraten stattfanden und Stottern zuvor jahrzehntelang bestanden hatte. Mit dem selben Therapieeffekt wurden mittlerweile insgesamt 11 Klienten (Klientengeneralität) erfolgreich von zwei Therapeuten (Therapeutengeneralität) behandelt und Nachuntersuchungen zwischen drei- und dreizehn Jahren (Kern, 1995c) mittel- bzw. langfristige Effekte (Generalisation über die Zeit) belegt. Damit sind wesentliche Kriterien auch der externen Validität erfüllt.[4]

5.3 Kombination von einem VKV mit einem MGV

Die interne Validität einer Untersuchung kann auch durch die Kombination eines Veränderungs-Kriterium-Versuchsplans (VKV) mit einem Multiplen-Grundraten-Versuchsplan (MGV) gesichert werden, wenn z.B. beim VKV keine enge Entsprechung von Kriterien und Verhalten vorliegt. Selbst wenn aber bei einer Intervention keine Gefährdung der internen Validität auftritt, verbessert die Kombination die Validität.

[4] Informationen zu dieser Intensivtherapie können kostenlos von Dr. Marijke Kern, Hausmannweg 24, 26160 Bad Zwischenahn, angefordert werden.

5.3.1 Ein Beispiel aus der klinischen Forschung

Die Auswirkungen differenzieller (UV_1) und sozialer Verstärkung (UV_2) mit einem VKV in Kombination mit einem MGV über Verhaltensweisen evaluierte Mizes (1985).

Jane, ein hospitalisiertes 13jähriges Mädchen, hatte starke Rükkenschmerzen, konnte sich kaum bewegen, verlor leicht die Balance und konnte nicht sitzen. Nach einer Gehirnhautentzündung wurde sie einer schmerzhaften Lumbalpunktion unterzogen und war danach beinahe gänzlich bewegungsunfähig, obgleich keine organischen Befunde vorlagen. Anamnesebefunde und die Ergebnisse einer funktionellen Verhaltensanalyse (Diagnostik) sprachen dafür, daß Jane für ihre Unbeweglichkeit viel soziale Verstärkung erhielt, die nach der Lumbalpunktion noch höher als zuvor war. Sie schien immer bewegungsunfähiger zu werden, je mehr Aufmerksamkeit und „Hilfe" sie erfuhr und je mehr sie vor schulischen und anderen Anforderungen durch ihre Krankheit geschützt wurde.

Das Ziel der Therapie bestand in der Verbesserung ihrer Mobilität und in der Reduzierung ihrer Aufenthaltsdauer im Krankenhaus. Während der Grundratenbedingungen wurde ihr erklärt, daß Schmerzen und Bewegungsunfähigkeit von ihrer zu schwachen Muskulatur herrührten. Jane sollte durch tägliches Biofeedback-Training und Verstärkung Magen-Kontraktionen (AV_1), Beine heben (AV_2) und schließlich „Entlassungsfähiges Verhalten" (AV_3), d.h. selbständiges Gehen, gymnastische Bewegungen, aufrechtes Sitzen und Rollstuhlfahren üben. Der Einfluß des Trainings auf diese drei Verhaltensweisen wurde mit einem MGV über Verhaltensweisen evaluiert.

Für *Magen-Kontraktionsübungen* (AV_1) wurde nach einer Grundratenphase in der Verstärkungsphase I ein Kriterium gesetzt und ihr durch Biofeedback Rückmeldung gegeben. Beim Erreichen des Kriteriums (VKV-Versuchsplan) sollte Jane Zugang zum Fernsehen und Telefonieren erhalten. Die Effekte von Verstärkung I (UV_1) waren jedoch gering (siehe Abb. 35 oben). Ab der

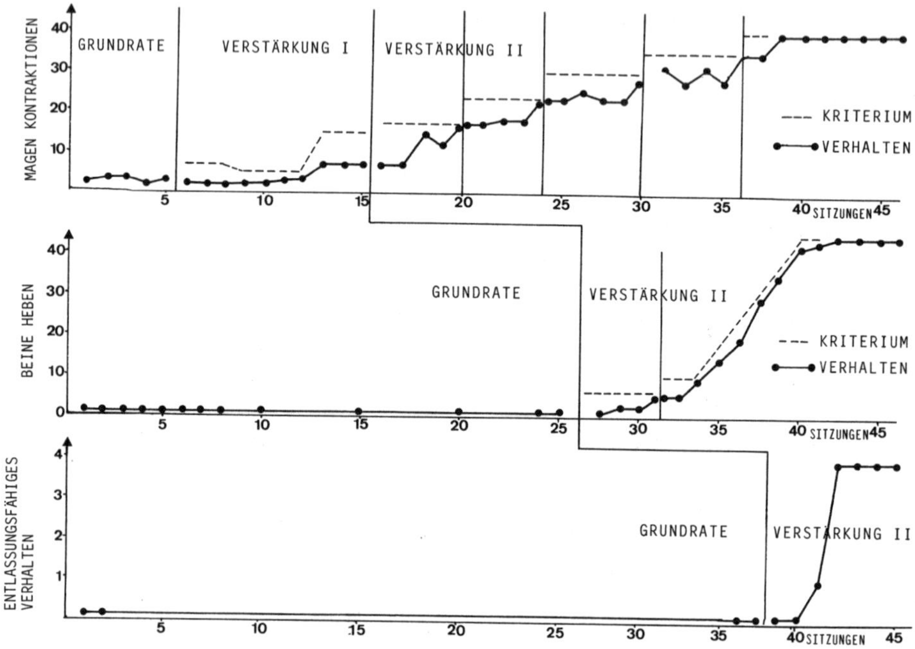

Abb. 35: Die Auswirkungen von differenzieller und sozialer Verstärkung auf Magen-Kontraktionen, Beine-heben und „entlassungsfähiges Verhalten" bei einem hospitalisierten 13jährigen Mädchen, evaluiert durch die Kombination eines Veränderungs-Kriteriums-Versuchsplan mit einem MGV über Verhaltensweisen nach Mizes (1985).

16. Sitzung wurde daher Verstärkung II (UV_2) eingeführt, wobei Jane beim Erreichen oder nahezu Erreichen des Kriteriums zusätzlich die Besuchsdauer ihrer Eltern erhöhen konnte. Das Kriterium wurde mehrmals erhöht und erstmals von Jane in der 20. und 25. Sitzung erreicht. Ab der 39. Sitzung erreichte Jane jedesmal das Kriterium.

Beine heben (AV_2) wurde nach der Grundratenphase ab der 25. Sitzung nur noch durch Verstärkung II (UV_2) trainiert. Jane konnte täglich ihre Beine Zentimeter um Zentimeter höher heben (VKV) und wurde durch längere Besuche ihrer Eltern dafür verstärkt.

Entlassungsfähiges Verhalten (AV_3) wurde nach der Grundratenphase ab der 39. Sitzung trainiert und konnte durch Verstärkung II schnell und anhaltend (Trend- und Niveauänderungen) verbessert werden (Abb. 35 unten).

Die Datenverläufe zeigen, daß die Entsprechung von Magen-Kontraktionen und Kriterium bei der Verstärkung I nicht eng und erst allmählich bei der Verstärkung II enger wurden. Daher ist die interne Validität für den VKV nicht besonders überzeugend. Für die zweite Verhaltensweise (Beine heben) waren die Entsprechungen zwischen Kriterium und Verhalten allerdings eng. Der Datenverlauf des MGV über Verhaltensweisen spricht für hohe interne Validität, da jedesmal nur dann Verhaltensänderungen erzielt wurden, wenn das Training einsetzte. Damit hat die Versuchsplan-Kombination des VKV mit dem MGV zunächst zur empirischen Überprüfung der beiden Trainingsverfahren, dann zur Auswahl des effektivsten Verfahrens und schließlich zur Verbesserung der internen Validität der Studie beigetragen.

5.4 Kombination von einem MGV mit einem AVP

Die Flexibilität der Einzelfallforschung wird durch die Kombination eines MGV mit einem Alternierenden Versuchsplan (AVP) erhöht. Letzterer gestattet den Vergleich von zwei oder mehreren Interventionen. Die Kombinationsmöglichkeit von MGV und AVP nutzten Singh & Singh (1984) zur Evaluation eines Lesetrainings sowie Sisson & Barett (1984) zur Evaluation eines Trainings zur Verbesserung der Sprechfähigkeit.

5.4.1 Ein Beispiel aus der klinischen Forschung

McKnight et al. (1984) verglichen die Auswirkungen kognitiver Therapie (UV_1) mit einem sozialen Fertigkeitstraining (UV_2) durch einen AVP bei drei depressiven Klienten in Kombination mit einem MGV über Personen. Depressives Verhalten wurde mit drei verschiedenen Fragebogen gemessen (siehe Abb. 36): Mit dem Fragebogen von Lubin (DACL), mit dem persönlichen Überzeugungsinventar (PBI) und dem Interpersonellen Ereignisfragebogen (IES). Nach jeweils unterschiedlich langen Grundratenphasen (MGV) erhielten die Klienten in alternierender Reihenfolge (AVP) je vier

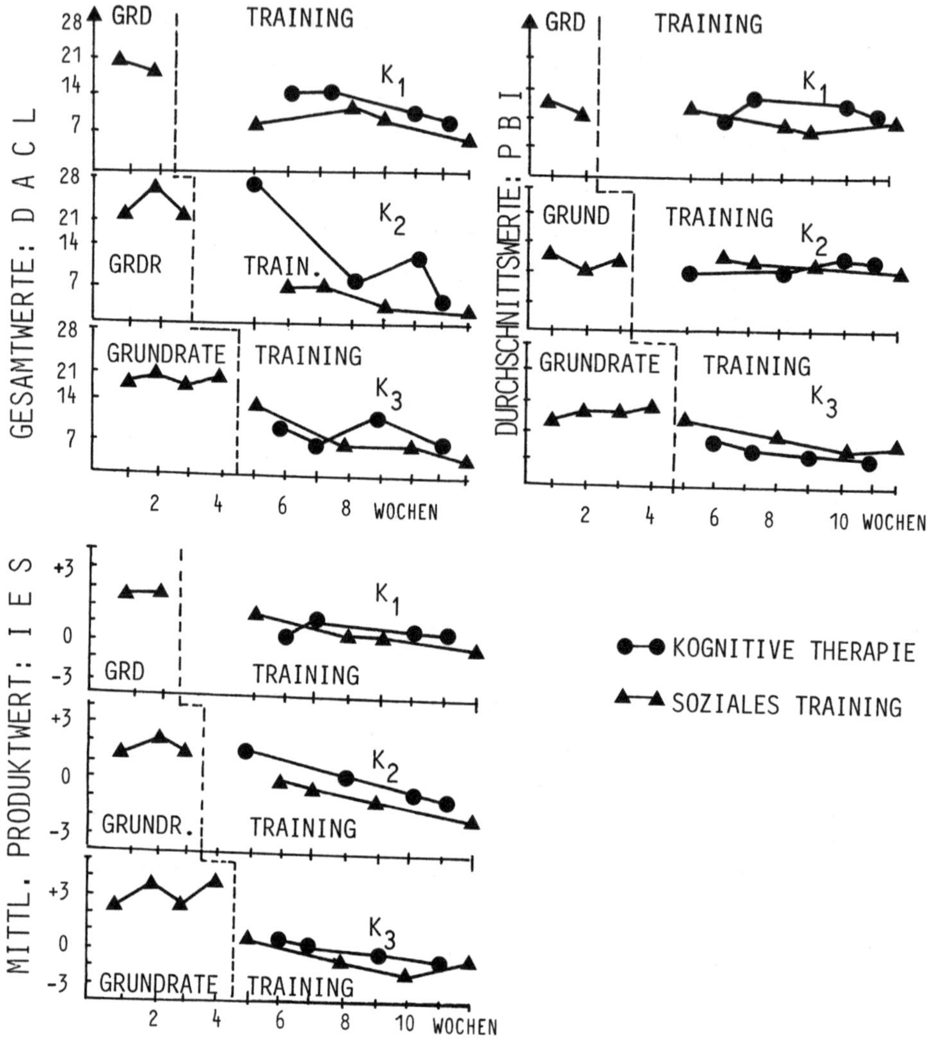

Abb. 36: Die Auswirkungen kognitiver Therapie versus soziales Training bei drei depressiven Klienten auf die Fragenbogenwerte des DACL (links oben), IES (links unten) und den PBI, evaluiert durch die Kombination von MGV mit einem Alternierenden-Versuchsplan nach McKnight et al. (1984).

Sitzungen lang kognitive Therapie und soziales Training. Durch die Versuchsplankombination sollte die Wirksamkeit kognitiver Therapie (UV_1) mit der Wirksamkeit eines sozialen Fertigkeitstrainings (UV_2) intern valide durch den AVP verglichen werden.
Bei dem Depressions-Fragebogen (DACL) wurden durch das soziale Training etwas günstigere (niedrigere) Werte als durch kogni-

tive Therapie erzielt. Auch beim interpersonellen Ereignisfragebogen (IES) erzielten die Klienten durch soziales Training etwas günstigere (niedrigere) Werte als durch kognitive Therapie. Beim persönlichen Überzeugungsfragebogen (PBI) waren die Ergebnisse uneinheitlich.
Insgesamt konnten also nur bei zwei Fragebogen (DACL und IES) leichte Unterschiede zugunsten des sozialen Trainings durch den AVP nachgewiesen werden. Da die Unterschiede gering ausfielen bzw. die Daten überlappten, ist eine Überlegenheit der einen oder anderen Intervention nicht belegt. Der Datenverlauf des MGV spricht für intern valide Verbesserungen, da jeweils mit Trainingsbeginn deutliche Veränderungen besonders beim DACL und abgeschwächt auch beim IES auftraten, während PBI-Werte wenig verändert wurden. Durch die Kombination des AVP mit dem MGV kann jedoch insgesamt eine ausreichende interne Validität abgeleitet werden. Eine Begrenzung der Studie liegt in den zu wenigen Meßpunkten, der ausschließlichen Evaluation durch Fragebogendaten und dem Fehlen von Nachuntersuchungen.

Zusammenfassung: Von den zahlreichen Kombinationsmöglichkeiten der Einzelfall-Versuchspläne wurde in diesem Kapitel nur eine kleine Auswahl dargestellt, obgleich auch in früheren Kapiteln bereits Versuchsplan-Kombinationen beschrieben wurden: Sisson et al. (1988) benutzten einen MGV über Situationen, kombinierten ihn jedoch in der Einzel-Situation mit einem ABC-Versuchsplan um zu prüfen, ob Training I (B-Phase) dem Training II (C-Phase) überlegen war (siehe Abb. 18) und Ascher (1981) kombinierte einen MGV über Personen mit einem ABC-Versuchsplan, um die Effekte von Exposition (B-Phase) mit einer paradoxen Intervention (C-Phase) zu vergleichen (siehe Abb. 29). Kern (1995b) kombinierte einen MGV über Verhaltensweisen (siehe Abb. 15) mit einem MGV über Situationen (siehe Abb. 19), um die interne Validität bei spontanem Transfer zu sichern, während Riordan et al. (1984) einen ABAB-Versuchsplan mit einem MGV über Materialien kombinierte (siehe Abb. 23) und Sisson &

Barrett (1984) einen AVP erfolgreich mit einem MGV über Materialien (siehe Abb. 31) kombinierten.

Wie die Beispiele zeigen, gestatten Kombinationen geeigneter Einzelfall-Versuchspläne ein hohes Maß an Flexibilität. Diese hohe Flexibilität bei gleichzeitiger Wahrung der internen Validität stellt einen kaum zu überschätzenden Vorteil der Einzelfallforschung dar, da sie dem Anliegen der Trainer-Therapeuten nach Individualisierung entspricht. Durch die Möglichkeit zu individualisieren und auch unter Praxisbedingungen Interventionen flexibel zu gestalten, ist eine hohe Praxisrelevanz durch Einzelfallforschung gegeben.

5.5 Unwirksame Interventionen

Wenn sich eine Intervention als effektiv erweist, dann hat man offenbar in Anbetracht der gesamten individuellen Problemkonstellation das Richtige getan. Wenn eine Intervention nicht effektiv ist, sind die Gründe für den Mißerfolg oft unklar.

Geht man davon aus, daß ein Interventionsverfahren bereits *mehrfach erfolgreich repliziert wurde*, könnten bei einem Mißerfolg u.a. folgende Fehler aufgetreten sein:

- In der Diagnostikphase wurden wichtige Funktionen oder Einflußgrößen übersehen und folglich nicht für die Ausgestaltung der Intervention berücksichtigt. Durch die Intervention werden keine Alternativen entwickelt.
- Es liegt eine fehlerhafte Indikation für das Interventionsverfahren vor.
- Die Fähigkeiten, Fertigkeiten oder Motivation eines Probanden sind nicht ausreichend, um neues Lernen zu ermöglichen.
- Der Trainer/Therapeut beherrscht das Interventionsverfahren nicht (fehlende Behandlungsintegrität) und bedarf eines Trainings oder einer Supervision.
- Das Beobachtungsverfahren ist unreliabel bzw. der Versuchsplan ist nicht adäquat.

- Eine positive emotionale Beziehung zwischen Lehrer/Trainer/ Therapeut und Proband hat sich nicht entwickelt.

Geht man davon aus, daß das Interventionsverfahren *neu oder noch nicht mehrfach erfolgreich repliziert wurde*, können u.a. folgende Fehlerquellen zusätzlich vorliegen:
- Das Interventionsverfahren bewirkt nur einen sehr schwachen Effekt, der nicht replizierbar ist.
- Das Interventionsverfahren ist nur zur Behebung einer Störung in der Lage, die nicht stark ausgeprägt ist.
- Das Interventionsverfahren ist nur bei besonders jungen, intelligenten erfolgreichen und sprachlich gewandten Probanden effektiv.

In der Einzelfall- und Gruppenforschung führen unwirksame Interventionsverfahren dazu, daß die Diagnostik wiederholt und verbessert, eine bessere emotionale Beziehung zum Probanden entwickelt, die Auswahl der UV neu überdacht, die AV eventuell neu definiert, ein anderer Versuchsplan ausgewählt, die Ausbildung des Trainers/Therapeut z.B. durch Supervision verbessert, die Durchführung der Intervention besser strukturiert etc. werden müssen.

Fragen zum Kapitel

1. Benennen Sie ein pädagogisches Beispiel für eine Kombination von einem ABABC-Versuchsplan mit einem MGV.
2. Nennen Sie Gründe und geben Sie ein klinisches Beispiel für die Kombination von zwei MGV an.
3. Erläutern Sie ein Kombinationsbeispiel von einem VKV und einem MGV aus der klinischen Forschung.
4. Benennen Sie ein klinisches Beispiel für die Kombination eines MGV mit einem AVP.
5. Benennen Sie Gründe für unwirksame Interventionen.

Literaturempfehlungen zum Kapitel

Barlow & Hersen (1984) geben im Kapitel 7.3 einige Beispiele für Versuchsplan- Kombinationen, Kazdin (1982) gibt im Kapitel 9 weitere Hinweise und Kern & Kern (1993) nutzen Versuchsplankombinationen zur Evaluation von Stottertherapien. Zum Thema Flexibilität wurde im Journal of Speech and Hearing Disorders eine ganze Artikelserie publiziert u.a. mit Beiträgen von McReynolds & Thompson (1986), Kearns (1986) und Conell & Thompson (1986), die zahlreiche praxisnahe Beispiele anführen und die Vorteile hoher Flexibilität unterstreichen.

6 Datenanalyse und Evaluation

Kapitelüberblick:
Die Evaluation (Bewertung, Beurteilung) von Interventionseffekten ist aus ethischen Gründen wichtig, da Probanden bzw. Klienten ein Anrecht auf die bestmögliche Behandlung haben. Der Evaluation von pädagogisch-psychologischen Interventionen muß sich jeder Praktiker unterwerfen, unabhängig von seiner theoretischen Ausrichtung. Pädagogisch-psychologische Interventionen dürften auf Dauer nur legitimierbar sein, wenn Verhaltensänderungen unter Ausschluß alternativer Erklärungen auf die Intervention zurückgeführt werden können, also intern und extern valide sind.
Die Datenanalyse soll mit zur Beantwortung der Frage beitragen, ob eine Intervention (UV) aufgrund der Datenverläufe für beobachtete Verhaltensänderungen in der Abhängigen Variable (AV) verantwortlich ist. Die Datenanalyse von Einzelfallstudien erfolgt im allgemeinen durch visuelle Methoden, da Einzelfallstudien meist in graphischer Form vorliegen und durch trainings- bzw. therapiebegleitende Daten gekennzeichnet sind. Da bei visueller Analyse die Übereinstimmung zwischen verschiedenen Beurteilern oftmals jedoch gering ist, könnten visuelle Analysen durch Berechnung des Prozentsatzes-Nichtüberlappender-Daten (PND), durch graphische Analysen (Split-Mittel-Methode) und eventuell durch statistische Verfahren ergänzt werden.

6.1 Visuelle Datenanalyse

In der Einzelfallforschung werden vor allem visuelle Analyseverfahren zur Evaluation von Interventionen verwendet. Dies setzt voraus, daß die Daten trainings-therapiebegleitend beobachtet und in graphischer Form, in der Regel als Kurvenverläufe, dargestellt werden. Die Betonung visueller Analysen steht in der Tradition der Verhaltensmodifikation, die statistische Analysetechniken ausschloß. Visuelle Analysen sind angemessen, wenn die beobachteten Interventionseffekte „stark" sind. Was aber als „stark" bezeichnet werden kann, hängt von subjektiven Eindrücken ab. Schwache Interventionseffekte werden als wenig zuverlässig und wenig bedeutungsvoll im Vergleich zu starken Interventionseffekten angesehen. Visuelle Analysen sind leicht durchzuführen, wenn angemessene graphische Darstellungen vorliegen und kaum Überlappungen zwischen den Phasen bestehen. Visuelle Analysen sind für den Praktiker die Methode der Wahl und haben folgende Vorteile:

1. Sie fokussiert auf individuelle Datenmuster.
2. Die visuelle Datenanalyse erlaubt auf Daten basierende Entscheidungen trainings- oder therapiebegleitend noch während der Intervention durchzuführen.
3. Ergebnisse können entdeckt werden, die über die ursprüngliche Fragestellung hinausgehen (z.B. Transfereffekte).
4. Die graphische Präsentation erlaubt eine unabhängige Analyse und Interpretation der Ergebnisse durch andere Beurteiler.
5. Indem die Daten graphisch dargestellt und analysiert werden, wird die Effektivität einer Intervention weniger über- oder unterschätzt.
6. Persönliche Daten (Feedback) können die Motivation von Probanden stark begünstigen.

Bei *ABAB-Umkehrversuchsplänen* ist die visuelle Datenanalyse der Wirkung von Interventionseffekten dann relativ einfach, wenn nach einer stabilen Grundrate A_1-Phase eine starke Veränderung in der B_1-Phase, eine deutliche Umkehrung in der A_2-Phase und eine erneute starke Veränderung in der B_2-Phase eintritt (siehe Abb. 9 und 10). Die visuelle Interpretation wird erleichtert und Fehleinschätzungen wird vorgebeugt, wenn Trendlinien in die anschließende Phase projiziert werden, wie dies in Abb. 9 (gestrichelte Trendlinien) erfolgt ist.

Bei den *Multiplen-Grundraten-Versuchsplänen (MGV)* wird die visuelle Datenanalyse der Interventionseffekte erleichtert, wenn nach stabilen Grundraten und geringerer Variabilität und ohne Datentrends jeweils mit Beginn der Intervention starke und sofortige Niveau- und Trendänderungen erfolgen (hohe interne Validität), wie dies in den entsprechenden Abbildungen (Kap. 4.3 bis 4.7) gezeigt wurde.
Bei den *Veränderungs-Kriteriums-Versuchsplänen (VKV)* ist eine visuelle Datenanalyse erleichtert, wenn eine enge Entsprechung zwischen den jeweils angestrebten Kriterien und dem Verhalten des Probanden erfolgt. Enge Entsprechungen zwischen Kriterien und dem Verhalten bezüglich der Phasenlänge, der Anzahl der Kriterienwechsel und der Mini-Unkehrphasen vereinfachen (hohe interne Validität) die visuelle Interpretation (näheres siehe Kap. 4.8).
Bei den *Alternierenden Versuchsplänen (AVP)* wird eine visuelle Analyse erleichtert, wenn die Differenzen zwischen den Kurvenverläufen der zu vergleichenden Interventionsverfahren groß sind (näheres siehe Kap. 4.9) und wenn Grundraten vorliegen.
Die Übereinstimmung zwischen verschiedenen Auswertern von visuellen Datenanalysen kann verbessert werden (Ottenbacher & Cusick, 1991), wenn in die graphischen Abbildungen der Kurvenverläufe zusätzlich Mittelwertslinien, Regressionslinien (siehe Splitt-Mittel-Methode im Kap. 6.4) oder Bandbreiten (siehe Abb. 4) eingezeichnet werden. Die visuellen Analysen können jedoch auch durch eine sehr einfache Prozentrechnung, nämlich den Prozentsatz-Nichtüberlappender-Daten ergänzt werden.

6.2 Der Prozentsatz-Nichtüberlappender-Daten (PND)

Der *Prozentsatz-Nichtüberlappender-Daten (PND)* ist ein einfaches statistisches Maß, das einen Hinweis auf pädagogisch-klinisch signifikante (bedeutsame) Veränderungen zwischen Grundraten und Interventionsdaten darstellt.

Signifikante Veränderungen liegen dann vor, wenn die Daten während der Intervention eine starke Veränderung gegenüber den Grundratendaten zeigen. Eine starke, signifikante Veränderung ist nachgewiesen und die erzielten Effekte gelten als reliabel (zuverlässig), wenn keine oder nur eine geringfügige Überlappung der Grundratendaten mit den Interventionsdaten vorliegt.

Der PND wird errechnet, indem man die Anzahl der Datenpunkte der Interventionsphase, die nicht mit den dazugehörigen Grundratendaten überlappen, z.B. 15, durch die Gesamtzahl der Datenpunkte in der Interventionsphase, z.B. 20 dividiert und dann mit 100 multipliziert. Im Beispiel wäre der PND 15:20 × 100 = 75 Prozent.

Beim MGV mit Replikationen über Materialien (vgl. Kap. 4.5.2) der Abb. 22 wären dies für Material 1 entsprechend 25 nichtüberlappende Datenpunkte, für Material 2 entsprechend 15 und für Material 3 entsprechend 6 nichtüberlappende Datenpunkte. Der PND-Gesamtwert wird ermittelt aus 25 + 15 + 6 = 46 dividiert durch die Gesamtzahl der Datenpunkte der Interventionsphase, d.h. 25 + 16 + 11 = 52. Der PND-Gesamtwert errechnet sich aus 46:52 × 100 = 88 Prozent.

Beim MGV mit Replikationen über Situationen (vgl. Kap. 4.4.3) der Abb. 19 liegen für die Situation Studio/Hörsaal während der Therapie 3 nichtüberlappende Datenpunkte vor. Für den Bereich zu Hause liegen 6 und für den Bereich Arbeit 4 nichtüberlappende Datenpunkte vor. Die Gesamtzahl der Datenpunkte in der Therapiephase im Bereich Studio/Hörsaal beträgt 4 Datenpunkte, für den Bereich zu Hause 6 und für den Bereich Arbeit 4 Datenpunkte. Der PND-Gesamtwert wird ermittelt aus 3 + 6 + 4 = 13 dividiert durch 4 + 6 + 4 = 14. Der PND-Gesamtwert errechnet sich aus 13:14 × 100 = 93 Prozent.

PND-Werte über 90 Prozent sprechen für sehr reliable, PND-Werte zwischen 70 und 90 Prozent für hohe, PND-Werte zwischen 50 und 70 Prozent für fragwürdige und PND-Werte unter 50 Prozent für unreliable Interventionseffekte (Scruggs et al., 1986).

Der PND erlaubt bedeutungsvolle Aussagen über die Wirksamkeit von Interventionen, ohne Annahmen der traditionellen Statistik zu verletzen (Normalität, Homogenität der Varianzen und Unabhängigkeit der Daten). Der PND ist jedoch bei den folgenden drei Sachverhalten unangemessen: Bei Grundratentrends, wenn Decken- oder Bodeneffekte erreicht werden und wenn die Grundratendaten Null betragen.

Grundratentrends: Wenn in der Grundratenphase bereits Datentrends in die erwartete Richtung der Interventionsphase auftreten (Abb. 7: Diagramm A), wird der PND zu starken Überschätzungen führen. Bei einem solchen Datentrend kann keine weitere Datenanalyse sinnvoll durchgeführt werden.

Decken- und Bodeneffekte: Wenn nach einigen Datenüberschneidungen die Werte von Null oder 100 Prozent erreicht werden, ist keine weitere Steigerung mehr möglich. Aufgrund der vorherigen Datenüberschneidungen kann es zu Unterschätzungen des PND kommen.

Grundratendaten um Null: Wenn während der Grundraten Datenwerte um Null erfaßt wurden, ist damit zu rechnen, daß die Beobachtungskategorien zu eng gefaßt bzw. nicht sensitiv definiert wurden. In der Interventionsphase kann dann ein sehr kleiner Effekt bereits dazu führen, daß keine Überlappungen auftreten und der resultierende PND-Wert zu Überschätzungen führt.

PND-Werte sind sensitiv bezüglich der Variabilität von Datentrends. Geringe PND-Werte verweisen auf geringe Effektstärken (Wirkungen) einer Intervention bzw. auf starke Einflüsse von Störvariablen. Der PND entspricht dem Begriff der Effektstärke in der Gruppenforschung. Die Effektstärke ist ein statistisches Maß für die Größe und Richtung einer Veränderung zwischen Kontrollgruppe und Therapiegruppe.

Effektstärke: Die Effektstärkeberechnung setzt die Differenz zwischen dem Mittelwert einer Therapiegruppe zum Mittelwert einer Kontrollgruppe ins Verhältnis zur Posttest-Streuung der Kontrollgruppe. Cohen (1992) definiert Effektstörungen von 0,20 als schwach, von 0,50 als mittel und ab 0,80 als starken Effekt.

Tab. 2: Die Beziehungen zwischen Effektstärken und den jeweils damit korrespondierenden Perzentilwerten (Prozentrangwerten) nach Weisz et al. (1995).

COHEN'S STANDARD	EFFEKT-STÄRKE	PERZENTILWERT	
	1,50	93	
	1,40	92	
	1,30	90	
	1,20	88	
	1,10	86	
	1,00	84	
	0,90	82	
groß	0,80	79	
	0,70	76	positiver
	0,60	73	Effekt
mittel	0,50	69	
	0,40	66	
	0,30	62	
klein	0,20	58	
	0,10	54	
	0,00	50	kein Effekt

Jede Effektstärke kann einem korrespondierenden Perzentilwert (Prozentwert) zugeordnet werden (siehe Tab. 2).
Die durchschnittliche Effektstärke bei den wissenschaftlich anerkannten Therapieverfahren beträgt 1.21 (Grawe u.a., 1994, S. 708), bei Psychotherapien allgemein 0,85. Dem durchschnittlichen Psychotherapiepatienten geht es am Ende der Behandlung besser als 80% vergleichbarer Klienten, die keine Behandlung erhalten haben. Die Effektstärke von 0,85 sagt aber auch, daß Psychotherapie im Durchschnitt bei 20% der behandelten Klienten keine Verbesserung erzielt.
Neben der Berechnung des PND und der Effektstärke (bei Gruppenstudien) ist die graphische Darstellung von Trendlinien eine

weitere Methode (kein statistischer Test), um visuelle Datenanalysen zu ergänzen, wovon die sogenannte Split-Mittel-Methode die bekannteste zur Beurteilung graphischer Daten ist.

6.3 Die Split-Mittel-Methode

Die Split-Mittel-Methode (White, 1984) ist eine graphische Methode zur Beschreibung und Vorhersage von Verhaltensdaten. Die Split-Mittel-Methode soll zur Beschreibung von Veränderungsprozessen innerhalb und zwischen Phasen benutzt werden. Das Ziel der Beschreibung erreicht man, indem man Trendlinien in Grundraten- bzw. Interventionsphasen einzeichnet. Durch die Split-Mittel-Methode kann geprüft werden, ob die Daten der Interventionsphasen sich signifikant von den Daten der Grundraten unterscheiden.

Die Split-Mittel-Methode ermöglicht durch graphische Verfahren das Ermitteln einer Trendlinie innerhalb einer Phase. Die Interpretation von Verhaltensdaten wird durch diese Methode in zwei Punkten wesentlich erleichtert:

Vorheriges und aktuelles Verhalten kann durch eine Gerade beschrieben werden und Voraussagen über zukünftige Datentrends lassen sich erstellen und Grundraten mit Interventionsphasen vergleichen.

Die einzelnen Schritte der Split-Mittel-Methode werden im folgenden jeweils allgemein beschrieben und dann an einem Beispiel (Abb. 37) erläutert. Dabei ist zu beachten, daß jede Phase (im Beispiel: Grundrate und Therapie) separat bearbeitet werden.

Vorbereitung: Die Methode beinhaltet mehrere Schritte, nachdem die Daten in Form einer Kurve in ein Koordinatensystem eingezeichnet wurden. Die Datenpunkte werden in einem maßstabsgerecht gezeichneten Koordinatensystem eingezeichnet. Um später möglichst exakte Trends zu erhalten, muß der Abstand zwischen den einzelnen Meßwerten stets gleich groß sein, wie in der vorliegenden Abb. 37 (Diagramm A). Die zwei Phasen (Grundrate und Therapie) sind durch einen dicken Balken optisch voneinander ge-

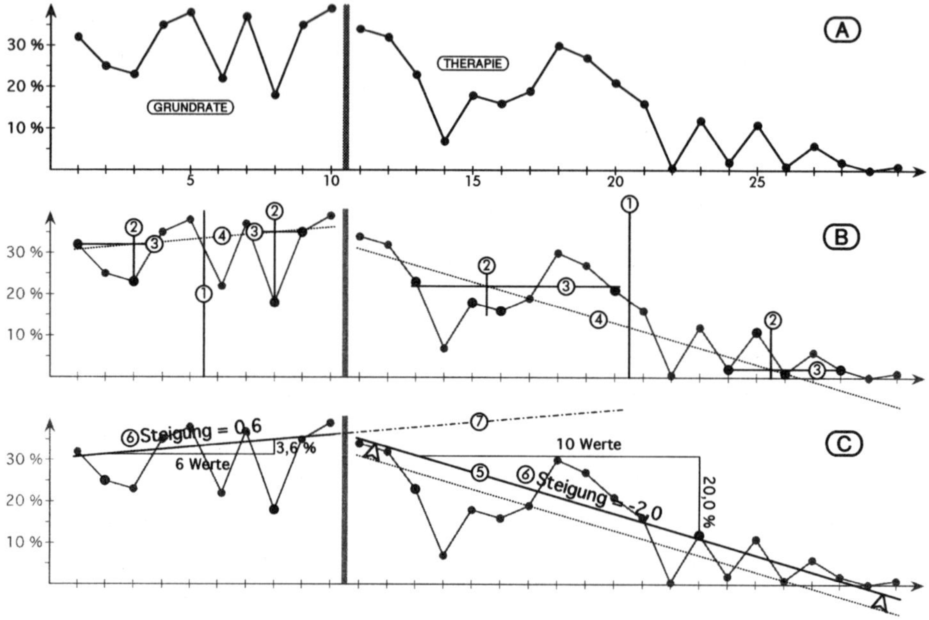

Abb. 37: Eine graphische Veranschaulichung der Split-Mittel-Methode (oben: Vorbereitung; Mitte: Schritte 1–4; unten: Schritte 5–7).

trennt, die Sitzungen werden aber durchlaufend bis zum Ende der Therapie numeriert. Aus den Daten einer gegebenen Phase kann sich ein „ansteigender" oder „absteigender" Trend ergeben.

1. Schritt: Grundrate und Therapiephase werden durch je eine *senkrechte* Linie (1) in zwei Hälften geteilt, mit jeweils der gleichen Anzahl an Datenpunkten. Ist die Anzahl der Datenpunkte gerade, liegt diese Linie in der Mitte von zwei Datenpunkten. Liegt eine ungerade Anzahl von Datenpunkten vor, liegt diese Linie direkt auf einem Datenpunkt. Im Beispiel (Diagramm B) liegt diese Linie während der Grundrate zwischen dem 5. und 6. Datenpunkt, innerhalb der Therapiephase zwischen dem 20. und 21. Datenpunkt.

2. Schritt: Die auf diese Art entstandenen Hälften werden auf die gleiche Weise nochmals geteilt (Viertel). In der Beispiel-Grafik fallen diese Viertel-Senkrechten (2) während der Grundrate auf den 3. und 8. Datenpunkt. In der Therapiephase liegt sie zwischen dem 15. und 16. bzw. dem 25. und 26. Datenpunkt.

3. Schritt: In jeder Hälfte wird nun je eine *Waagrechte*, d.h. ein mittlerer Datenpunkt gezogen (3), so daß oberhalb und unterhalb dieser Waagrechten die gleiche Anzahl von Datenpunkten liegt und sich die Waagrechte mit der Viertel-Senkrechten (2) trifft.
Bei einer geraden Anzahl von Datenpunkten liegt diese Linie in der Mitte der beiden mittleren Datenpunkte. Im Diagramm B sind diese Linien mit einer (3) gekennzeichnet. In der ersten Hälfte der Grundrate ist der mittlere Datenwert der erste Datenpunkt, da jeweils zwei Meßwerte ober- bzw. unterhalb von ihm liegen. Gleiches gilt auch für den 9. Meßwert in der zweiten Hälfte der Grundrate.
In der ersten Hälfte der Therapie liegt diese Linie (3) im 13. und 20. Datenpunkt. Jeweils vier Datenpunkte liegen ober- bzw. unterhalb dieser beiden Datenlinien. Schließlich geht diese Linie (3) in der zweiten Hälfte der Therapie durch den 24. und 28. Datenpunkt. Beide mittlere Datenpunkte haben den gleichen Wert.

4. Schritt: Im 4. Schritt werden die *Schnittpunkte* der Linie (2) und (3) in jeder Hälfte mit einer Geraden verbunden. Im Grafik-Beispiel ist diese Gerade für die Grundrate und Therapiephase gepunktet (4) eingezeichnet (Diagramm B).

5. Schritt: Liegen nicht gleich viele Datenpunkte ober- und unterhalb der im letzten Schritt gezeichneten (4) Geraden (gepunktet), so wird diese (wie in der Therapiephase) solange parallel verschoben, bis dies der Fall ist. Diese Gerade wird dann (5) Trendlinie (durchgezogen) genannt (Diagramm C). In der Therapie-Phase mußte die (gepunktet) Gerade (4) parallel soweit nach oben verschoben werden (5), bis jeweils zehn Meßpunkte ober- und unterhalb der Trendlinie (durchgezogen) lagen. In der Grundratenphase war eine Parallelverschiebung nicht nötig, die gestrichelte Linie kann durchgezogen werden.
Die eigentliche Split-Mittel-Methode ist mit diesem Schritt abgeschlossen. Die Schritte 6 und 7 (siehe nächste Seite) drücken die graphisch bereits ermittelten Trends mathematisch aus. Sie sind nur für die Leser gedacht, die mit der Wahrscheinlichkeitsrechnung vertraut sind.

6.4 Statistische Auswertungen nach der Split-Mittel-Methode

Die Split-Mittel-Methode ist ein Verfahren zur Beschreibung von Veränderungsprozessen und weniger ein Instrument zur Beurteilung statistischer Signifikanzen. Sobald die „Trendlinien" berechnet wurden, läßt sich jedoch auch die statistische Signifikanz der Veränderung prüfen. Dazu ist ein einfacher statistischer Test nötig. Die Null-Hypothese besagt, daß keine Änderung zwischen Grundratendaten und den Interventionsdaten erfolgt (kein Effekt). Wenn diese Hypothese zutrifft, dann müßte die Trendlinie der Grundrate eine gültige Schätzung der Trendlinie der Interventionsphase (7) darstellen (Abb. 37, C). Nach der Null-Hypothese müßten 50 Prozent der Daten der Interventionsphase über und 50 Prozent der Daten unter der Trendlinie liegen, wenn die Trendlinie der Grundrate in die Interventionsphase (Therapie) projiziert wird.

Für die statistische Überprüfung wird angenommen, daß die Wahrscheinlichkeit eines Datenpunktes der Interventionsphase, der unter die aus der Grundrate projizierte Trendlinie (7) fällt, 50 Prozent ($p = 0{,}5$) beträgt, wenn die Null Hypothese zutrifft. Ein Binominal-Test (statistisches Verfahren zur Bestimmung der Wahrscheinlichkeit) kann dann genutzt werden, um zu bestimmen, ob der Anzahl der tatsächlichen Datenpunkte, die unter der projizierten Trendlinie in der Interventionsphase liegen, eine ausreichend geringe Wahrscheinlichkeit zukommt um die Null-Hypothese zurückzuweisen.

6. Schritt (weiterführende, mathematische Auswertung): Mit dem 6. Schritt werden die Trendsteigungen errechnet. Dazu wird zunächst ein Dreieck ober- oder unterhalb der Trendlinien gezeichnet. Die waagrechte Kathete erstreckt sich über eine beliebige Anzahl von Meßwerten und beginnt direkt an der Trendlinie. Vom Ende dieser Kathete wird die senkrechte Kathete bis zur Trendlinie gezogen. Schließlich wird die Länge der senkrechten Kathete durch die Länge der waagrechten Kathete geteilt. Als

Ergebnis erhält man die Trendsteigung (richtiger wäre: durchschnittliche Trendsteigung mit der Einheit Prozent-Zuwachs pro Meßwert). Verläuft die Trendlinie von oben nach unten, ist das Vorzeichen der Trendsteigung negativ.
Im Beispiel wurde in der Grundrate eine waagrechte Kathete von sechs Werten (Länge) gewählt. Die Länge der senkrechten Kathete betrug dann 3,6%. Das ergab eine Trendsteigung von 0,6. In der Therapiephase wurde eine waagrechte Kathete von zehn Werten gewählt. Die Länge der senkrechten Kathete betrug dann 20%. Das ergab eine Trendsteigung von –2,0 (negativ, weil nach unten verlaufend).

7. Schritt (weiterführende, mathematische Auswertung): Schließlich kommt mit dem 7. Schritt ein statistischer Test zum Einsatz: der Binomial-Test. Er ermöglicht eine Aussage darüber, ob die Änderung des Verhaltens zwischen zwei Phasen auch statistisch signifikant ist. Vor der eigentlichen Berechnung wird die Trendlinie der Grundrate in die Therapiephase (7) hinein verlängert. Dann wird folgende Formel angewandt:

$$p(k) = \frac{n!}{k! \cdot s!} \cdot 0{,}5^n$$

Wobei $p(k)$ die Wahrscheinlichkeit ist, daß während der Therapiephase mit n Meßwerten genau k Meßwerte unterhalb und s Meßwerte oberhalb der verlängerten Grundraten-Trendlinie liegen. Das Ausrufezeichen steht für die mathematische Vorschrift des Fakultät-Bildens. Die Fakultät einer beliebigen Zahl wird wie folgt gebildet: $n! = 1 \cdot 2 \cdot 3 \ldots \cdot n$. So berechnet sich z. B. die Fakultät von 4 folgendermaßen: $4! = 1 \cdot 2 \cdot 3 \cdot 4 = 24$. Um nicht zu falschen Ergebnissen zu kommen, muß berücksichtigt werden, daß laut Definition gilt: $0! = 1$.
Im Beispiel ist die verlängerte Grundraten-Trendlinie (7) eingezeichnet worden. Alle Meßwerte der Therapiephase liegen unterhalb dieser Linie. In die obige Formel eingesetzt heißt das:

$$p(k) = \frac{n!}{k! \cdot s!} \cdot 0{,}5^n = \frac{20!}{20! \cdot 0!} \cdot 0{,}5^{20} = 1 \cdot 0{,}5^{20} \approx 0{,}00000095$$

Die Wahrscheinlichkeit $p(k)$, daß es sich bei den Meßwerten um eine zufällige Verteilung handelt, ist damit so klein, daß die Änderung statistisch signifikant genannt werden kann.

Nützlichkeit der Split-Mittel-Methode: Der Hauptzweck der Split-Mittel-Methode ist die Zusammenfassung und Beschreibung von Datenverläufen. Die Nützlichkeit besteht darin, daß eine einfache Methode verfügbar ist, um zu prüfen, ob sich Trends über Phasen hinweg verändern. Die Split-Mittel-Methode kann Informationen über Niveaus, Trends und im Zusammenhang mit statistischen Tests Veränderungen überprüfen (Wolery & Billingsley, 1982). Die Genauigkeit der Vorhersagen hängt von der Anzahl der Datenpunkte der Grundraten ab, auf denen die Vorhersage beruht sowie davon, wie weit in die Zukunft hinein vorhergesagt wird.

Eine statistische Auswertung verbessert nicht die Güte der Schlußfolgerungen, wenn der Versuchsplan nicht adäquat ist. Die Güte der Schlußfolgerungen ist eher vom Versuchsplan als von der statistischen Signifikanz abhängig. Wie eine Intervention durchgeführt wird und wie sorgfältig die AV gemessen wird, stellen nicht-statistische Elemente dar. Statistische Berechnungen sind jedoch Entscheidungshilfen, um zu bestimmen, ob eine Intervention zu statistischen Veränderungen führt. Statistische Analysen stehen nicht im Konflikt mit Einzelfall-Versuchsplänen. Statistische Analysen wurden in der Einzelfallforschung bisher relativ selten benutzt, zukünftig werden sie wahrscheinlich häufiger angewandt. Ein Grund dafür ist die geringe Übereinstimmung verschiedener Auswerter bei visuellen Analysen besonders bei schwachen Interventionseffekten sowie die Verbreitung statistischer Computerprogramme für die Auswertung von Einzelfall-Versuchsplänen. Ein weiterer Grund liegt darin, daß auch schwache Effekte aufgrund von visuellen Analysen nicht voreilig als uneffektiv verworfen werden sollten.

Statistische Verfahren wie die klassischen, parametrischen Varianzanalysen, Zeitreihenanalysen und randomisierte Tests sind bei der Analyse von Einzelfallstudien umstritten, da Meßwiederholungen vom statistischen Standpunkt aus schwer zu analysieren sind und aufgrund zu erwartender Autokorrelationen (Enge des Zusammenhangs aufeinanderfolgender Beobachtungen) Annahmen (wie z.B. die Unabhängigkeit) verletzt werden, die Voraussetzung für viele statistische Verfahren sind (Kern & Kern, 1993). Zeitreihenanalysen verlangen mindestens 50 bis 100 Meßpunkte und daher können Einzelfallstudien, die oft nur zwischen fünf und 15 Meßpunkte pro Phase aufweisen, ebenfalls nicht angemessen ausgewertet werden. Die üblichen statistischen Verfahren können diese Fehler nicht kontrollieren. Crosbie (1993) hat jedoch ein Verfahren zur Berechnung unterbrochener Zeitreihenanalysen (ITSACORR) vorgestellt, das diese Fehler reduziert und sogar mit fünf Datenpunkten (Minimum) pro Phasenlänge auskommt. Da über statistische Auswertung von Einzelfallstudien im deutschsprachigen Raum mehrere Bücher vorliegen, darunter auch eine verbesserte Auflage von Petermann (1996), sollen Hinweise am Ende dieses Kapitels genügen.
Hat eine Intervention eine bedeutungsvolle (signifikante) Veränderung bewirkt? Dies kann z.B. bei der Einzelfallforschung durch den Prozentsatz-Nichtüberlappender-Daten (PND siehe Kap. 6.2) ermittelt werden. Bei der Gruppenforschung muß zur Beantwortung dieser Frage definiert werden, was als bedeutungsvoll gelten soll. Bei der Gruppenforschung bedeutet statistische Signifikanz, daß eine erzielte Veränderung so ausfällt, daß sie mit 90, 95 oder 99 Prozent Wahrscheinlichkeit keine zufällige Fluktuation der Daten darstellt. Die Veränderung ist also nicht mehr mit Zufallsschwankungen der Daten zu erklären. Die statistische Signifikanz erlaubt keine Aussagen zu Größen eines Effekts, oder ob eine klinisch relevante Verbesserung bei einem individuellen Klienten vorliegt, der sich einer Intervention unterzog. Statistische Signifikanz wird umso leichter erzielt, je größer die Gruppen sind. Bei Gruppengrößen von z.B. 30 oder 50 Probanden müssen

viel geringere Mittelwerts- bzw. Varianzunterschiede erzielt werden als bei Gruppengrößen zwischen zehn und 20 Probanden, um einen signifikanten Unterschied nachweisen zu können.
Ob durch eine Intervention ein erzielter Unterschied nicht nur statistisch, sondern auch für den Praktiker bedeutungsvoll ist, kann durch den Nachweis von statistischer Signifikanz nicht belegt werden. Hierzu ist der Nachweis von pädagogischer-klinischer Signifikanz nötig, die bedeutet, daß ein pädagogisch-psychologisches Problem sich bedeutungsvoll veränderte (näheres im folgenden Kapitel).

6.5 Beurteilungskriterien für Einzelfallstudien

Neben dem Prozentsatz-Nichtüberlappender-Daten (PND) und der Überprüfung der statistischen Signifikanz durch die Split-Mittel-Methode schlägt Kazdin (1982) folgende elf Beurteilungskriterien vor, um zu prüfen, ob eine Intervention als Erfolg zu werten ist:

1. *Datentypen:* Man kann Daten auf der Dimension subjektiv versus objektiv einordnen. Subjektive Daten wären z.B. Selbsteinschätzungen von Veränderungen durch Beurteilungsskalen. Objektive Daten stellen direkte Verhaltensmessungen durch systematische Verhaltensbeobachtungen oder z.B. wiederholte physiologische Messungen (z.B. Hautwiderstand) durch Geräte dar. Werden subjektive Daten durch objektive untermauert, ist die Glaubwürdigkeit einer Untersuchung hoch einzuschätzen.
2. *Anzahl und Zeitpunkt der Messungen:* Die interne Validität einer Einzelfallstudie wird durch die Häufigkeit und den Zeitpunkt der Messungen beeinflußt. Durch viele und sorgfältige trainings- bzw. therapiebegleitende Messungen kann die interne Validität besser gesichert werden als durch wenige Messungen.
3. *Problemverhalten:* Akuter oder chronischer Verlauf. Ein weiterer Unterschied besteht hinsichtlich der Dauer des Pro-

blemverhaltens. Wenn bei chronischen Störungen, z.B. zehnjährigem Stottern, mit dem Einsatz einer Intervention starke Veränderungen erzielt werden können, erhöht dies die interne Validität, da ohne Intervention eine chronische Störung sich sehr wahrscheinlich nicht verändert. Die interne Validität wird erhöht, wenn lange Grundratenerhebungen vorliegen oder auf fehlgeschlagene Therapiemaßnahmen verwiesen werden kann.

4. *Stärke der Störung:* Je stärker eine Störung, wie z.B. Aggression oder Angst, vor Beginn einer Intervention war, desto wahrscheinlicher ist die UV für eine Veränderung verantwortlich.
5. *Effektstärke:* Ein starker Behandlungseffekt (PND > 70% bzw. Effektstärken >.85) berechtigt zu weiterreichenden Schlußfolgerungen als ein schwacher Behandlungseffekt. Ein starker Effekt, wenn z. B. selbstverletzendes Verhalten von 50 Prozent auf Null reduziert wird, gestattet sichere Schlußfolgerungen, da der beobachtete Effekt sehr wahrscheinlich von der Intervention und nicht von Störvariablen herrührt.
6. *Effektwirkung:* Neben der Effektstärke ist auch die Effektwirkung ein sehr wichtiges Kriterium für die Beurteilung der internen Validität einer Einzelfallstudie. Eine starke Effektwirkung liegt vor, wenn beim Einsetzen einer Behandlung eine sofortige (statt eine verspätete) Wirkung eintritt. Eine sofortige Effektwirkung gibt bei Einzelfallstudien mehr Interpretationssicherheit als ein nur allmählich eintretender Effekt. Große Effektstärke und schnelle Effektwirkung berechtigen zu weitreichenderen Schlußfolgerungen im Vergleich zu schwachen Effektstärken und verzögerten Effektwirkungen.
7. *Anzahl der Probanden:* Sichere Schlußfolgerungen sind möglich, wenn eine Intervention mit vielen Probanden repliziert werden kann. Je mehr Probanden einen deutlichen Behandlungseffekt zeigen, desto geringer ist die Gefahr, daß Störvariablen für die Veränderung verantwortlich sind.

8. *Heterogenität der Probanden:* Erfolgreiche Replikationen mit Probanden sehr unterschiedlicher Charakteristika (z.B. unterschiedliche soziale Schicht, unterschiedliches Alter IQ) erhöhen die externe Validität.
9. *Standardisierung der Behandlung:* Wann immer möglich, sollten Interventionsverfahren standardisiert werden. Dazu gehört, daß die Intervention explizit definiert und ein Behandlungsmanual für ihre Durchführung entwickelt wird. Ein solches Behandlungsmanual gestattet nicht nur, die Intervention in einer konsistenten Art und Weise durchzuführen, sondern sie gestattet auch die Überprüfung, ob die Beschreibung durch das Manual und die aktuelle Durchführung einander entsprechen. Die Standardisierung einer Intervention in Form von Behandlungsmanualen erleichtert die Überprüfung der Integrität (der Genauigkeit der Durchführung) einer Intervention. Nur durch eine solche Überprüfung ist sichergestellt, daß eine Intervention tatsächlich auch so durchgeführt wird, wie die Urheber die Durchführung vorgesehen haben. Möglich wäre die Überprüfung eines Trainings- oder Therapieprotokolls, die Überprüfung durch Ton- oder Videoaufzeichnungen oder direkte Supervision hinter einem Einwegspiegel. Nur wenn die Integrität gesichert ist, das Verfahren „im Sinne seines Erfinders" durchgeführt wird, können überhaupt Aussagen zur Wirksamkeit des Verfahrens getroffen werden. Eine Alternative oder Ergänzung zu einem Manual stellt ein Therapiefilm dar.
10. *Anzahl der AV's:* Die Wirkung einer Intervention wird durch die nachgewiesenen Veränderungen der AV evaluiert. Die Qualität von Einzelfallstudien kann verbessert werden, indem multiple AV's des Probandenverhaltens erfaßt werden. Multiple Messungen sind wichtig, da neben dem Zielverhalten auch andere positive oder negative Effekte auftreten können. Multiple Messungen haben außerdem theoretische und konzeptionelle Vorteile. Angst wird z.B. als ein multidimensionales Konstrukt betrachtet, das aus verhaltens-, kognitiven- und

psychophysiologischen Aspekten besteht. Daher sollte möglichst in mehreren Bereichen Messungen erhoben werden.

11. *Generalisation und Nachuntersuchung:* Die Messung von Generalisationseffekten unterstützt ebenfalls die Qualität von Einzelfallstudien. Generalisationseffekte können bei Verhaltensweisen, Situationen oder Personen und über kurz-, mittel- oder langfristige Zeitspannen (Nachuntersuchungen) überprüft werden (Kern, 1994). Sie sind zentraler Bestandteil der externen Validität.

Hauptgütekriterien zur Beurteilung von Interventionserfolgen

Trainings- bzw. Therapieerfolge sind nur belegt, wenn interne Validität, externe Validität, normative Validität, soziale Validität, soziale Akzeptanz, klinische bzw. pädagogische Signifikanz sowie Replikationen vorliegen (Kern, 1995c).

Der häufigste Einwand gegen Einzelfallstudien ist die Besorgnis, man könne Ergebnisse von Einzelfallstudien nicht auf große Personengruppen verallgemeinern. Dies ist richtig, da man Ergebnisse von einem Individuum auf ein anderes Individuum nicht einfach verallgemeinern kann ohne durch Replikationen (siehe Kap. 7) die Allgemeingültigkeit belegt zu haben. Bei Gruppenversuchsplänen ist jedoch die Allgemeingültigkeit von einer Gruppe auf ein Individuum ebenfalls nicht gegeben und von der Analyse von 10, 100 oder 1000 Fällen kann man nicht auf Merkmale des nächsten, noch nicht untersuchten Falles schließen (Reinecker, 1995, S. 3). Klientengeneralität sollte also in beiden Fällen nicht einfach unterstellt werden.

Klientengeneralität kann bei der Einzelfallforschung nur durch direkte Replikationen aufgebaut werden, wenn mit der gleichen Intervention bei anderen Probanden Erfolge nachweisbar sind. Die Klientengeneralität wird um so größer, je heterogener (unterschiedlicher) die behandelten Probanden sind (näheres Kap. 7.2). Die externe Validität bezieht sich jedoch nicht nur auf die Klientengeneralität, sondern auch auf Trainer-Therapeutengeneralität.

Trainer-Therapeutengeneralität kann ebenfalls nur sukzessiv aufgebaut werden, in dem weitere Trainer-Therapeuten durch Anleitung und Supervision mit der Durchführung des Trainings bzw. der Therapie vertraut gemacht werden und die Trainingseffekte replizieren (siehe auch Kap. 7.2). Externe Validität darf also nicht nur auf die Frage nach der Übertragbarkeit der Ergebnisse auf andere Probanden reduziert werden.
Normative Validität stellt ein schwieriges Merkmal der externen Validität dar. Die normative Validität setzt eine effektive Intervention voraus, die die angestrebten Verhaltensänderungen erreicht und die Probanden in den Bereich „unauffälliger" Werte bringen (Jacobson et al. 1984). Kriterien für „unauffällige Werte" können für vergleichbare Populationen durch Fragebogen, Tests und systematische Beobachtungen in Spielgruppen, Schulklassen, im Freizeitbereich, in Alltagssituationen etc. ermittelt und festgelegt werden. Die Validität einer Intervention, die erzielt wurde, kann durch einen Vergleich (normativer Vergleich) mit „unauffälligen" Probanden geprüft werden. Wenn die Ergebnisse einer Intervention am Ende in den Bereich anderer „unauffälliger" Probanden fallen, dann liegt normative Validität vor. Wurde durch ein Training z.B. die Aufmerksamkeit so verbessert, daß ein zuvor „aufmerksamkeitsgestörter Schüler" sich nach dem Training nicht mehr von seinen Mitschülern hinsichtlich der Aufmerksamkeit unterscheidet, ist normative Validität nachgewiesen. Normative Validität liegt bei einem Training zur Reduktion „aggressiven Verhaltens" vor, wenn am Ende die trainierten Probanden genauso selten „aggressive Verhaltensweisen" und genauso viele „sozialen Verhaltensweisen" zeigen wie z.B. ihre Mitschüler.
Einen normativen Vergleich unternahm Matson (1982), der depressives Verhalten von Geistigbehinderten zu verändern suchte. Vier geistig behinderte Erwachsene erhielten eine individuelle verhaltenstherapeutische Behandlung. Durch Information, Rückmeldung und Verstärkung sollte die Körperpflege, das Zeigen positiver Gefühle, Gespräche mit anderen und Blickkontakt ver-

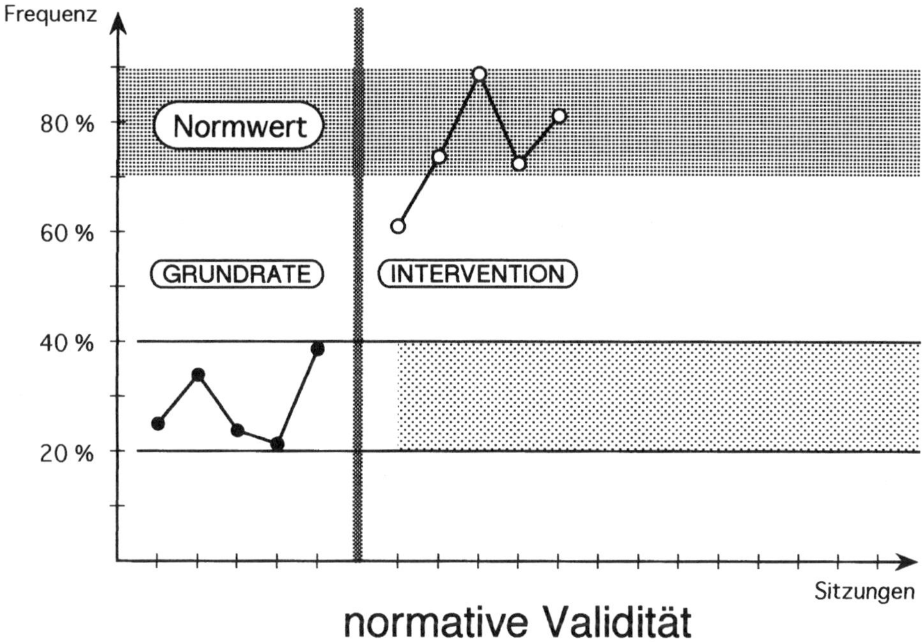

Abb. 38: Eine graphische Veranschaulichung von „normativer Validität".

stärkt werden, während negative Selbstäußerungen, der Verweis auf körperliche Beschwerden etc. durch Ignorieren vermindert werden sollte. Als Kriterium für den normativen Vergleich dienten Fragebogenwerte (MMPI und das Depressionsinventar von Beck) von acht anderen geistig behinderten Erwachsenen, die nicht depressiv waren. Der normative Vergleich zeigte, daß die behandelten Klienten nach der Therapie „unauffällige" Werte erreichten. Solche normativen Vergleiche zur Evaluation einer Intervention sind jedoch auch kritisierbar, da ein Vergleich mit nicht geistig behinderten Erwachsenen eventuell angemessener gewesen wäre.

Soziale Validität und soziale Akzeptanz sind zwei eng zusammengehörige Begriffe. Soziale Validität liegt vor, wenn nach der Meinung von relevanten Bezugspersonen (Eltern, Freunde, Lehrer, Kollegen, Partner) stark positive Veränderungen durch ein Training bzw. eine Therapie stattfanden. Diese Meinungen mögen als subjektiv erscheinen, zur Beurteilung einer Intervention und als Ergänzung objektiver Daten sind sie jedoch ein wichtiges Kriterium, das eng mit sozialer Akzeptanz zusammenhängt. *Soziale Akzeptanz* hängt davon ab, ob die Art der Intervention von den Probanden und ihren Bezugspersonen akzeptiert werden. Eine Überprüfung der sozialen Akzeptanz könnte z.B. ergeben, daß eine erfolgreiche Intervention von den Probanden oder den Bezugspersonen nicht akzeptiert wird. So haben z.B. Untersuchungen der sozialen Akzeptanz paradoxer Interventionen ergeben, daß diese, insbesonders die sogenannten negativen Verschreibungen, von Eltern und Lehrern weniger akzeptiert wurden als andere psychotherapeutische Verfahren (Cavell et al., 1986). Information über soziale Akzeptanz könnte genutzt werden, um über Interventionen besser zu informieren oder eine Behandlung zu verändern, um sie für die Zielgruppen akzeptabler zu machen. Dies haben z.B. Ascher et al. (1986) erfolgreich versucht, indem sie ihren Klienten eine vollständige Erklärung der Wirkungsweise paradoxer Interventionen gaben und feststellten, daß dann paradoxe Interventionen akzeptiert wurden (Kern, 1993).

Pädagogische und klinische Signifikanz (Bedeutsamkeit) ist ein weit anspruchsvolleres Erfolgskriterium als statistische Signifikanz.

Wenn z.B. bei der Gruppenforschung durch eine Therapie die Depressionswerte der Klienten in der Therapiegruppe von 30 Einheiten (ausgeprägte Depression) auf 25 Einheiten reduziert würden, kann dies ein statistisch signifikantes Ergebnis sein, wenn die Kontrollgruppe bei ca. 30 Einheiten verbleibt. Diese statistische Signifikanz wäre jedoch für einen Therapeuten nicht zufriedenstellend, da Depressionswerte von 25 noch immer Behandlungsbedürftigkeit bedeuten. Wahrscheinlich würden entweder eine Verbesserung auf 15 bis 18 Einheiten (milde Depression) oder gar eine Verbesserung auf acht bis 12 Einheiten (leichte depressive Verstimmung) nötig sein, um eine klinisch signifikante (bedeutende) Verbesserung zu belegen.

Bei der Einzelfallforschung liegt pädagogische bzw. klinische Signifikanz vor, wenn die Veränderung während einer Therapie so

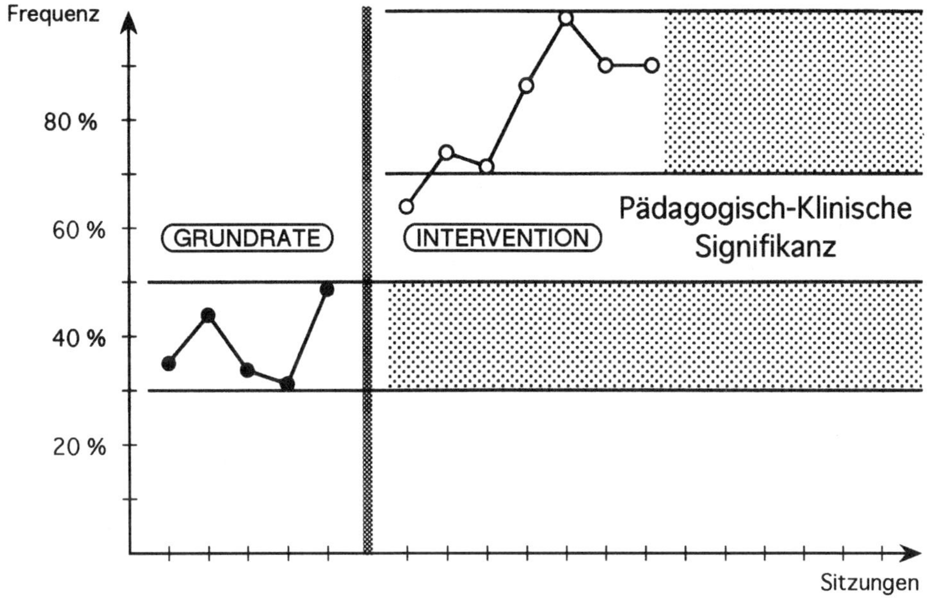

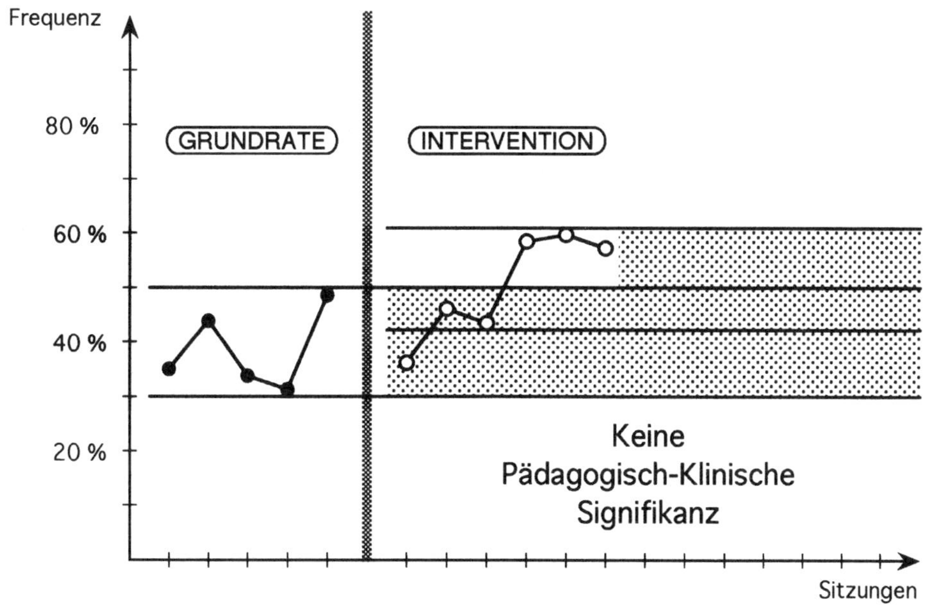

Abb. 39: Eine graphische Veranschaulichung von „Pädagogisch-klinischer Signifikanz".

groß ist, daß ein Artefakt des Meßfehlers unwahrscheinlich ist. Das ist der Fall, wenn zwischen den Grundratendaten und den Interventionsdaten keine Überschneidungen vorliegen und wenn die Veränderungen zwischen Grundraten und Intervention mindestens zwei Standardabweichungen betragen. Auch der Prozentsatz-Nichtüberlappender-Daten (PND, siehe Kap. 6.2) spricht für pädagogisch-klinische Signifikanz, wenn Prozentwerte größer als 85 erreicht werden. *Pädagogische Signifikanz* entspricht dem Konzept der klinischen Signifikanz, bezieht sich inhaltlich jedoch auf pädagogische Sachverhalte.

6.6 Qualitätssicherung

Morris et al. (1988) untersuchten, ob auf dem Gebiet der Psychotherapieforschung mit ähnlichen Qualitätseinbußen wie in der Medizin gerechnet werden muß. Sie überprüften, ob sich die Qualität von 142 überwiegend psychotherapeutischen Studien, die zwischen 1978 und 1985 in 21 Zeitschriften publiziert wurden, gegenüber früheren Untersuchungen verschlechtert oder verbessert hat. In ihrer Untersuchung wurden anekdotische Fallstudien, kontrollierte Einzelfallstudien, nicht experimentelle Gruppenstudien und experimentelle Gruppenstudien berücksichtigt. Insgesamt betrafen 31 Prozent der Studien das Gebiet Psychologie, 22 Prozent das Gebiet Verhaltenstherapie, 26 Prozent das Gebiet Kind und Familie, sieben Prozent die Psychiatrie und 16 Prozent der Untersuchungen stellten eine Restkategorie dar.
Schwerpunkte der methodischen Überprüfung waren die Behandlungs-Validität (sieben Kriterien), die Integrität der Messungen (zehn Kriterien) und die Versuchspläne (sieben Kriterien). Die Ergebnisse zeigten, daß sich die Qualität der Psychotherapieforschung methodisch nicht verbessert hatte, obgleich Studien gefunden wurden (z.B. Michelson et al., 1982), die alle 24 methodischen Kriterien erfüllten. Insgesamt konnte jedoch auch keine Verschlechterung der Psychotherapie-Forschung – im Gegensatz zur medizinischen Forschungsliteratur – gefunden wer-

den. Besondere Schwächen existieren hinsichtlich der Reliabilität und Validität. Noch immer machen wenige Forscher Ton- oder Videoaufnahmen von ihren Therapien, überprüfen nicht die Behandlungsintegrität oder benutzen bei Gruppenversuchsplänen keine Zufallszuteilungen.

Qualitätssicherung ist auch Gegenstand eines Themenschwerpunktes in der Zeitschrift für Klinische Psychologie (1994, Bd. 23, Heft 4). Die Klinische Psychologie war oft Vorreiterin bei der Entwicklung von Methoden in Psychiatrie und Psychotherapie. Klinische Psychologen haben die Qualität in diesen Gebieten maßgeblich verbessert (Richter, 1994). Bei Psychotherapien muß der Nachweis der Qualität einer Behandlung von Beginn an, während des gesamten therapeutischen Prozesses geführt werden. Seit 1989 ist Qualitätssicherung für das bundesdeutsche Gesundheitswesen im Fünften Sozialgesetzbuch (§ 135ff.) gesetzlich vorgeschrieben. Dieses Gesetz dient dem Schutz des Patienten und nicht der Belästigung der Psychotherapeuten (Richter, 1994). Qualitätssicherung verlangt die kontinuierliche Erfassung und selbstkritische Überprüfung der eigenen psychotherapeutischen Arbeit (Grawe & Braun, 1994). Obgleich sich bei einer Befragung psychologischer Therapeuten (Butollo, Piesbergen & Höfling, 1996) ergab, daß zwar dem Bereich Qualitätskontrolle keine große Bedeutung (Rangplatz zehn von 14 Themenbereichen) beigemessen wurde, wurde den eng dazu gehörenden Themen Effektivitätskontrolle (Rang 1) und Verlaufsforschung (Rang 3) jedoch überragende Bedeutung zuerkannt. Durch Einzelfallforschung können diese drei Themenbereiche für Praktiker erschlossen werden.

In den USA haben 60.000 Klinische Psychologen der American Psychological Association eine Arbeitsgruppe um David Barlow einberufen, um Kostenträger, Öffentlichkeit und Fachkollegen besser über die Möglichkeiten effektiver psychologischer Psychotherapien zu informieren (Hahlweg, 1995). Dabei ging es nicht so sehr darum, welche Therapie(schule) welche Störungen am erfolgreichsten behandelt, sondern darum, ob angesichts der biologisch orientierten Psychiatrie in Zukunft in den USA überhaupt noch Psychotherapie von den Krankenkassen und Kostenträgern finanziert wird. Dies dürfte auch in der Bundesrepublik dazu führen, daß mehr Wirksamkeitsnachweise für Psychotherapie gefordert werden.

Fragen zu dem Kapitel

1. Benennen Sie Vor- und Nachteile der visuellen Datenanalyse.
2. Erläutern Sie den PND, rechnen Sie ein Beispiel und erklären Sie drei Einschränkungen.
3. Beschreiben Sie die fünf Schritte der Split-Mittel-Methode und erläutern Sie die Logik der statistischen Auswertung.
4. Welche (elf) Beurteilungskriterien nennt Kazdin, die zur Verbesserung der internen und externen Validität führen?
5. Welche Hauptgütekriterien zur Beurteilung von Interventionserfolgen kennen Sie?

Literaturempfehlungen zum Kapitel

Zur Beurteilung der Frage, ob durch ein Training oder eine Therapie „Erfolg" erzielt wurde, sei auf die Zeitschriftenartikel von Schulte (1993), Grawe (1995) und Kern (1995c) verwiesen. Zum Problem der externen Validität in der Psychotherapieforschung informiert Leichsenring (1985). Über statistische Verfahren zur Evaluation von Einzelfallstudien liegen mehrere deutschsprachige Bücher vor, wie z.B. von Petermann (1978), Revenstorf (1979), Schmitz (1987) und Petermann (1996). Für die Evaluation und die Ergebnisse der Gruppenforschung stellt das Buch von Grawe u.a. (1994) die bedeutendste Arbeit zur internationalen Psychotherapieforschung dar. Darauf beziehen sich auch zahlreiche Zeitschriftenaufsätze, Diskussionen, Kommentare und Erwiderungen z.B. in der Psychologischen Rundschau (1995, Bd. 44, Heft 3) und in der Zeitschrift für Klinische Psychologie (Grawe, 1995).

7 Replikationsverfahren

Kapitelüberblick:
Replikationen (Wiederholungen) sind zur Bestimmung der Zuverlässigkeit und Allgemeingültigkeit von Gruppen- und Einzelfallstudien wichtig. Für die Einzelfallforschung sind sie besonders wichtig, da nur dadurch die interne und externe Validität auf- und ausgebaut werden kann. Nicht nur die Allgemeingültigkeit der Ergebnisse für Personen, sondern auch für unterschiedliche Situationen-Institutionen, Trainer-Therapeuten und Störungsbilder-Symptome sollte durch Replikationen belegt werden.

Nach Barlow und Hersen (1984) ist Replikation das Herz jeder Wissenschaft. Zusammen mit den zwei anderen Hauptkriterien Variation und Willkürlichkeit stellt die Wiederholbarkeit ein Hauptkriterium wissenschaftlichen Vorgehens dar. Replikationen dienen dazu, die Reliabilität (Zuverlässigkeit) vorhergegangener Untersuchungsergebnisse zu untermauern und die Allgemeingültigkeit (externe Validität) nachzuweisen.
Sidman (1960) hat zwei Verfahren zur Replikation von Einzelfalluntersuchungen vorgeschlagen, nämlich *direkte Replikationen* und *systematische Replikationen. Klinische Replikationen* empfehlen Barlow und Hersen (1984) für die angewandte Forschung.

7.1 Direkte Replikationen

Sidman (1960) definiert direkte Replikationen als die Wiederholung einer Untersuchung (Experiment) durch denselben Versuchsleiter in der gleichen Situation, bei dem gleichen Störungsbild (Aufmerksamkeitsstörung bzw. Ängste) mit der gleichen Intervention. Er unterscheidet bei der direkten Replikation

- Wiederholung der Studie mit derselben Person (intrasubjektiv) und
- Wiederholung der Studie mit verschiedenen Personen (intersubjektiv).

7.1.1 Direkte Replikationen mit derselben Person (intrasubjektiv)

Die direkte Replikation mit derselben Person bezieht sich auf die Anwendung der gleichen Intervention durch denselben Versuchsleiter in derselben Situation (Schule, Praxis, Klinik) bei einem ganz bestimmten Verhaltensproblem (z.B. Aufmerksamkeitsstörungen oder Platzangst). Direkte Replikationen mit derselben Person können in der Einzelfallforschung bei den ABAB-Versuchsplänen in den Phasen A_2B_2 erfolgen. Bei den MGV wird über die jeweils zweite, dritte etc. Verhaltensweise, Situation oder Person repliziert, bei den Veränderungs-Kriterium-Versuchsplänen (VKV) durch Kriteriumsänderungen bzw. Mini-Umkehrphase und bei den Alternierenden Versuchsplänen (AVP) durch die vielfachen Wechsel der Interventionen. Durch eine erfolgreiche direkte Replikation mit derselben Person (intrasubjektiv) wird vor allem die interne Validität verbessert. Bei einer erfolgreichen Replikation positiver Ergebnisse kann zunächst angenommen werden, daß die Intervention effektiv ist. Bei zweifacher oder dreifacher Replikation kann daraus geschlossen werden, daß die Effekte reliabel sind. Wenn eine direkte Replikation mit derselben Person keine oder nur geringe Effekte ergibt, sollte nach Einflußgrößen gesucht werden, die für den Mangel an Zuverlässigkeit relevant sein könnten.

Bei Replikationen wird meistens die Reliabilität von Ergebnissen, nicht die Allgemeingültigkeit von Ergebnissen geprüft. Es wird also untersucht, ob bestimmte Ergebnisse in einer nachfolgenden Replikation wiederholt erreicht werden können. Durch direkte Replikationen kann keine Aussage über die Effektivität bezüglich eines anderen Störungsbildes erfolgen. Da jedoch jeder Versuch reliable Ergebnisse zu erlangen auch Information über die Allgemeingültigkeit der Ergebnisse liefert, führen direkte Replikationen auch zu wertvollen Informationen bezüglich der externen Validität.

7.1.2 Direkte Replikationen mit verschiedenen Personen (intersubjektiv)

Direkte Replikationen mit verschiedenen Personen setzen voraus, daß diese Personen sich nicht zu stark voneinander unterscheiden, d.h., daß sie möglichst homogen sind und gleiche Störungsbilder (z.B. Aufmerksamkeitsstörungen oder Ängste) aufweisen. Da Personen aufgrund demographischer Kriterien oft jedoch sehr heterogen (unterschiedlich) sind, z.B. bezüglich Alter, Geschlecht, Intelligenz, Schweregrad der Störung etc., besteht ein konservativer Ansatz darin, sie nach solchen Kriterien auszusuchen, d.h. zu homogenisieren. Gelingen direkte Replikationen mit mehreren oder homogenen Personen, ist vor allem die Zuverlässigkeit der Intervention belegt. Gelingen jedoch sogar direkte Replikationen mit mehreren heterogenen Personen, wird darüber hinaus auch externe Validität (Allgemeingültigkeit) verbessert.
Direkte Replikationsserien haben z.B. Marks (1972) und Emmelkamp (1982) mit tausenden von Agoraphobikern (Platzangst) durch verhaltenstherapeutische Verfahren erfolgreich durchgeführt und die Reliabilität und Allgemeingültigkeit dieser Verfahren dokumentiert.
Bei der Einzelfallforschung gestatten z.B. drei erfolgreiche Replikationen mit sehr heterogenen, agoraphobischen Klienten durch logische Generalisation günstige Voraussagen über die externe Validität (Allgemeingültigkeit) einer Intervention. Wenn direkte Replikationen zu einer Mischung aus Erfolg und Mißerfolg führen, muß der Versuchsleiter entscheiden, ob er die Serie unterbricht und die Gründe für das Scheitern analysiert. Dies wird zu einer neuen Replikationsserie führen, weil sich das Interventionsverfahren vermutlich ändert. Wenn einem Erfolg zwei oder

drei Mißerfolge folgen, ist weder die Zuverlässigkeit des Verfahrens noch die Allgemeingültigkeit der Ergebnisse nachgewiesen. Wenn zwei oder drei Erfolgen ein oder zwei Mißerfolge gegenüberstehen, wäre zwar die Zuverlässigkeit des Verfahrens zu einem gewissen Grade gesichert, die Gründe für die fehlende externe Validität müßten jedoch noch weiter untersucht werden.

Unter Vorsitz von David Barlow hat 1994 eine Arbeitsgruppe der American Psychological Association (Division 12) für Psychotherapieforschung (Hahlweg, 1995) für Einzelfallstudien folgendes vorgeschlagen:

Empirisch gut validierte Therapien liegen vor, wenn eine große Anzahl von Einzelfallstudien, welche die Wirksamkeit einer Intervention belegen, die Wirkung der Intervention mit einer anderen Behandlung (AVP) oder Placebo-Behandlung (Grundraten versus Intervention) vergleichen.

Gut validierte Therapien müssen auf Behandlungsmanualen basieren und die Charakteristika der jeweiligen Stichproben klar spezifizieren.

Für *wahrscheinlich wirksame Therapieformen* gilt: Eine geringe Anzahl von Einzelfallstudien, welche die Wirksamkeit der Therapie belegen.

7.2 Systematische und klinische Replikationen

Nach Sidman (1960) ist eine systematische Replikation der Versuch, Ergebnisse von einer direkten, intersubjektiven Replikationsserie zu wiederholen, und zwar in unterschiedlichen Situationen, mit unterschiedlichen Trainern-Therapeuten, bei unterschiedlichen Störungsbildern-Symptomen und Kombinationen dieser drei Faktoren. Normalerweise sind eine erfolgreiche Replikation und drei direkte Replikationen ausreichend, um systematische Replikationen mit gleichen Störungsbildern (in unterschiedlichen Situationen) oder mit unterschiedlichen Störungsbildern (in derselben Situation) zu beginnen (Barlow & Hersen, 1984).

Systematische Replikation ist im wesentlichen eine Suche nach Ausnahmen oder Mißerfolgen. Werden bei fortschreitenden Replikationen keine Ausnahmen gefunden, so ist die breite Allgemeingültigkeit der Ergebnisse nachgewiesen. Der Zweck der systematischen Replikation ist das Auffinden von Bedingungen, unter denen eine Behandlung scheitert oder erfolgreich ist. Daher sind Ausnahmen oder Mißerfolge von großem Wert für systematische Replikationen. Leider werden Mißerfolge nur selten in Fachzeitschriften veröffentlicht.

Bei systematischen Replikationen sollten die Unterschiede von Klienten, Therapeuten oder Settings von denen der Ursprungsstudie verdeutlicht werden. Eine systematische Replikation unterscheidet sich möglicherweise in einer oder zwei Variablen von der direkten Replikation. Wenn mehr als eine Variable abweicht, geht der Untersucher ein Risiko ein. Ist das Experiment erfolgreich, macht die Serie bei der Bestimmung der Generalisierbarkeit von Ergebnissen einen großen Schritt vorwärts. Scheitert das Experiment, weiß der Versuchsleiter nicht, welche der Variablen oder Variablenkombinationen für die Veränderung verantwortlich war, und er muß einige Schritte zurückverfolgen.

Wann sind systematische Replikationsserien beendet? Dies hängt von der Komplexität des Problems und von der Beweisführung ab. Eine Replikationsserie ist nie beendet, weil immer wieder Mißerfolge auftreten können. Das Interesse an Replikationen läßt nach, wenn eine fundierte externe Validität der Anwendbarkeit nachgewiesen ist.

Bei klinischen Replikationen (Barlow & Hersen, 1984, S. 367) wird ein Behandlungspaket, das zwei oder mehrere unterschiedliche Behandlungsverfahren enthält, durch den gleichen Versuchsleiter auf mehrere Klienten mit verschiedenen multiplen Verhaltensproblemen angewandt, die eng miteinander verwoben sind. Klinische Replikationen können das Austesten eines Behandlungspakets im Praxisfeld bedeuten, in dem Forscher oder Praktiker eine neu entwickelte Intervention in der Praxis

anwenden. Auf diese Art und Weise wird eine möglichst weitgehende Klienten- und Situationsgeneralisation aufgebaut.
Praktiker könnten solche Behandlungspakete bei einer großen Anzahl von Klienten anwenden, Erfolge oder Mißerfolge analysieren und die Gründe für individuelle Variationen überprüfen. Sollten bei der Anwendung eines Behandlungspakets Mißerfolge auftreten, müßten diese genauestens analysiert werden. Diese Art von klinischer Replikation sollte das Endresultat systematischer Replikationsserien sein.

Zusammenfassung: Replikation ist das Herz der Forschung, insbesonders der Einzelfallforschung. Wiederholungen mit homogenen Probanden verbessern die Zuverlässigkeit von Ergebnissen, während Replikationen mit heterogenen Probanden die externe Validität verbessern. Systematische Replikationen gestatten darüber hinaus die Situationsgeneralisation und die Trainer-Therapeutengeneralisation auf-zubauen. Die klinischen Replikationen sehen die Überprüfung der Wirksamkeit komplexer Therapiepakete vor, bei Klienten mit verschiedenen, aber eng zusammenhängenden Störungsbildern (Symptomen). Spätestens dann sind differenziertere Fragestellungen nur noch mit Gruppenversuchsplänen zu untersuchen.

Literaturempfehlungen zum Kapitel

Die Bücher von Barlow & Hersen (1984) und von Kazdin (1982) sind gut lesbar und sehr empfehlenswert.

8 Forschung und Praxis

Kapitelüberblick:
Probleme zwischen Forschung und Praxis sollen am Beispiel der Klinischen Psychologie erläutert werden. Die oft beklagte Kluft zwischen Forschung und Praxis gilt sicherlich auch für die Pädagogische Psychologie und die (Sonder-) Pädagogik. Die vorherrschende Gruppenforschung sollte durch Einzelfallforschung ergänzt werden, da dadurch eine große Anzahl von Studenten und Praktikern zur kontrollierten Praxistätigkeit befähigt werden könnte. Dies dürfte auch der gangbarste Weg zur Integration von Forschung und Praxis und zur Qualitätssicherung sein, die ethisch, gesellschaftspolitisch und wirtschaftlich notwendig ist, um den Anforderungen der Öffentlichkeit nach Transparenz und Effektivität zu entsprechen.

Barlow (1981, S. 147) stellt leicht resignierend fest, daß die klinische Forschung wenig Einfluß auf die klinische Praxis habe. Obwohl seit 30 Jahren versucht wird, Therapeuten heranzubilden, die Forschung und Praxis integrieren, ist dies kaum geglückt, da nur wenige Praktiker Forschung betreiben und Forscher nicht in der Praxis arbeiten. Für ein Drittel der in den USA im Gesundheitswesen tätigen Psychologen erscheint Forschung nicht relevant, und Klinische Psychologen diskutieren lieber mit Kollegen, als sich mit Forschungsliteratur zu befassen. Nur 40 Prozent der Klinischen Psychologen glauben, daß praxisrelevante Forschung existiert und der Rest meint, daß weniger als 20 Prozent der Forschungsliteratur praktische Auswirkungen auf ihren Berufsalltag habe.

Morrow-Bradley und Elliot (1986) fassen die Literatur über die Nutzung von Psychotherapieforschung durch Praktiker folgendermaßen zusammen: Der typische Praktiker forscht nicht; publiziert nichts oder wenig, ist unwillig, an Forschung teilzunehmen und hat eine negativere Einstellung gegenüber Forschung und Training als seine akademischen Kollegen in der Klinischen Psychologie. Praktiker nutzen psychologische Forschungsliteratur nur zu einem extrem geringen Prozentsatz. Cohen et al. (1986) nennen es entmutigend, daß etwa ein Drittel der Praktiker nicht glauben, daß die allgemeine Forschungsliteratur ihre berufliche Praxis beeinflussen könne. Diese Diskrepanz zwischen Forschung und Praxis wurde durch folgende Kritikpunkte präzisiert:

1. Die gestellten Forschungsfragen erscheinen für die Praxis nicht relevant.
2. Die ausgewählten Variablen der Forschung erscheinen für die klinische Praxis nicht repräsentativ.
3. Die genutzten Forschungsmethoden und Populationen sind nicht adäquat beschrieben, standardisiert oder ausgewählt.
4. Forschungsstudien betonen zu stark Gruppenstatistiken und statistische Signifikanz. Ergebnisse aus der Gruppenforschung haben wenig Relevanz für klinische Probleme, mit denen Praktiker zu tun haben (Persons, 1991; Jones, 1993).
5. Die Forscher übersetzen ihre Ergebnisse nicht in die Sprache der Praktiker und berücksichtigen zu wenig die (ungenügende) Vorbildung bzw. Zeitknappheit der Praktiker.
6. Nach über 22 Jahren klinischer Praxis bin ich immer weniger vom Wert der üblichen Psychotherapieforschung für die tägliche Praxis überzeugt (Raw, 1993).

Obgleich führende Therapieforscher seit langem fordern, *die Gruppenforschung durch die Einzelfallforschung wenigstens zu ergänzen*, sind Forscher und Fördergesellschaften diesen Empfehlungen nur sehr langsam gefolgt. Noch immer ist der typische Ansatz der psychologischen Forschung in der Bundesrepublik die Gruppenforschung, die ja auch in Statistikkursen und Kursen über Versuchsplanung fast ausschließlich gelehrt wird und bei vielen Studierenden als der (einzige) Forschungsansatz schlechthin gilt. Dieser Forschungsansatz bezieht sich auf Gruppen von Individuen, nicht aber auf das Individuum (siehe Kap. 3.6). Auf-

grund der Nachteile der Gruppenforschung wurde als Ergänzung die Einzelfallforschung empfohlen. Eine deswegen einberufene Konferenz über Psychotherapie-Forschung am *National Institute of Mental Health* empfahl dringend Einzelfallforschung verstärkt anzuwenden (näheres im Special Issue des Journals of Consulting and Clinical Psychology im Heft 3, 1993).
Auch in Deutschland wird geklagt. Für die meisten Klinischen Psychologen in spe ist das Forschen mit der Diplomarbeit beendet, und nur wenige Forscher und Professoren arbeiten auch diagnostisch und therapeutisch (Eifert & Lauterbach, 1995). In der Psychotherapieforschung gibt es ein Wiederaufleben der Einzelfallforschung (Grawe, 1988, 1992), die auch zur Qualitätssicherung in der Praxis wertvolle Beiträge leisten könnte.
Zur Qualitätssicherung (Grawe & Braun, 1994) gehört insbesonders die kontinuierliche und selbstkritische Überprüfung der Qualität der diagnostischen und therapeutischen Maßnahmen (Prozeßqualität) und das Resultat der Maßnahmen (Ergebnisqualität). In der Klinischen Psychologie muß der Nachweis der Qualität einer Behandlung von Beginn an, während des gesamten therapeutischen Prozesses geführt werden (Richter, 1994). Qualitätssicherung bildet den Schwerpunkt einer Ausgabe der Zeitschrift für Klinische Psychologie (1994, Bd. 23, Heft 4). Seit 1989 ist Qualitätssicherung für das bundesdeutsche Gesundheitswesen im Fünften Sozialgesetzbuch (§ 135ff.) gesetzlich vorgeschrieben. Dennoch waren im Jahre 1994 zahlreiche Psychosomatische Fachkliniken überrascht, als die Rentenversicherungsträger mit ihrer Auflage nach einer systematischen Evaluation bei stationärer Psychotherapie ernst machten (Richter, 1994).

8.1 Einwände gegen eine Integration von Forschung und Praxis

Autoren wie Siegel & Spradlin (1985) haben Einwände gegen eine Integration von Forschung und Praxis. Sie wollen das sorgfältige operationale Definieren und systematische Beobachten sowie das Evaluieren von Therapieergebnissen nicht mit Forschung gleichsetzen. Praktiker können Forschungsergebnisse nutzen, um ihre Effektivität zu verbessern, ohne daß sie Forscher zu werden brauchen. Forscher können wichtige Beiträge für die klinische Praxis leisten, auch ohne daß sie in einer Praxis arbeiten. Beide Gruppen können für die Vitalität der Psychotherapie sorgen, wenn sie ihre spezifischen Fähigkeiten, Fertigkeiten und Kenntnisse einbringen. Auch durch das immer größer werdende Interesse an Einzelfallforschung wird sich die Kluft zwischen Forschung und Praxis nicht verringern. Die Anwendung von Einzelfall-Versuchsplänen macht aus einem Praktiker keinen kompetenten Forscher, noch führt sie zu klinisch signifikanten Behandlungseffekten. Obgleich die Ähnlichkeit zwischen Einzelfallforschung und verantwortungsvoller Praxistätigkeit augenfällig ist, unterscheiden sich Praxis und Forschung.

Forschung ist nützlich, wenn sie zur Aufdeckung neuer kausaler Beziehungen führt oder die Allgemeingültigkeit von Ergebnissen belegt. *Praxis ist nützlich*, wenn sie aus der Forschung stammendes Wissen mit Erfahrungswissen aus der Praxis verbindet und damit therapeutisches Verhalten ermöglicht, das zu einer positiven Veränderung beim Klienten führt. Während Forschung neues Wissen sucht, zielt Praxis darauf ab, mit bereits bekanntem Wissen positive Veränderungen zu erreichen. Beide Aktivitäten verlangen Wissen, Fertigkeiten und Kreativität. In der Praxis steht der Klient im Zentrum des Interesses, in der Forschung – auch in der Einzelfallforschung – ist die hypothetische Population von Klienten das Zentrum des Interesses. Forscher sind sehr stark von formalem Wissen abhängig, während Praktiker daran interessiert sind, möglichst viel aus der Erfahrung abgeleitetes Wissen zusammenzubringen, das sich weniger auf formal abgeleitetes Wissen bezieht. Praktiker versuchen effektivere Behandlungsverfahren zum Wohle ihrer Klienten zu entwickeln und nicht um generelle Hypothesen zu testen.

8.2 Kann Einzelfallforschung die Kluft zwischen Forschung und Praxis überwinden?

Holley (1983) schlägt schon seit langem vor, daß die Forscher in die Praxis (Klinik), die Praktiker dagegen in die Labors sollten. Er möchte durch eine bessere Ausbildung der Praktiker erreichen, daß sie Forschung planen, objektivieren, spezifizieren und evaluieren können. Diese verbesserte Ausbildung der Praktiker würde erleichtert, wenn Forschungsartikel eine detaillierte Beschreibung der überprüften Behandlungsverfahren enthielten. Der Praktiker muß erfahren, aus welchen Elementen die Behandlung besteht und wie eine Behandlung durchgeführt werden kann. Die Beschreibung sollte die Techniken, die Abfolge der Behandlungselemente und mindestens ein Fallbeispiel enthalten.
Behandlungsmanuale oder Filme würden die Chance für eine Übernahme der Behandlung erhöhen und müßten durch spezifische Trainings bzw. durch persönliche Kommunikation in Form von Work-Shops oder Supervision ergänzt werden. Nur durch intensive Auseinandersetzung kann ein neues Behandlungsverfahren mit dem therapeutischen Stil und der Persönlichkeit des Praktikers so verbunden werden, daß Forschungserkenntnisse von Praktikern umgesetzt werden können. Forschungsergebnisse können leichter angenommen werden, wenn

- Forschungsliteratur bekannt und relevant erscheint und ein klinisches Problem gelöst wird,
- kritische und nachvollziehbare Evaluation der Forschung vorliegt,
- die Forschung praxisrelevante Beiträge leistet,
- konkrete Hinweise zur Implementation gegeben werden und
- kontinuierliche Evaluationen durch therapiebegleitende Daten mit der Möglichkeit zur Selbstkorrektur vorhanden sind.

Nach Kent (1985) könnte die Einzelfallforschung das Verbindungsstück zwischen Forschern und Praktikern bilden. Die Übereinstimmung zwischen klinischer Entscheidungsfindung und Einzelfallforschung ist bemerkenswert. Datengeleitete Praxis scheint sehr große logische Ähnlichkeit zur Einzelfallforschung zu haben. Die Logik z.B. der MGV über Verhaltensweisen entspricht der Vorgehensweise der Praktiker, ein Verhalten nach dem anderen zu verändern, wenn z.B. Stottern zuerst im Lesen, im Nacherzählen, im freien Sprechen und Telefonieren verändert wird. Die Logik der MGV über Situationen entspricht der Vorgehensweise von Lehrern oder Trainern, wenn sie z.B. die Aufmerksamkeit ihrer Schüler in Deutsch, dann zeitversetzt in Biologie und schließlich in Mathematik verbessern wollen. Der Logik der MGV über Personen können Lehrer entsprechen, wenn sie zeitversetzt mit der Förderung für die einzelnen Schüler beginnen.

Gute Praktiker brauchen lediglich noch ihre Intervention genau zu spezifizieren, systematische Beobachtungen der AV vorzunehmen, zeitversetzt zu intervenieren und bereits erprobte Einzelfall-Versuchspläne anzuwenden, um ihre Intervention datenbezogen durchzuführen. Darin liegt die Chance der Einzelfallforschung (Omer & Dar, 1992).

Immer mehr Forscher (Hilliard, 1993; Jones, 1993; Weisz et al., 1995) schlagen vor, Einzelfallforschung zu nutzen, um Veränderungsprozesse innerhalb des therapeutischen Kontextes zu untersuchen. Jones et al. (1993) waren z.B. in der Lage, die Interaktionseffekte von Klienten- und Therapeutenvariablen zu untersuchen, die auf Veränderungsprozesse im langfristigen Therapiekontext bezogen waren. Dabei handelte es sich um eine psychoanalytische Behandlung einer Depression mit zweieinhalbjährigen Behandlungsdauer.

Wenn die Übereinstimmung zwischen der Vorgehensweise der Praktiker und der Einzelfallforschung so offensichtlich erscheint, warum ist dann die Kluft zwischen Forschung und Praxis noch nicht überbrückt? Die Gründe, warum Einzelfallforschung so selten angewandt wurde, liegt in einigen *Nachteilen der Einzelfall-Versuchspläne* begründet und in der *Ausbildung* der Studierenden.

Nachteilig ist, daß bei Einzelfall-Versuchsplänen der Nachweis der internen Validität nur überzeugend belegt werden, wenn die

Behandlungseffekte sofort wirksam sind, kein (spontaner) Transfer eintritt (z.B. bei der Gruppe der Multiplen-Grundraten-Versuchspläne) oder die Interventionseffekte umkehrbar (z.B. bei der Gruppe der ABAB-Versuchspläne) sind. Diese Kriterien können durch manche Therapieverfahren nicht erfüllt werden. So weisen z.B. Moras et al. (1993) darauf hin, daß die Effekte ihrer kognitiven und interpersonellen Behandlung nicht revertierbar sind und auch (spontane) Transfereffekte auftreten, so daß mit einem Einzelfall-Versuchsplan der Nachweis intern valider Ergebnisse nicht gelingt. Ein Ausweg wäre allerdings eine Versuchsplankombination.

Nachteilig ist auch, daß die meisten Einzelfall-Versuchspläne (außer dem AVP) empfindlich gegen Datentrends sind und Konfundierungen von Interventions- und Reihenfolgeeffekte nicht vermeidbar sind, wenn mehrere Behandlungen nacheinander erfolgen. Einzelfall-Versuchspläne können Wechselwirkungen zwischen Probandenmerkmalen und Interventionsverfahren nicht adäquat erfassen. Die visuelle Interpretation von Einzelfallstudien ist oft unreliabel, besonders wenn keine starken Behandlungseffekte auftreten.

Die Auswertung von Einzelfallstudien mit üblichen statistischen Verfahren (ANOVA etc.) ist wegen der seriellen Abhängigkeit der Daten und bei Zeitreihenanalysen wegen der wenigen Meßpunkte problematisch. Crosbie (1993) hat jedoch ein zeitreihenanalytisches Verfahren (ITSACORR) vorgestellt, das sogar mit fünf Datenpunkten (Minimum) pro Phasenlänge auskommt.

Einzelfall-Versuchspläne sind zudem eng verbunden mit der Verhaltenstherapie. Viele Praktiker weisen deswegen Einzelfall-Versuchspläne zurück, obgleich sie zur Überprüfung nahezu aller Interventionen geeignet sind. Zu diesen Nachteilen kommen noch Gründe, die in der *Ausbildung* liegen.

Einzelfall-Versuchspläne werden im Studium selten vermittelt. Meist werden methodische Kurse von Statistikern oder experimentell arbeitenden Forschern durchgeführt, die sich ausschließlich Gruppenversuchsplänen zuwenden.

Die wesentlichen Merkmale, die Logik und Prinzipien der Einzelfallforschung werden Studierenden und Praktikern nicht nahegebracht. Bis heute gibt es in deutscher Sprache kein einführendes Buch. Die vorhandenen Bücher befassen sich mit der statistischen Auswertung von Einzelfalldaten, nicht aber mit dem Basiswissen, das für Studierende oder Praktiker relevant ist. Selbst im Fallbuch der Klinischen Psychologie (Reinecker, 1995), in dem 20 Störungsbilder überwiegend von Hochschullehrern dargestellt werden, wird keine einzige Einzelfallstudie durchgeführt.

Einzelfallforschung wurde vor Jahren in manchen Zeitschriften nicht akzeptiert, da allgemeinverbindliche Standards fehlten und Gutachter sich eher der Gruppenforschung verbunden sahen. Dies ist im deutschen Sprachraum jedoch kein Problem.

Praktiker sind also nicht einfach uninteressiert an Forschung, sondern würden gegenüber einer praxisnahen Forschung, wie der Einzelfallforschung, wahrscheinlich viel aufgeschlossener sein. Praktiker sind in dem Sinn Forscher, in dem sie ihre Behandlungen individualisieren und kontrolliert evaluieren. Sie sind Praktiker, in dem sie Verhaltensprobleme in pädagogischen und klinischen Situationen verändern. Auf dem Gebiet der Pädagogischen und Klinischen Psychologie ist im Bereich der Verhaltensmodifikation bzw. Verhaltenstherapie kaum eine Kluft zwischen Forschung und Praxis zu überbrücken, denn auf diesen Gebieten waren Forschung und Praxis schon immer eng verzahnt. Sicherlich ist es kein Zufall, daß auch dort die Einzelfallforschung, wenigstens im englischsprachigen Raum, zuerst fußgefaßt hat.

Der Versuch, eine Behandlung zu evaluieren, trägt wahrscheinlich zur Effektivität bei, da sowohl der Trainer bzw. Therapeut als auch der Proband präzises Feedback erhalten. Die Evaluation durch Einzelfallversuchspläne führt dazu, daß sich Therapeuten mehr involvieren und sorgfältigere sowie objektivere Informationen über die Reaktion ihrer Klienten bezüglich der Wirksamkeit ihrer Behandlung erhalten (Kern, 1995 c).

Indem eine größere Datenbasis durch die Evaluation mit Einzelfall-Versuchsplänen angesammelt wird, werden erfolgreiche Behandlungen auch durch andere Praktiker wahrscheinlicher. Die Kluft zwischen Praktiker und Forscher kann somit bedeutend verringert werden. Einzelfallforschung ist deswegen vorteilhaft, da sie ökonomisch ist und die für die Praxis notwendige Individualisierung erlaubt. Einzelfallforschung führt zu differenzierteren klinischen Beobachtungen, gestattet dem Praktiker eine flexible Vorgehensweise, bewirkt, daß Praktiker kritischer denken, empirische Daten gewichtiger bewerten, weniger auf esoterische Theorien zurückgreifen und realistischere therapeutische Ziele verfolgen (Strupp, 1981).
Die Evaluation durch Einzelfall-Versuchspläne ist sicherlich ein wichtiger Baustein im Bemühen Forschung und Praxis besser zu integrieren. Um die Kluft zu überbrücken, müssen jedoch noch andere Bausteine zugefügt werden. Erst, wenn die bisher ungenutzten „klinischen Erfahrungsschätze" der Prakiker systematisch genutzt und ausgewertet werden, kann die Psychologie wachsen (Marten & Heimberg, 1995).

Auf welchen Gebieten wäre Einzelfallforschung möglich?

Für die *(Sonder-) Pädagogik* ist eine stärkere Berücksichtigung der Einzelfallforschung ebenfalls dringend angezeigt, da nur wenige Studien wie z.B. von Brunsting-Müller (1992), Breucker (1994) und Hartmann (1995) vorzuliegen scheinen und Wember (1994) mit einem lesenswerten Aufsatz die Relevanz der Einzelfallforschung für die (Sonder-) Pädagogik darlegt.
Für interessierte Pädagogen sei auf die folgenden Zeitschriften verwiesen (Rangreihe): Journal of Applied Behavior Analysis, Research in Developmental Disabilities, Behavioral Disorders, Mental Retardation, Exceptional Children, The Journal of Special Education, Remedial & Special Education, Heilpädagogische Forschung sowie die Vierteljahreszeitschrift für Heilpädagogik und ihre Nachbargebiete (VHN).

Hoffnungsvoll stimmt, daß seit ca. fünf Jahren am Institut für Sonderpädagogik, Prävention und Rehabilitation der Universität Oldenburg pro Semester ca. 30 Studierende der Sonderpädagogik Einzelfallstudien zur Evaluation ihres psychologisch-kasui-stisches Praktikums durchführen. Die Überprüfung von Fördermaßnahmen im Lesen, Rechtschreiben und Rechnen durch Multiple-Grundraten-Versuchspläne hat sich besonders bewährt. Die Vermittlung von Grammatikkenntnissen, die Verbesserung von Sprache oder die Anbahnung des Zahlenverständnisses werden trainingsbegleitend evaluiert, unabhängig ob die Interventionen eher aus der Pädagogik (Fachdidaktik) oder aus der Psychologie abgeleitet sind. Die Überprüfung der Auswirkungen von Verhaltensformung, differentieller Verstärkung oder der Aufbau von Selbstkontrolle (Kern, 1986) mit jüngeren Schülern der unterschiedlichsten Schulformen erfolgt routinemäßig. Interventionen zur Veränderung von Aufmerksamkeitsstörungen werden häufig evaluiert, zumal für Aufmerksamkeitsstörungen ein sehr praxisnahes Buch (Lauth & Schlottke, 1997) vorliegt, das sowohl diagnostische Kenntnisse als auch empirsch bewährte Trainingsverfahren vermittelt. Trainings mit aggressiven bzw. sozial unsicheren Kinder (Petermann & Petermann (1997, 1996) werden ebenfalls häufig evaluiert.

Vom Heilpädagogischen Institut der Universität Freiburg (CH) berichtet Hartmann (1995), daß dort den Studierenden die Möglichkeit gegeben wird, Einzelfallforschung zu erlernen, und auch Wember (1994) sieht für das Institut für Sondererziehung und Rehabilitation an der Universität Dortmund in der Einzelfallforschung eine Ergänzung zur konventionellen Forschung.

Für die *Klinische Psychologie* stellt die Einzelfallforschung den Prototyp für effektive, datenbezogene Praxis dar (Siegel, 1993; Kern, 1995c). Von den nur insgesamt ca. 20 Einzelfallstudien in deutscher Sprache (Reinecker, 1995) stammen elf vom Autor aus dem Bereich Stottertherapie. Verhaltenstherapeutische Stottertherapien sind damit das durch Einzelfall-Versuchspläne am häufigsten überprüfte Störungsbild. Auch die Behandlung von

Zwängen, Ticks, selektivem Mutismus und Panikattacken sollte durch Einzelfall-Versuchspläne evaluiert werden, da diese Störungsbilder gut zu beobachten sind, relativ selten vorkommen und die Behandlung ein großes Maß an Individualisierung erfordert. Leider sind die im bereits erwähnten klinischen Fallbuch (Reinecker, 1995) beschriebenen Störungsbilder nur durch (unkontrollierte) Fallstudien und nicht durch Einzelfall-Versuchspläne evaluiert worden.

Auch Studierende könnten Einzelfallforschung bei Hausarbeiten, Examensarbeiten, Diplomarbeiten erproben, ihre Kompetenzen verbessern und ihr Können unter Beweis stellen. Die Überprüfung von Interventionseffekten ist aus ethischen Gründen notwendig. Würde nur von jedem Praktiker im Bereich der Pädagogik und Psychologie pro Jahr eine Einzelfallstudie durchgeführt, profitierten nicht nur die Fachrichtungen, sondern auch die Praktiker und ihr Klientel. Hoffentlich haben die referierten Beispiele aus der pädagogischen und klinischen Forschung Studierende, Berufsanfänger, Lehrer und Therapeuten überzeugt, daß Einzelfallforschung praxisnah durchgeführt werden kann und eine Brücke zwischen Forschung und Praxis darstellen kann.

Für interessierte Kliniker und Einzelfallforscher sind folgende Zeitschriften zu empfehlen: Behavior Research and Therapy, Journal of Behavior Therapy and Experimental Psychiatry, Behavior Therapy, Journal of Consulting and Clinical Psychology.

Abschließend sei gesagt, daß Einzelfallforschung durch die intensive Untersuchung des Individuums, trainings- bw. therapiebegleitende Messungen, datenbezogene Vorgehensweise, hohe Individualisierung, hohe Flexibilität, nachvollziehbare Evaluation durch graphische Analysen, Betonung klinisch signifikanter Effekte, schrittweise Vorgehensweise und hohe Praxisrelevanz gekennzeichnet ist. Wer diese Vorteile hoch einschätzt und die Logik der Einzelfallforschung als eine adäquate Strategie zur Problemlösung ansieht, der sollte sie erproben. Wer eher ihre Nachteile sieht oder meint zur Problemlösung seien andere Strategien günstiger, für den stellt die Gruppenforschung eine Alternative dar. Eine Alternative jedoch, die zwar andere Wege geht, aber ähnliche Ziele verfolgt, denn beide Strategien schließen sich nicht aus, sondern ergänzen sich.

Literaturempfehlungen zum Kapitel

Das bereits erwähnte Buch von Grawe u.a. (1994) über die Wirksamkeit von Psychotherapie sollte für den klinischen Bereich als Pflichtlektüre angesehen werden. Zur Beziehung von Forschung und Praxis wurden in der Zeitschrift Verhaltenstherapie (1993, Bd. 3, Heft 1) mehrere kontroverse Ansichten und Leserbriefe veröffentlicht. In der Zeitschrift für Klinische Psychologie befassen sich Eifert & Lauterbach (1995) mit dem Wissenschaftler-Praktiker-Modell der USA und Hahlweg (1995) verweist auf die Notwendigkeit einer fundierten Ausbildung in den Therapieformen, deren Wirksamkeit als gut belegt gilt.

Literaturverzeichnis

*Ascher, L.M. (1981). Employing paradoxical intention in the treatment of agoraphobia. Behav. Res. & Therapy, 19, 533–542.

Ascher, L., Schotte, D. & Grayson, I. (1986). Enhancing effectiveness of a paradoxical intention in treating travel restrictions in agoraphobia. Behavior Therapy, 17, 124–130.

Barlow, D.H. (1981). On the relations of clinical research to clinical practice. Journal of Consulting and Clinical Psychology, 49, 2, 147–155.

*Barlow, D.H., Hayes, S.C. & Nelson, R. (1984). The scientist practitioner. Research and accountability in clinical and educational settings. New York: Pergamon Press.

*Barlow, D.H. & Hersen, M. (1984). Single case experimental designs. Strategies for studying behavior change. New York: Pergamon Press. 2 nd. ed.

Bartling, G. u.a. (1992). Problemanalyse im therapeutischen Prozeß. Stuttgart: Kohlhammer. 3. Aufl.

*Belles, D. & Bradlyn, A.S. (1987). The use of the Changing Criterion Design in achieving controlled smoking in a heavy smoker: a controlled case study. Journal Beh. Ther. & Exp. Psychiat., 18, 1, 77–82.

*Bornstein, P.H.; Sturm, C.A. et al. (1981). Paradoxical instruction in the treatment of encopresis and chronic constipation: an experimental analysis. Journal Behav. Ther. & Exp. Psychiat., 12, 2, 167–170.

Blount, R., Powers, S., Cotter, M., Swan, S. & Free, K. (1994). Making the system work. Training pediatric oncology patients to cope and their parents to coach them during bma/lp procedures. Behavior Modification, 18, 1, 6–31.

Braband, H., Brügge, N. & Kleber, E. (1984). Sonderpädagogik. Verfahren und Probleme der Datengewinnung in der sonderpädagogischen Diagnostik-Beobachtung und Befragung. Fern-Universität Hagen.

Breucker, T. (1994). Einzelfallanalytische Evaluation einer Intervention zur Reduzierung von stereotypen und selbstverletzendem Verhalten. Heilpädagogische Forschung, 20, 3, 128–136.

Brunsting-Müller, M. (1992). Kognitive und metakognitive Aspekte in der Arbeit mit lerngestörten Kindern. Eine Fallstudie. Heilpädagogische Forschung, 18, 4, 174–185.

Butollo, W., Piesbergen, C. & Höfling, S. (1996). Ausbildung und methodische Ausrichtung Psychologischer Psychotherapeuten. Report Psychologie, 21, 2, 126–137.

* Im Text liegt eine genaue Beschreibung und Abbildung eines Einzelfall-Versuchsplanes vor.

Cavell, T.A., Frentz, C. & Kelley, M. (1986). Acceptability of paradoxical interventions: Some non paradoxical findings. Professional Psychology: Research and Practice, 17, 519–523.

Cohen, L., Sargent, M., & Sechrest, L. (1986). Use of psychotherapy research by professional psychologists. American Psychologist, 41, 2, 198–206.

Cohen, J. (1992). A power primer. Psychological Bulletin, 112, 155–159.

Conell, P. & Thompson, C. (1986). Flexibility of single-subject experimental designs. Part III. Journal of Speech and Hearing Disorders, 51, 214–225.

Crosbie, J. (1993). Interrupted time-series analysis with brief single-subject data. Journal of Cons. & Clinical Psychology, 61, 6, 966–974.

Czienskowski, U. (1996). Wissenschaftliche Experimente: Planung, Auswertung, Interpretation. Weinheim: Psychologie Verlags Union.

*Dahlquist, L.M. & Gil, K.M. (1986). Using parents to maintain improved dental flossing skills in children. Journal of Applied Behavior Analysis, 19, 255–260.

Dilthey, W. (1900). Die Entstehung der Hermeneutik. Stuttgart: Teubner.

Eifert, G. & Lauterbach, W. (1995). Das Wissenschaftler-Praktiker Modell zur Ausbildung von Klinischen Psychologen/Psychotherapeuten: Erfahrungen und Vorschläge aus amerikanischer Sicht. Zeitschrift für Klinische Psychologie, 24, (3), 209–215.

Emmelkamp, P.M. (1982). Phobie and obsessive-compulsive disorders: Theory, research and practice. New York: Plenum.

Feger, H. (1990). Über das Messen in der Psychologie. In K. Grawe, R. Hännni, N. Semmer & F. Tschan (Hrsg.), Über die richtige Art Psychologie zu betreiben. Göttingen: Hogrefe.

Grawe, K. (1988). Zurück zur psychotherapeutischen Einzelfallforschung. Editorial. Zeitschrift für Klinische Psychologie, 17, 1, 1–7.

Grawe, K. (1990). Über den Umgang mit Zahlen. In K. Grawe, R. Hänni, N. Semmer & F. Tschan (Hrsg.), Über die richtige Art, Psychologie zu betreiben. Göttingen: Hogrefe, S. 89–105.

Grawe, K. (1992). Psychotherapieforschung zu Beginn der neunziger Jahre. Psychologische Rundschau, 43,132–162.

Grawe, K. (1995). Psychotherapie und Statistik im Spannungsfeld zwischen Wissenschaft und Konfession. Zeitschrift für Klinische Psycholoie, 24, (3), 216–228.

Grawe, K. & Braun, U. (1994). Qualitätskontrolle in der Psychotherapiepraxis. Zeitschrift für Klinische Psychologie, 23, (4), 242–267.

Grawe, K., Donati, R. & Bernauer, F. (1994). Psychotherapie im Wandel. Von der Konfession zur Profession. Göttingen: Hogrefe.

Greve, W. & Wentura, D. (1997). Wissenschaftliche Beobachtung Weinheim: Psychologie Verlags Union. 2. Aufl.

Hahlweg, K. (1995). Zur Förderung und Verbreitung psychologischer Verfahren- ein APA-Bericht. Zeitschrift für Klinische Psychologie, 24, (4), 275–284.

Halle, I., Marshall, A. & Spradlin, I. (1979). Time delay: A technique to increase language use and facilitate generalization in retarded children. Journal of Applied Beh. Analysis, 12, 431–439.

Hartmann, E. (1995). Verknüpfung sprachheilpädagogischer Praxis und Forschung am Beispiel einer Einzelfallstudie. Vierteljahresschrift für Heilpädagogik und ihre Nachbargebiete, 64, (1), 3–35.

Hilliard, R. (1993). Single-case methodology in psychotherapy progress and outcome research. Journal of Consulting and Clinical Psychology, 61, 3, 373–380.

Hinnersmann, H. (1993). Training des deduktiven Denkens. In K.J. Klauer (Hrsg.), Kognitives Training. Göttingen: Hogrefe, S. 165–188.

Holley, S.C. (1983). Preparing for a changing society. In N.S. Rees & T. Snope (Eds.). Proceedings of the 1983 National Conference on Education (pp. 58–62). St. Paul: MN.

Huber, O. (1987). Das psychologische Experiment: Eine Einführung. Bern: Huber.

Jacobson, N.S., Follette, W.C. & Revenstorf, D. (1984). Psychotherapy outcome research: Methods for reporting variability and evaluating clinical significance. Behavior Therapy, 15, 336–352.

Jank, W. & Meyer, H. (1991). Didaktische Modelle. Frankfurt: Cornelsen Scriptor.

*Jay, S.M., Elliott, C.H., Ozolins, M. et al. (1985). Behavioral managment of children's distress during painful medical procedures. Behav. Res. & Ther., 23, 5, 513–520.

Jones, E.E. (1993). Introduction to Special Section: Single-case research in pschotherapy. Journal of Consulting and Clinical Psychology, 61, 3, 371–372.

Jones, E., Ghannam, J., Nigg, J. & Dyer, F. (1993). A paradigma for single-case research: The time series study of a long-term psychotherapy for depression. Journal of Consulting and Clinical Psychology, 61, 3, 381–394.

*Kazdin, A.E. (1982). Single-case research designs. New York: Oxford University Press.

Kearns, K. (1986). Flexibility of single-subject experimental designs. Part II. Journal of Speech and Hearing Disorders, 51, 204–214.

*Kelly, J. A., Laughlin, C., Claiborne, M. & Patterson, J. (1979). A group procedure for teaching Job Interviewing Skills to formerly hospitalized psychiatric patients. Behavior Therapy, 10, 299–310.

Kent, R.D. (1985). Application of research to assessment and therapy. Seminars in Speech and Language, 6, 1–12.

Kern, H.J. (1986). Alles Gute für mein Kind. Freiburg: Herder

Kern, H.J. (1993). Evaluation paradoxer Interventionen. Zeitschr. Klin. Psychol., Psychopathologie & Psychotherapie, 41, 2, 170–189.

Kern, H.J. (1994). Therapie- und Trainingserfolge: Wie werden Generalisation und Permanenz erreicht? Verhaltensmodifikation und Verhaltensmedizin, 15, 2, 166–186.

Kern, H.J. (1994a). Paradoxe Interventionen. Erklärungsversuche und Kategorisierungen. Praxis der Kinderpsychologie und Kinderpsychiatrie, 43, 9–16.

*Kern, H.J. (1995a). Praxisforschung und Generalisationsanbahnung: Intensiv Stottertherapie in Deutsch und Arabisch. Report Psychologie, 20, 10, 23–29.

*Kern, H.J. (1995b). Zur Notwendigkeit von Generalistaionsmaßnahmen: Semi – intensive Stottertherapie. Die Sprachheilarbeit, 40, 6, 475–481.

Kern, H.J. (1995c). Wann ist eine Therapie ein Erfolg? Stottertherapie, Nachtrainings und 13 Jahre Katamnese. Sprache – Stimme – Gehör, 19, 126–131.

Kern, H.J. & Kern, M. (1993). Verhaltenstherapeutische Stotterbehandlung. Stuttgart: Kohlhammer.

Klauer, K.J. (1993). Training des induktiven Denkens. In K.J. Klauer (Hrsg.), Kognitives Training. Göttingen: Hogrefe, S. 141–163.

Kratochwill, T.R. & Williams, B.L. (1988). Perspectives on pittfals and hassles in single-subject research. Journal of the Association for Persons with Severe Handicaps, 13, 3, 147–154.

*Last, C.G., Barlow, D.H. & O'Brain, G.T. (1983). Comparison of two cognitive strategies in treatment of a patient with generalized anxiety disorder. Psychological Reports, 53, 19–26.

Lauth, G. & Schlottke, P. (1997). Training mit aufmerksamkeitsgestörten Kinder. Diagnostik und Therapie. Weinheim: Psychologie Verlags Union. 3. Aufl.

Leichsenring, F. (1985). Die Probleme der „externen" Validität in der Psychotherapieforschung. Zeitschrift für Klinische Psychologie, 14, 3, 214–227.

Marks, I.M. (1972). Flooding (implosion) and allied treatments. In W.S. Agras (Ed.). Behavior modification: Principles and clinical applications (pp. 151–213). Boston: Little Brown.

Marten, P.A. & Heimberg, R.G. (1995). Toward on integration of independent practice and clinical research. Professional Psychology: Research and Practice, 26, 1, 48–53.

Matson, J.L. (1982). The treatment of behavioral characteristics of depression in the mentally retarded. Behavior Therapy, 13, 209–218.

*McGee, G.G., Krantz, P.H. & McClannahan, L.E. (1986). An extension of incidental teaching procedures to reading instruction for autistic children. Journal of Applied Behavior Analysis, 19, 147–157.

*McKnight, D. L., Nelson, R.O., Hayes, St. C. & Jarrett, R.B. (1984). Importance of treating individually assessed response classes in the amelioration of depression. Behavior Therapy, 15, 315–335.

McReynolds, L. & Thompson, C. (1986). Flexibility of single-subject experimental designs. Part I. Journal of Speech and Hearing Disorders, 51, 194–203.

McReynolds, L. & Kearns, K. (1983). Single-subject experimental designs in communicative disorders. Baltimore: University Park Press.

Merkens, H. & Seiler, H. (1978). Interaktionsanalyse. Stuttgart: Kohlhammer.

Michelson, L., Mavissakalian, M., Greenwald, D., Kornblith, S. & Greenwald, M. (1982). Cognitive and behavioral treatments of agoraphobia: Paradoxical intention vs self-statement training: Paper presented at the annual meeting of the Association for Advancement of Behavior Therapy. Los Angeles, California.

*Mizes, J. S. (1985). The use of contingent reinforcement in the treatment of a conversion disorder: A multiple baseline study. Journal Behav. Ther. & Exp. Psychiat., 16, 4, 341–345.

Moras, K., Telfer, L. & Barlow, D. (1993). Efficacy and specific effects data on new treatments: A case study strategy with mixed anxietey-depression. Journal of Consulting and Clinical Psychology, 61, 3, 412–420.

Morrow-Bradley, C. & Elliot, R. (1986). Utilization of psychotherapy research by practicing psychotherapists. American Psychologist, 41, (2), 188–197.

Mutzeck, W. & Pallasch, W. (Hrsg.) (1983). Handbuch zum Lehrertraining. Weinheim: Beltz.

Nisbett, R.E. & Wilson, T.D. (1977). The Halo-effect. Journal of Personality and Social Psychology, 35, 250–256.

*Neufeld, A. & Fantuzzo, J. (1987). Treatment of severe self-injurious behavior by the mentally retarded using the bubble helmet and differential reinforcement procedures. Journal Behav. Ther. & Exp. Psychiat., 18, 2, 127–136.

Omer, H. & Dar, R. (1992). Changing trends in three decades of psychotherapy research. Journal of Consulting and Clinical Psychology, 60, 1, 88–93.

*Ottenbacher, K.J. (1990). When is a picture worth a thousand p values? The Journal of Special Education, 23, (4), 436–449.

Ottenbacher, K. & Cusick, A. (1991). An empirical investigation of interrater agreemnet for single-subject data using graphs with and without trend lines. Journal of the Association for the Persons with Severe Handicaps, 1991,16, 48–55.

Persons, J.B. (1991). Psychotherapy outcome studies do not accurate represent current models of psychotherapy: A proposed remedy. American Psychologist, 46, 99–106.

Petermann, F. (1978). Veränderungsmessung. Stuttgart: Kohlhammer.

Petermann, F. (1996). Einzelfalldiagnose und klinische Praxis. Weinheim: Psychology Verlags Union. 3. Aufl.

Petermann, F. (Hrsg.) (1996). Einzelfallanalyse. München: Oldenburg. 3. Aufl.

Petermann, F. & Petermann, U. (1996). Training mit sozial unsicheren Kindern. Weinheim: Psychologie Verlags Union. 6. Aufl.

Petermann, F. & Peterman, U. (1997). Training mit aggressiven Kindern. Weinheim: Psychologie Verlags Union. 8. Aufl.

Pirsig, R.M. (1992). Zen oder die Kunst ein Motorrad zu reparieren. Fischer: Frankfurt.

Popper, K. (1984). Objektive Erkenntnis. Ein evolutionärer Entwurf. Hamburg: Hoffmann und Campe.

Raw, S.D. (1993). Does psychotherapy research teach us anything about psychotherapy? The Behavior Therapist, 75–76.
Reinecker, Hans (Hrsg.) (1995). Fallbuch der Klinischen Psychologie. Göttingen: Hogrefe.
Revenstorf, Dirk (1979). Zeitreihenanalyse für klinische Daten. Weinheim: Beltz
Rice, L.N. & Greenberg, L. (Eds.) (1984). Patterns of change. Intensive analysis of psychotherapy process. New York: Guilford.
Richter, R. (1994). Qualitätssicherung in der Psychotherapie. Editorial. Zeitschrift für Klinische Psychologie, 23, (4), 233–235.
*Riordan, M.M., Iwata, B.A. et al. (1984). Behavioral assessment and treatment of chronic food refusal in handicapped children. Journal of Applied Behavior Analysis, 17, 327–341.
Rosenhan, D.L. (1973). On being sane on insane places. Science, 179, 250–258. Deutsch: Gesund in kranker Umgebung. In, P. Watzlawick (Hrsg.). (1994). Die erfundene Wirklichkeit. München: Piper. 8. Aufl.
Rosenthal, R. & Jacobson, L. (1971). Pygmalion im Unterricht. Weinheim: Beltz. (Origninal 1968: Pygmalion in the classroom).
Roth, W., L. (1985). Praxisorientierte Evaluationsmethodologie. Trends in der Einzelfallversuchsplanung. Zeitschrift für Klin. Psychol., 14, 113–129.
*Russo, D.C. & Koegel, R.L. (1977). A method for integrating an autistic child into a normal public-school classroom. Journal of Applied Behavior Analysis, 10, 579–590.
Schmitz, B. (1987). Zeitreihenanalyse in der Psychologie. Weinheim: Beltz.
*Schloss, P.J., Espin, C.A. et al. (1987). Developing assertiveness during employment interviews with young adults who stutter. Journal of Speech and Hearing Disorders, 52, 30–36.
Schulte, D. (Hrsg.) (1991). Therapeutische Entscheidungen. Göttingen: Hogrefe.
Schulte, D. (1993). Wie soll Therapieerfolg gemessen werden. Zeitschrift für Klinische Psychologie, 22, 4, 374–393.
Scruggs, T., Mastropieri, S., Cook, B. & Escobar, C. (1986). Early intervention for children with conduct disorders: A quantitative synthesis of single-subject research. Bahavioral Disorders 1986, 260–270.
*Scruggs, T., Mastropieri, S. & Casto, G. (1987). The quantitative synthesis of single-subject research. Remedial and Special Education, 8, (2), 24–33.
Sidman, M. (1960). Tactis of scientific research. New York: Basic Books.
Siegel, G.M. & Spradlin, I. (1985). Therapy and research. Journal of Speech and Hearing Disorders, 50, 226–230.
Siegel, G.M. (1993). Stuttering and behavioral modification: Commentary. Journal of Fluency Disorder, 18,109–114.
Singh, N.N. & Singh, J. (1984). Antecedent control of facial screening and suppression of self-injurious behaviour: Analysis using an Alternating Treatments Design. Behavioral Assessment, 3, 411–420.

*Sisson, L.A. & Barrett, R.P. (1984). An alternating treatments comparison of oral and total communication training with minimally verbal retarded children. Journal of Applied Behavior Analysis, 17, 559–566.

*Sisson, L.A., Hasselt van, V.B., Hersen, M. & Aurand J.C. (1988). Tripartite behavioral intervention to reduce stereotypic and disruptive behaviors in young multihandicapped children. Behavior Therapy, 19, 503–526.

Strupp, H. (1981). Clinical research, pracitice, and the crisis of confidence. Journal of Consulting and Clinical Psychology, 9, 216–219.

Tausch, R. & Tausch, A.M. (1977). Erziehungspsychologie. Göttingen: Hogrefe 8. Auflg.

Tawney, J. & Gast, D. (1984). Single-subject research in special education. Columbus, OH: Charles E. Merrill.

Wagner, A., Uttendorfer, Marek, I. & Laibel-Mann, R. (1976). Schülerzentrierter Unterricht. München: Urban & Schwarzenberg.

Weisz, J.R., Donenberg, G.R., Weiss, B. & Han. S.S. (1995). Bridging the gap between laboratory and clinic in child and adolsescent psychotherapy. Journal of Consulting and Clinical Psychology, 63, 5, 688–701.

Wember, F.B. (1989). Die quasi-experimentelle Einzelfallstudie als Methode der empirischen sonderpädagogischen Forschung. VHN, 58, 2, 176–189.

Wember, F.B. (1992a). Über die Möglichkeiten und Grenzen des einfühlenden Verstehens als Methode der sonderpädagogischen Forschung I: Versuch einer Explikation. VHN, 61, 3, 353–375.

Wember, F.B. (1992b). Über die Möglichkeiten und Grenzen des einfühlenden Verstehens als Methode der sonderpädagogischen Forschung II: Versuch einer Evaluation. VHN, 61, 4, 451–475.

Wember, F.B. (1994). Möglichkeiten und Grenzen der empirischen Evaluation sonderpädagogischer Interventionen in quasi-experimentellen Einzelfallstudien. Heilpädagogische Forschung, 20, (3), 99–117.

White, O.R. (1984). Selected issues in programm evaluation. In B.K. Koeth (Ed.). Advances in special education, Vol. 4. London, UK: JAI Press, 69–121.

Wolf, Rainer (1993). Sinnestäuschung und „New-Age"-Esoterik: Aktuelle Parawissenschaft kritisch betrachtet. Skeptiker, 6, 4, 88–100.

Wolery, M. & Billingsley, F.F. (1982). The application of Revusky's Rn test to slope and level changes. Behavioral Assessment, 4, 93–103.

Sachregister

F

G

H

I

K

L

M